令颜

止庵/著

图书在版编目（CIP）数据

令颜 / 止庵著 . -- 北京：人民文学出版社，2024（2024.4重印）
ISBN 978-7-02-018427-9

Ⅰ.①令… Ⅱ.①止… Ⅲ.①长篇小说 - 中国 - 当代 Ⅳ.① I247.5

中国国家版本馆 CIP 数据核字（2024）第 001656 号

责任编辑　樊晓哲
装帧设计　李思安
责任校对　李晓静
责任印制　张　娜

出版发行　人民文学出版社
社　　址　北京市朝内大街166号
邮政编码　100705

印　　刷　涿州市京南印刷厂
经　　销　全国新华书店等

字　　数　197千字
开　　本　880毫米×1230毫米　1/32
印　　张　10.25　插页3
印　　数　8001—11000
版　　次　2024年2月北京第1版
印　　次　2024年4月第2次印刷

书　　号　978-7-02-018427-9
定　　价　58.00元

如有印装质量问题，请与本社图书销售中心调换。电话：010-65233595

容华耀朝日,谁不希令颜。

——曹植《美女篇》

第一章

她一眼就认出那个人了,虽然从没见过他。大门打开,室外强烈的阳光在黑色大理石地面投下长长一条影子。他步履稳重地走进来。身材瘦高,穿着一件铁灰色风衣,方脸盘,面色洁净,留着寸头,还是黑发。乍看真和她记忆中的那个人,那张脸,神态,身量,都很像。一个小伙子绕过她匆匆奔向门口迎接他,站在门里的保安也恭敬地打着招呼。

她和行政主管正在一楼大厅,主管走到这儿就留步了——说是客气地送她一程也行;说是把她领到距大门不远,让她自己离开也行。

小伙子略显谦恭地说:"陈导,早。"

她知道那个人叫陈牧耕。他的声音低沉有力:"紧赶慢赶,还是晚了。都来齐了吗?"

"齐了,在读剧本呢。"

"两位主演台词熟些了吧？"

"比上次熟多了。"

他们边聊边从她身旁走过。这匆匆一面最后留给她的印象，又不那么像了。他的父亲陈地——她在心里一直称为"老师"，最早是"陈老"；当别人直呼其名，即使冠上"著名剧作家"乃至"戏剧大师"，她听着也不舒服——个子稍矮一点，相貌显老一点，其实最初见的那回，也比现在陈牧耕大几岁呢，身体保养得显然也不如他。最明显的差别大概在气质上：父亲有如诗人，总是热情洋溢；儿子则严肃，沉静，不大像搞艺术的，倒像个医生或工程师。但这也许只是自己一时的猜想罢了。她曾上网查阅陈牧耕的情况，难免先入为主。

不过他会不会留意剧院里怎么忽然冒出一个陌生女人呢？如果听说她姓程，会不会起疑心呢？当然他不晓得她现在的名字。当年和老师通信时，她还叫程忆宁呢——时隔多年，自己想起来都陌生。是南下不久就改了的，已经用了二十几年。说来老师至死都不知道她后来这个名字。

"叫程洁，是吧？"刚才她来应聘，行政主管坐在桌子对面问她。那是个将近四十岁，打扮时髦的女人。男女不限，年龄五十五岁以下，身体健康，有星级酒店从业经验者优先——这些要求程洁都符合，尤其末了一条，当年去深圳干的头一个活就是在酒店当服务员，以后又在广州辗转干过几家。年龄虽然距上限只差一岁，但出门前特地洗了头，又故意挺直腰板，不似平常那样显老。当跟她要身份证复印时，却不知怎么找不着了。主管说别着急，像很有耐心，又像不在意，开始玩起手机。程洁反倒更慌乱了，在包里翻来覆去地找。那个包虽然才买不久，看着还是挺老土的。转念一想，自己是来当保洁员的，在这个所谓艺术殿堂里，没人在乎她土不土吧。终于找到身份证了。谈定工资待遇和工作时间，签了劳务合同，算是正式入职。

主管领着程洁到剧院各处转转，熟悉一下工作环境。程洁负责打扫一楼和二楼的男女厕所，还有楼梯、一楼大厅和二楼楼道，主管特意提醒，几处摆放的绿植要注意养护。正对着大门口有两樘又高又大、漆成褐色的双开门，上面分别镶着"单号入口""双号入口"的灯箱。主管没开门让看一眼，程洁有些失望。上次走进这样的剧场，还是那回来北京时老师带着呢。她们已经走开了，主管才说："有空的话，也给剧场和咖啡厅帮把手吧，有演出的时候那边特忙。"

二人上了楼，主管指着两扇关着的磨砂玻璃门说："还有这排练厅，需要时也得照应一下。一楼排练厅另有人负责。"一扇门上贴了张纸，几个字中规中矩：

《令颜》剧组

"哦，在这儿呢！"程洁突然激动起来，不禁脱口而出。她看不清楚里面，隐约听见说话声，有男有女。

主管赶紧摆手制止她，压低嗓子说："人家正排练呢，剧组刚成立。"

程洁跟着主管走向楼道深处，沿途听她一一介绍那些房间都是干什么的，可一句也没听进去，心还像刚才那样咚咚跳个不停。程洁突发奇想，假如由自己来告诉主管，而不是被告知，里面正在排练的是部什么剧，作者是谁，创作过程如何；进而告诉她，自己是谁，与正在排练的这剧本有什么关系，对方一准大吃一惊、不知所措吧。程洁知道的不仅比所有人都多，也确切；更重要的是，其实世间唯独她知道。只是未必要讲，而且肯定不讲。她提醒自己沉住气。无论如何，万事俱备，就差推开这道门了。

程洁被领进二楼厕所，还是在酒店上班时进过男的那边呢，一排白瓷小便池倒挺干净。她瞄了一眼洗手台上的镜子，里面那个人的模样，可真像个保洁员啊。不免苦笑一下。自己特地来北京这一趟，无人知晓的新身份……要说是剧院里或剧本外的另一出剧，也不为过吧。她倒没感到有多落魄，出了这儿的门还是不无自信的。

主管说："那就这样，明天开始准点儿上班吧。"

程洁走出剧院的大门，仰头看看，阳光直晃她的眼睛。这是一幢有年头的二层建筑，墙面用淡黄色耐火砖砌成，与刚刚在那里所经历的一样，让她感到实实在在。一小时前走进剧院，还觉得两脚踏空，哪哪都挨不着。

主管适才看身份证时没顾上追问一句,不知道她是大老远从佛山来的。程洁去年起不再开网约车,没事经常上网浏览,偶尔在一个公众号看到"北京××剧院联手著名导演陈牧耕,老剧作家陈地旷世杰作将被搬上舞台"的报道,仿佛当年那个自己,沉睡许久,一下子被唤醒了。公众号介绍说:

《令颜》描写一位老画家去林区采风,遇到了看林人之女,联想起自己多年前结识的三姊妹。机缘所致,他曾在她们各自二十岁时与她们交往,那时的她们长得一模一样,但每段交往均无果而终。三姊妹的际遇见证了过去的时代。看林人之女如今也是二十岁,与记忆中的三姊妹也长得一模一样。画家以她为模特儿创作了一幅肖像画,借此保留自己一生中转瞬即逝的美好印象。对于"永恒"不变的追求贯穿全剧始终。

程洁自此开始密切关注进展情况,直到宣布剧组成立。赶忙去搜剧院的网站,看到有招聘信息,就投了简历,随即接到答复:已经找好人了。她很失望,感觉一下被关在门外。但没过两天,又通知她尽快来应聘,说那个人不干了。门又开了。只是没准略嫌晚了,人家排练不止一两天了吧。

程洁走出院门,来到大街上。前面不远是个十字路口,越走越热闹,行人多了起来。她多年不敢来北京,如今却不知不觉融入人群之中了。

时候还早，程洁不知道该去哪里。倒是有个故地重访的计划，却未必非得安排在今天。她还不大适应短短几天内发生在自己身上不算小的变化。要数前天离开家那一刻最兴奋，几番返回去检查房门锁好没有，很久没有出过远门了。从佛山乘一个半小时大巴到白云机场，在登机口等候时，开始懊悔还是应该乘高铁而不是飞机。但高铁跟当年去北京坐的绿皮火车并不一样，抵达的也不是同一个车站，何况这是从南往北，那次是从北往南。这种寻觅回忆契机的做法，在别人眼里应该很可笑吧。

对她来说，这一趟却是非来不可的。

飞机晚点了，女儿接她在机场等了很久，好在是周六，不用特意请假。程洁忙着道歉，没顾上体会一下重来北京到底什么感觉。女儿领着她去排队等出租车，前往位于望京的住处。司机一再抱怨路程太短，程洁忍住没叫他闭嘴，自己也干过这一行，哪能挑三拣四。直到那人不吱声了，程洁才留意车窗外面。终于来到这儿了，然而一路都是陌生的景色。她对此无所反应，即便有也不敢说出口，因为女儿根本不知道自己曾经来过一次。

程洁在街上站住，想想还是应该尽快回到女儿那里。那天程洁看见她站在机场出口的一大排人里，新剪了个齐耳波波头，也就是自己年轻时流行过的蘑菇头。程洁这几年有空喜欢上网、刷App，多少了解些时髦事。女儿这发型分明是为了挡脸宽，但脸型还是显露无遗，乍看真像那个人，她不免有点别扭；女儿的目光打自己这儿扫过,却还在东张西望,显然没一下认出她来。其实她们只是大半年未见面而已。程洁赶紧招招手。女儿装作刚看到她,不无掩饰且略显夸张地扑上来挎住她的胳膊,连声说,可算等着您了。程洁装作不曾察觉,叫着女儿的小名靰鞡——这要算这娘儿俩与东北老家唯一的联系了,女儿很喜欢,拿它当微信用户名,虽然未必知道是什么东西。

程洁隔着外衣也能摸到靰鞡的胳膊很细,这在她还是头一次发觉,不知是营养不够,还是缺乏锻炼。她忍住没吱声,担心女儿要嫌一见面就唠叨,但总归有些心疼。女儿独自在北京读研、工作好几年了,程洁从没过来照顾她的生活,这次也并非专程为她而来。彼此的关系总是这样,说近不近,说远不远,让做母亲的难以把握。她知道女儿正处在已经离开一个家,又尚未抵达下一个家的途中,只是不知道这段路到底会有多长。

靰鞡却始终保持刚才那种热情状态,跟她一个劲介绍北京,尤其是当下季节的北京。程洁应付着,仿佛饶有兴致,虽然自己当年正是春天来的,不过已经是二十九年前的事了。

程洁去乘地铁。车厢里,那些穿着风衣、针织开衫和长袖连衣裙的女人夹杂在羽绒服和呢子大衣中间,不然这路春装很快就没机会穿了。还有穿"光腿神器"的,她想,可与之比丑的只有穿增高鞋,个矮、腿短的穿过膝长靴,再就是上岁数、屁股大的穿短裤了吧。她本以为自己素不讲究衣着,这次来北京却对此格外留意。反正她不再那么忙了,也没有那么老。靰鞡住的小区位于两个车站之间,程洁在与来时不同的站下车,可以进另一个院门,顺便搞清楚小区内外有几个小超市和卖蔬菜水果的地方。感觉这与刚才进出地铁刷了昨天买的交通卡一样,尽管事属微末,仍不妨看作自己整个计划的组成部分。

她来北京才第三天,小区里的树总在变样,不是这一棵开花了,就是那一棵叶子茂密些了,在广东多年,真没这种感觉。这儿遍种的杏花、梨花、丁香、海棠之类,广东好像都很少见。她离开佛山时紫荆花开得正盛,木棉花落了——本地人喜欢用这花煲汤祛湿,对此她还不大习惯。

通往女儿家的路旁种着一排玉兰树,花有白的、淡黄的,还有紫的。她停下脚步,仰面端详,忽然一阵心酸。那回她来北京,老师特地带她去颐和园,说城里别的地方还能见着白玉兰,紫玉兰单单这儿才有,正赶上开花,不容错过。他们约定在动物园车站见面。排了很长的队,来了一趟汽车,等候的乘客蜂拥而上,把两人各挤到一边去了。车走了才重新会合,车再来又被挤散。终于到了颐和园。在乐寿堂前,面对那棵玉兰树,老师兴致盎然地指点着,看这朵,再看这朵,她头一次懂得什么叫欣赏。记得花瓣颜色很深,厚实油亮,玉雕似的,跟眼前树上开的似乎不大一样。老师曾说,要把他们专程来看花这一趟,还有这棵树,都写进剧本。然而在后来出版的《令颜》里并未看到。北京如今居然连小区里都有玉兰树了,还种了这么多。

老师常在给她的信中夹一朵花,或一片树叶。时间久了,花瓣和叶子变了颜色，信纸上也留下印痕。有一次把一块瑞士巧克力夹在书里寄给她。记得有一页信纸烧了个小洞。他说过，每当写作，总是一手拿笔，一手夹一支点着的香烟，不怎么抽，让烟飘着，可以激发灵感。程洁曾托人在遥远的云南买了两条"红塔山"，老师原本要来伊春参加一个笔会，打算当面送给他，但那年夏天什么活动都被取消，后来只好把烟处理掉了。

老师还寄来过几张自己的照片。程洁独处时总爱拿在手上，看着他，在心里与他交谈。想着他生前留给她的好就默默流泪。后来照片都不在了，眼前仍能清晰地浮现出他的面容。程洁自己都不能理解，老师去世整整二十五年了，为什么她还这么念念不忘呢？这期间她的人生变化太大了，简直成了另一个人，唯独这份牵挂总是搅扰她。怎么这一篇就翻不过去呢？每当她遇见什么要紧事，哪怕琐屑小事，之后都会想到他过去给她写过什么话，或提意见，或述感受，都与当下密切相关，就像特地讲的，而且说得都对，感受往往深觉契合，意见却总未能听取，以致时有遗憾悔恨。当然也许只对自己是如此，换个别人那些话可能都没用。

但她就是这样一个人，总以为能改变，实际上根本不曾改变。无论从事什么职业，无论是否如老师所期待的读书、写作——她并没有走上这条路，连书都不怎么读了，她一直在谋生，而且专挑那类远离舞文弄墨、实实在在的活干——他绝对预料不到，但骨子里还是当年他眼里那个她。时间久了，那些话老师是否真的讲过，甚至都未必搞得清了。反正她将所有的"对"归于他，"不对"归于自己。她总在想，如果能听进他的话，她就不会失去太多；而他若地下有知，可能也会好受一点。他就这样像个永远不变的影子一直跟着她。这次她来北京，也想弄清楚到底怎么回事：是因为这个男人曾经太爱自己，而她有所辜负，欠他一笔感情债，还是因为跨越他生与死的这些年里，她实际上白白爱得太多？

靰鞡住在小区一角一栋塔楼里，电梯按的是五层，其实是四层，这楼不标四、十三、十四和十八层。她与人合租一套两室一厅两卫的房子。进门左首是厨房，往前是客厅，隔成一间，只留下一条走道，再往前是她租的客卧，对门是客卫，淋浴装在那里，她与另一家合用，尽头是主卧。

程洁用女儿给的钥匙打开房门，地上乱扔着一堆旅游鞋、帆布鞋和皮鞋，有十来只，她一对对地摆整齐了。旁边是衣柜，米白色推拉门上有一小块擦不掉的手印子，之前它不知道被多少人用过呢。吱吱扭扭推开柜门，东西塞得满满当当。程洁带来的衣物，只好仍旧留在行李箱里。一张书桌，旁边立着个细长条的书架，横板左右交错共三层，竖着斜着摆了些书。书桌上方的墙上用透明胶条贴着两张图书海报，都是靰鞡所在出版社的，这孩子像是把工位搬回家了。书桌底下有个塑料盆，放着洗漱用品，靰鞡嘱咐过，这些不要留在卫生间里。墙上还贴了一幅黑色剪纸，是只小猫的侧影，脖子上戴着项圈，圈上系了枚精致的小铃铛。

靰鞑从小喜欢猫，可程洁长期忙于生计，无力喂养，现在女儿跟人合租在这么小的房子里，肯定不许养宠物。书架一侧有个稍矮的储物架，放着一盆绿萝，程洁摸摸土已经干了，赶紧浇了点水。对面摆了张双人床，旁边支着个金属架子，晾着昨天她洗的衣服。屋里逼仄得简直转不开身。

离女儿下班还早着呢，程洁实在无事可干。她又想起刚才和陈牧耕见的那一面。印象中这是个办事周全的人；仔细斟酌，恐怕还要超出这个词的范围之外。当年突然收到他一封信，让她深感意外。信中报告了父亲的死讯——对她来说这消息并不突然，没想到的是特意通知她；而且写道，感谢您在他的晚年给予他感情上的慰藉。这句话意味过于复杂，她迄今也没完全搞明白。刚读到时只是认定这当儿子的并没有瞧不起她，恨她，就像一般遗属对于她这种身份的女人常见的态度与看法那样。她并不自轻自贱，可还是被感动了。今天见到本人，似乎有种亲切之感。但她丝毫无意哪怕稍稍接近他。自己悄没声地来，等看完首场演出，悄没声地走就是了。

程洁给靰鞑发了条微信，问她什么时候到家。程洁来之前打听过女儿是否方便，不行就另外租一间房子，来不及先找个便宜的小旅馆住几天。靰鞑不无嗔怪地说，怎么会不方便呢，就是只有一张大床，可以问问中介能不能给调换成两张单人的，又怕摆不开，咱娘儿俩睡在一起，重温一下小时候的记忆也挺好啊。程洁不知道自己是否打呼噜，但显然并未打扰到女儿。靰鞑周末还要在家看稿子，再玩会儿游戏，一躺下马上就入睡了，整夜无声无息，一动不动，不过独自睡惯了，身子总摆成接近对角线。程洁只能贴着床的一个边睡，好在这些年开网约车太辛劳，但凡有个地方就能睡着。这倒让她真切地感到这孩子老大不小了。是啊，都二十八岁了。程洁知道一个女孩在外漂泊有多不容易。可自己若不是生的女儿，又带着她净身出户，当初离婚只怕更难。之后受了太多的苦，想来难以释怀。总算有今天，女儿安安稳稳睡在自己身边。

程洁这次突然提出要来北京，而且马上动身，无疑是强加给女儿这一切。她不知道怎么和靰鞡谈这件事，特别是还没两天就找了一份工作，这样连来照顾女儿的借口都站不住脚了。如果待些天再出去，还可以推说闷得慌。尽管这孩子有点二，但凡稍微动动心思，一准能看出母亲肯定别具目的。

老师去世后，程洁曾经打算写点什么纪念他们之间的关系。但她早已无心也无力写什么了——也许从来就没这份能力，自忖当初也算不上文学青年。不过总该以某种方式祭奠一下，老师不能就这么死了。这份心思多年没有放下。当得知《令颜》将要搬上舞台，她忽然明白最好的祭奠原来在老师生前已经准备好了，就是他留下的这个剧本。二十年来这仪式断断续续在进行：出版，排练，乃至上演。现在她当然不能置身事外。

靰鞡发来一个"在路上"的表情。程洁把刚买的几样菜收拾好，拿到厨房。这里另两家像是并不常用，还算干净。橱柜里各自的油和调味品前面贴了张写明归属的纸条，锅和炒勺也分别放着。靰鞡又发来个"不慌不忙"的表情，留言说："等我回来，还像前两天那样叫外卖吧。"程洁回了个"已经做了"，忙乎起来：西红柿炒鸡蛋，红烧肉，地三鲜，海带豆腐汤，米饭。老师曾不止一次来信对她讲，要学会生活，做饭是其中重要一项。他自己就很会烧菜，这在文艺界都挺出名。他说那次她来北京，最大的遗憾是没有烧几个菜，请她美美地吃一顿，以后再补偿吧。然而也就没有"以后"了。

程洁这东北人在广东生活多年，自忖口味多少有所变化，做的菜算是南北融合体，手艺也说得上粗中有细。红烧肉足足炖了一个钟头，幸亏女儿迟迟不归。地三鲜要过油，剩下的油没地方放，只好倒掉。餐具也不齐全，有的菜放在盘子里，有的菜放在碗里。总之给女儿做的这第一顿饭，谈不上称心如意。

靰鞡推门进来，匆匆把脚上的皮鞋甩掉，脱下呢子大衣往床上一扔，跑出去洗了手，在身上蹭蹭，就坐在桌边拿起筷子，看样子饿坏了。书桌兼作餐桌，另一边堆着书稿，对当编辑的来说当属无奈之举吧。

"咋搁路上花这长时间呢？"

"您都不知道北京有多大，哪天我带您看看——对了，这没法看。我这来回各花一个多小时，在同事里算近的呢。跟您说吧，一对男女不住在同一个区，差不多就是异地恋了。"

程洁想起老师曾寄给她一张一九八九年印的《北京市街巷交

通图》,图上最外一圈是三环路。现今待的望京已在四环之外,再往外还有五环、六环。她那回和老师一起去颐和园,还有去北京林业大学,路边时而见着庄稼地。老师说,七十年代末,东直门外还种着大片麦子呢。

"在外地老听人说什么京圈,以为一帮子名人整天在一块儿混呢。我来了才发现好些人压根儿互相不认识,认识也难得走动一回。"

靰鞡吃得很香,但不吧唧嘴,这是程洁作为母亲的家教之一。程洁对把女儿养育成人还算满意;只是自己此刻未免心虚,仿佛不大对得起她。记得曾对一位素昧平生的长途乘客感叹,我这闺女至少没学坏吧。当时想到靰鞡同班的几个女生,家里有钱,念完高中就在社会上晃荡,泡吧,坐在摩托车后座陪男友飙车。女儿实际上大大超出了她的预期。这孩子学习成绩总是中不溜,高三那年家里开的超市倒闭了,她突然用起功来,考上了福州大学外国语学院,毕业又来北京读研究生。不过至今没听说处上对象,住的也是这种合租房,看来且还得艰难一阵子呢。靰鞡上次回家说起有个山西同学,一到北京上大学就买了房子,首付和上学期间的房贷都是家里出的,等到研究生毕业有了工作,自己接着付剩下的,这样才算是个北京人了。程洁说,咱能跟人家比吗?别说没那钱,也没那个精明脑子啊。

靰鞡娇声娇气地说:"我最爱吃您炒的鸡蛋了,嫩,比外卖好吃太多了。那种炒法吃在嘴里,总觉得假如留着孵蛋,一出壳不是老母鸡就是老公鸡，得炖个三五天才能熟呢。"

"那话咋说来着？'清明蛋，人人盼。'"程洁答道。

她想起昨天夜里，女儿抱怨自己不够瘦，就像一口被麻绳绑着的猪，还掐住靠近大腿根的一块肉给她看。程洁问，怎么没穿线儿裤？靰鞡说，那多老土啊，我自打来北京，冬天都是光腿穿牛仔裤。程洁说，你这肉是松，不是胖，工作太忙缺乏锻炼。剩下的话到嘴边没说：腿上肉松了，露出来难看，宁肯稍微粗点，但得瓷实。靰鞡当时没接话茬，今天总算肯好好吃饭了。

程洁沉吟了一阵，终于开口："我这回上北京——"

靰鞡正把一块红烧肉夹到嘴边，抢着说："您这回来，尽量多住些日子吧。就是条件差点儿，我想换个整租的一居室，但一下找不到合适的，找到了也不能马上搬，不然押金拿不回来了。上回租的房子快到期了，房东跟我说要装修，能不能早搬出去几天。我答应了。等搬完了去要押金，他说你违约了，退租规定提前一个月打招呼。气死我了，末了还是把钱给没收了。"

"中介甩手儿不管啊？"

"当面说的，没有聊天记录。中介说，确实是提前退租啊。"

"你咋这么虎呢？"

"我站在街上哭了半天，没敢告诉您，怕您担心。"

"你这孩子就是缺心眼儿，老被人熊。"

程洁不知道自己到底是心疼女儿，还是心疼钱。想起靰鞡曾打了鸡血似的说，P2P利息预期百分之十到二十一呢，鼓动母亲有多少存款尽管投进去。程洁并无多余闲钱，被逼无奈打过去几万元。去年爆雷，都没了。也不知道靰鞡损失了多少。不过之后她就不再每月向自己要钱了，偶尔有难处，在微信里发来一个"小手"，但以一千为限，超过了即使打过去，她也不点收款。程洁想，吃一堑长一智，在这孩子身上好歹应验了一回。

隔了会儿，程洁才说："我来是寻思——"

靰鞡的话仍然接得太快："您多散散心，这么多年也没好好休息一下。"

女儿以为母亲是第一次来北京，说好趁昨天周日，陪她各处逛逛，提到鸟巢、水立方之类地方。但早上起来收到一件淘宝快递，打开是个折叠帐篷，兴奋得不得了，连声说可真及时。程洁说，你原本要去哪儿，咱还去哪儿，别因为我改主意。靰鞡说，有人拍了在顺义潮白河边一处草地搭帐篷的视频，看着巨惬意。母女俩分别背着装帐篷和吃喝的包，足足打了一个钟头的车，比从佛山到广州只远不近，程洁知道得花多少钱，但早已嘱咐过自己，甭管女儿干什么，千万不要多嘴。到了一处小树林，大多是榆树，榆钱尚未长到密集程度，远看像一朵朵小绒花；还有几棵柳树，枝条绿了，但还有些稀疏。粗点的树枝都很突兀地暴露在外，这在广东从没见过。程洁曾在小兴安岭林场工作多年，如今终于重新感到季节变化这回事了。

地上开了不少二月兰，刚走近闻着很香，有点呛人，渐渐融入呼吸，就感觉不出气味的不同了。还没开到最盛的时候，跟女儿方才在车里给她看的视频不一样。

靰鞡吐了下舌头:"嘻,没留神,人家是去年拍的。"

程洁叹口气说:"瞅你这孩子干点事儿,不是过油子就是不赶趟儿。"

靰鞡还是兴致勃勃地在当中找到一小块空地,按照网上提示的步骤搭起帐篷。把包挂在树上,脱下旅游鞋、袜子,连同午餐一起摆在门口,自己钻了进去,趴在那儿,翘起脚丫子,举着一个 iPad 玩起游戏来了。听她抱怨过太氪金了,可一有空就不肯收手。午餐是两瓶矿泉水,两个三明治,两个苹果,一盒草莓,一盒沙拉,便当盒还是程洁带来的,料想女儿这儿日常生活用品肯定不够齐备。

四下里独此一顶帐篷,靰鞡看中的就是这个吧。仅能容纳一个人,程洁只好到处转转。她自打离开小兴安岭,就没在树林子里待过,但还记得林区空气太新鲜了,闻着都是湿乎乎的,这儿可差远了。来到河边,水宽不及一丈,大片河床裸露在外。又去了附近的公园,遇见一个男人坐在那里,前面停辆自行车,座位上放个手机,正对着它唱卡拉 OK,是久违了的那首《水手》。那人头都秃了,一副破锣嗓子,却唱得如醉如痴,好似平生有多少抱负未曾实现。程洁忽然感到无聊,甚而不太耐烦。身边的二月兰绿叶簇拥着小小花朵,粉色为主,有的偏紫,还有纯白的。远处女儿那个橙色帐篷的顶部,很像一只倒扣的小船。也许再过一个星期,四周花色就都连成片了。不知道靰鞡是否要这么待上一整天。程洁想起来北京那晚上,看到女儿床头摆了个毛绒兔子玩具,身子盖在被子里,应该是每晚都躺在她身边,也就是自己要睡觉的地方。靰鞡说这叫星黛露,把它移到书桌上时轻轻嘟囔了一句,委屈你了,恰恰被程洁听见了。

靰鞡吃完饭,往空碗里盛汤,边喝边摆弄手机,偶尔抬头跟母亲聊上几句。程洁瞄着,她不是在朋友圈点赞,就是在各种群里跟个表情。脸上那副纯钛圆框眼镜,这次来才看见她戴,镜片后细长、稍稍上弯的眼睛,配上新发型,也有点女人味了。不过灯光下明显能看出头顶有一根白发闪闪发亮。女儿小时候很像自己;女大十八变,居然越来越像那个人,脸长宽了,嘴也大了,上初中就有白头发,显然也来自那一方的遗传。或许是解嘲吧,靰鞡常把岳飞那几句故意念成:"莫等闲,少白了头,空悲切!"不过那个人什么样子,程洁压根不愿意想起。

"跟你说个事儿,我今儿出去找了份活儿,在剧院,正常工作时间,还挺轻省。"程洁讲完这句话,静静地等着女儿的反应,仍然没想好怎么解释。

"您就是闲不住。"靰鞡撇了撇嘴,模样挺招人烦,也是那个人的习惯动作。

"哦,是这么着——"

"您别是考虑钱的事儿吧?这个真不用担心,我这点儿工资够咱俩花的,正想报答一下您呢。"

"嗯……跟这不搭边儿。我是对话剧感兴趣。这话怎么说呢,当年——"

"我知道您早先是个文艺女青年。我来北京这么久了,还没去看过一场话剧呢。不对,我根本就没看过话剧。"靰鞡虽然在出版社当编辑,经手的还是文学一类的书,但只是把这当作一份工作,本身一点也不文艺。除了下班把稿子带回来看,这两天没见她拿起一本书读。

"赶巧了,那儿有出话剧在排练。这剧本——"

"嗐,等上演了咱买票不就得了,到时候我陪您去看。"

"我寻思看看是咋排出来的。"

那回程洁来北京,老师曾带她去了首都剧场,是他唯一一次晚上陪她,也是她迄今唯一一次走进剧场,看过的唯一一场话剧。剧名是《智者千虑,必有一失》,作者和剧情都忘了。散场之后老师告诉她,剧本里写的和舞台上演的,有时完全是两码事,其中导演起到很大作用,他想这个戏是什么样子,就是什么样子。有的被导演变好了,有的变坏了,他各举了例子,但她已不记得。老师说,等《令颜》完成了,希望自己来导,那时希望她能来观看,最好排练时就来。导演的作用都体现在排练的过程中,光看正式演出只能看到演员的表演。他说,你是搞林业的,《令颜》如何从一粒种子长成一棵大树,正好都在你的参与之中,见证之下。

"这有什么看头儿?"靰鞡问。程洁还在心里措词,女儿的手机弹出一条消息,她迫不及待地查看,继续说,"反正您可别累着自己。我要是发现您太辛苦了,立马叫您辞职,那时您别不听我的。您这趟就是休息来了。都怪我,干这行工资不高,但论工作时间跟如今讲的'996'也差不了多少,没工夫陪您,妈。"

程洁发觉自己未免过虑,靰鞡并没打算操这份心,那么她也就不必多说了。

靰鞡放下手机,问:"您昨儿晚上是不是跟两家邻居打招呼去了?"

"是啊,我特地从佛山背的九层糕和盲公饼,左邻右舍的,得答对好了。"

"我都不知道他们是干吗的。"

"主卧那小两口儿,听着像上海口音,男的是个海归,说是还在创业呢。人俩说话挺客气,心眼儿贼多,男的说租约倒是没规定不许添人同住,但总得提前打声招呼。我说都赖我,冷不丁来的,给女儿整得措手不及。女的打听我大概其住多久,要是长住得按人头多摊一份水电费,做饭那煤气费也这么整。我说行呗,这都应该的。"

"嗯。"

"住客厅那旮儿的是个售楼小姐,上来就说每天她先洗澡,老规矩了。我说,还这样呗。"

靰鞡冷笑一下说:"这种邻居连萍水相逢都谈不上,就是风马牛不相及。您这么一搭个,往后反倒麻烦了。您就是挺八卦——我可不是埋汰您啊。"

程洁嘟囔着:"你直接说你妈八婆不就结了。"

"这可有区别呀,您是好奇心强,爱打听;但您从不搬弄是非。"

程洁想,她会不会把这跟自己的经历联系上呢?是啊,当过旅馆服务员、出租车司机,还在酒吧打过工,难免对顾客加以窥探、猜测;再说正是这把年纪,不被女儿嫌弃也很难吧。就在这时,程洁收到一条短信,是网购的水果玉米到货通知。离开佛山前忘了点取消,等回去不知烂成什么样了。这种事没必要告诉女儿,白挨一顿笑话。程洁更爱吃不甜不黏的笨玉米,但得等秋天才有卖的呢。

菜没吃完,锅里还剩了口饭,她装进便当盒,让女儿明天带上当午饭。拉开厨房里共用冰箱的门,迎面一股怪味,东西多得要掉出来,挪来挪去,才腾出个放的地方。回家前买了三个蟑螂屋,分别布置在卧室、厨房和卫生间。靰鞡或许觉得刚刚话说重了,有意哄她,跟在身后,夹着嗓子说:"蟑螂不死我死!蟑螂不死我死!"

"我看你像个蟑螂。"

"小时候卖蟑螂药的总背个喇叭,放这句话。我可没瞎编。"

晚上靰鞡陪她用平板电脑看了会儿她在追的一台综艺节目,还打开一包五香瓜子。程洁忽然问:"你听我说话这动静儿,还带不带东北口音?"

靰鞡漫不经心地回答:"东北口音多咱见过能改的啊。这不,您这一来,又给我传染上了。其实您嗑瓜子最像东北人了。"

程洁暗自提醒自己明天去剧院,说话时一定要留意,最好别说话。

靰鞡坐到书桌前忙着看稿子,台灯照着她的脸,神情还挺严肃认真。忽然脱下袜子,拿到鼻子边闻了下,扔到地上。这也是那个人爱做的动作,明明一双袜子连穿几天,都硬了,每回脱下来还要使劲闻闻。女儿拢共没跟他待过几年,这种陋习怎么也会遗传呢?就好像那个人一直生活在这间屋子里似的,程洁打了个寒战。她没说什么,把平板调成静音,感觉有点累了,索性趴在床上嗑起瓜子。

第二章

楼梯、大厅和楼道早晚各打扫一遍，厕所隔两小时打扫一遍。不发工作服，程洁带来一副套袖正好用上，有年头了，深蓝色印花磨得像水洗布。腰间戴个工具包，内装抹布之类，包上挂着小喷壶。休息的地方在楼梯底下，一排三个垃圾桶后面，摆着一把椅子。旁边的暖气片上搭了块小毛巾，放着一个装饼干的铁盒，还有几个橘子，有个保温杯却是空的，她平时不大喝水。暖气已经停了。独自在此，倒也自在，就是进出得猫着腰。等天热了垃圾桶味道准不小，但未必会待到那时候吧。

她正无聊地刷朋友圈，听见外面主管叫她，也不知道是客气招呼"程姐"呢，还是指名道姓叫"程洁"。主管说："去给《令颜》剧组送几杯咖啡。"她赶紧出来，心又怦怦直跳，期待的这一步居然没让自己苦苦久等。主管指了指大厅另一侧的咖啡厅，"都准备好了。他们正休息呢，送到了就离开。"

程洁提着三个透明打包袋，各装两杯咖啡，轻轻推开二楼排练厅的门，听见一个女孩正在说："……我买着这本书了，陈导，请教一下。"程洁小心翼翼地进来。这房间大概五六十平米，当中对着摆了两把空椅子，远处靠墙的地方有两张连在一起的长桌，迎面坐着五个人，包括那个女孩，背身坐着三位，能认出其中之一是陈牧耕。角落里有个花瓶，插着一大束粉、白两色的玫瑰花。墙上挂着一个钟。她想，敢情排练就这样呀，怎么跟开会似的。

　　那女孩说一口标准普通话，声音一听就是经过训练的，但并不是说台词，没有腔调："您在后记里说，作者曾经想了好多名字，这里列了一串，为什么最后选定了'令颜'呢？"

　　程洁并未打扰到他们。她几乎需要穿过整个房间，一路尽量放轻脚步。陈牧耕说："老梁建议改成'红颜'或'朱颜'，嫌'令颜'有点儿高冷。我没同意。这个词儿本来只是形容美丽的容颜，但'令爱''令郎'现在以为是说'你的女儿''你的儿子'，也许看字面第一反应成了'你的容颜'，跟观众有互动感，恰好女主角又叫'你'。'令颜'贯穿全剧，四个角色是一张同样的脸，所以要安排你一人分饰四角。女主角和记忆里的三个角色身份不同，性格不同，三个角色彼此身份、性格又不同，表演上挑战很大，这个剧的成败就在这儿。对了，可别把头发剪短了啊，四个角色，同样的一头长发。你头发染过了吧，到演出前记着染回黑色。"他的音量仍然不高，但娓娓道来，有种气定神闲的感觉。

他们父子都是那种老了还很精神，尤其很干净，一点也不油腻的男人。

大家安静地听着，程洁见过的那个小伙子大概是导演助理，坐在一旁，正往电脑上打字，也许在做记录。程洁远远站住，等导演说话告一段落，再来到桌边，放下打包袋。他们这才注意到她，但没有谁打招呼。每人面前都摆着一沓打了字的纸，看着像是剧本。女演员那儿还有一本薄薄的半新不旧的书，黑色封面印着手写体的"令颜 陈地著"——那是老师的字，还有个银色线条勾勒的女人头像图案。

女演员说："我这就染回来。"

导演助理招呼各位："来拿咖啡。"自己端起一杯，回到导演身边，客气地说："您不要？"

陈牧耕摇摇头。他的面前摆了个全钢的保温杯。

坐在女演员旁边的男人中等身材，相貌端正，走过来低头看着杯盖上写的字说："这是我的。这是新米的，'半糖，奶油顶，加冰但少冰'。"说着递给了她，开玩笑地说："事儿可真不少。"

女演员起身接过咖啡，冲他娇嗔地挤了下眼睛。程洁认出了那个男人，他叫赵与杭，演过几部电视剧，新近一个挺火的剧里也有他。

程洁很遗憾不能多停留，边往外走边听陈牧耕说："与杭，相比之下，你演的这角色倒是始终一致的，虽然化妆有变化，但心态尽量靠着年轻这头儿演就行了。"

门是带弹簧的，在她身后自动关上。

老师去世后，程洁曾有过一个念头：是不是该把他寄来的信件，电报，照片，提纲，各种草稿、片断，几乎完成的剧本，总之所有一切，都毁掉呢？那里有着太多的真诚，记录着她曾拥有的刻骨铭心的爱。它们陪伴她走过整整六年的路程，其间悲欢聚散，生离死别，什么都经历了。一切都像是在梦中，醒来老师已不在了。

但她还是将这些都寄给了陈牧耕——兴许是被他那句感谢的话打动了的缘故，此外也实在找不到可托付的人了，那时她自顾不暇，这批东西无处保存，也无法携带。假如不是这样，大概《令颜》也就无从传世，更别提搬上舞台了。偶尔回想起来，还是后悔竟然没有保留老师的任何手迹。都是整整齐齐写在四百字一页的红格或绿格稿纸上的，装在一个个信封里，她将它们取出，展开，摞在窗台上，居然有那么大一叠，把窗户堵住一半。老师说过，一封信到你的手中，得好几天以后了，距离之苦古代即有，现代人还是一样。可怜终他一生不曾享受过现在网络通讯之类的便利。不过在微信时代，这样的故事根本就不会发生吧。每个信封上都写着"程忆宁"这名字，她拢成一堆塞进炉子，划根火柴烧了。

当她到邮局把这一大包东西寄出，确实有如释重负之感，心想就此与老师诀别了。但随即发现，此举不仅不是结束，反倒为自己设置了一重悬念：老师留下的那个剧本，陈牧耕到底如何对待呢？他会做什么吗？一年年过去，她愈发惦记这件事了。好不容易看到它出版了。之后又等了更久，才获知终于要上演了。

《令颜》最后由陈牧耕来导演——她乍听到这消息未免意外；转念一想，又在意料之中。老师来信常常谈到这个儿子，夸赞他有学识，思想新，有一次还说，这是唯一真正理解我的创作的人。老师亲自导演已无可能，那么由他代为做这件事是最合适的了。只不过程洁当初寄给他时，他好像还没有当上导演呢。陈牧耕既然理解父亲的创作，也就会理解与之相关的一切，包括老师与自己的关系，包括老师在信中对这一关系的描述——与其说是描述，不如说更多是单方面的臆想。她有时想，那些信本身更像是一部作品，一部自说自话的感情史。老师是个艺术家；陈牧耕也是，一定会明白这是怎么回事。其实程洁当初不光把剧本，还把那些信也寄给他，就是这么认定的。老师信任他，她也就信任他，而且毫无保留。

程洁走进了二楼的厕所，还没到打扫的时候，她来照照镜子。里面那张脸皱纹明显，脑门上一小块色斑，剪的短发染过不久，发根已是一层白色，还有些稀疏。从中怎么也辨认或回忆不出早先那张脸来，那张曾经被大家称赞长得水灵的脸。她也无从想象，刚刚见到的那位女演员除了一头长发，与过去的自己在相貌上究竟有何相似之处。程洁此前并不知道她的名字。女演员个子略显娇小，穿了件灰色套头卫衣，一头特别浓密、染成褐色的长发披在背上，有一张清新脱俗、相当精致的脸，额头，鼻子，嘴，下巴，都无可挑剔，一双眼睛还长得毛茸茸的，虽然只化了淡妆，在众人当中却是光彩夺目。

　　老师当年最喜欢程洁那又黑又亮的长头发了，来信一再提及，剧本几番推倒重来，女主角的形象始终保留了这一特点。他直到临死前不久，还问程洁的头发变成什么样了。她没敢告诉他早就剪短了，结婚照上即是如此。照片不知丢到哪里去了，但那仿佛是个誓约：当她明白应该从梦中醒来了，就再没留过老师念兹在兹的头发。估计因为《令颜》强调主角有一头长发，也就成了挑选演员的条件之一。看那位女演员网上的照片，一以贯之都是披肩发。女演员的衣着松松垮垮，留心观察身材相当出色；自己年轻时屁股偏大，腿也嫌粗，这么多年又忙又累，倒是未曾继续发胖。女演员打扮简素，却十分时尚；自己只是个深山老林里的小土妞，勉强说得上朴实无华。假如当年导演见过自己一面，他还会挑选那个女孩来演这角色吗？

　　程洁还记得老师带她看话剧那天，提起《令颜》曾自言自语，找谁来演"你"合适呢？像是在思索，却没再多说。当时浮现在他脑子里的女演员们，多半早就告别舞台了吧。程洁忽然想，自己这次非来看排练不可，是不是也有替老师把把关的意思呢？跟着就在心里说，拉倒吧，真拿自个儿当回事了，咱可配不上用他的眼光审视什么。但是那位女演员真的能合老师的意吗？

　　程洁回到楼梯底下，试着在手机上搜"新米 话剧"，果然一下就搜到了。姓杨，山东人，中戏表演系一一级，今年二十七岁。第一眼倒没看出这年龄，记得剧本里明明说四位女角都是二十岁。杨新米毕业后演的第一个角色颇受好评，还婉拒过几部电视剧邀约，曾被誉为一位为舞台而生的演员。之后话剧倒是在演，却不温不火。有人说她论演技百里挑一，只可惜运气欠佳，时机迟迟未到；有人则归咎于她长了一张太过洋气的脸，演主角难得遇着适合的角色，演配角又抢戏。程洁找着几个话剧片断的视频，觉得杨新米演得很是投入，瞅着在台上个头还挺高挑，经过化妆，穿上演出服，更显得年轻多了。或许导演选中她，戏份还这么重，也是因为那张脸足够配得上"令颜"这形容吧。天暗下来了，程洁待的这地方黑黢黢的，只有手机屏幕的一点亮光。

设定的铃声响起，提醒程洁下一轮打扫厕所的时间已到。她边干活边想，当初老师来信一口气列了十几个带"颜"的词，问哪个最像一出她想看的话剧的名字。还有"丽颜""玉颜""曦颜""姝颜""花颜""韶颜"，其他的忘了，也许这些还是后来读了出版的剧本才记住的。她回信说最喜欢"令颜"，但只是凭感觉，讲不出什么道理。她一度认为，"令颜"不过是老师的幻想罢了，尽管他反复强调，剧本里的"你"就是她，"令颜"就是她那张脸。直到老师去世，程洁将他写来的所有文字寄给陈牧耕之前，最后重读了一遍，才明白《令颜》的确是写给她的，写给她一个人的。老师当初若是没看到她那张脸，那头长发，没准就不会动写剧本的念头。

刚才程洁第一次进入排练厅，又清晰地感受到这一切。程洁尚未见过杨新米具体如何表演，"你"这角色还没得以呈现，彼此间尚且缺少一个媒介，但无论如何意识到存在着一种对应关系——她扮演的就是自己。只是第一眼见着她，这种关系并未马上建立起来，因为和自己长得实在太不像了。程洁隐约有种很难说是愉快的感觉：一个陌生人将试图代表她，甚至代替她；而这本来是仅仅属于自己的世界，不容他人涉足。她也知道这想法很不讲理，老师将自己塑造成"你"，注定是要另一个人来饰演的。

　　下班路上，程洁又搜了搜，不见提到杨新米加入《令颜》剧组的事，几条新的都是关于陈牧耕的。他的情况她已大致知晓：今年六十岁，中戏导演系毕业，八十年代末赴美，获博士学位，九十年代中期一度回国——网上没谈原因，但她知道是为了照顾他父亲，以及料理后事，当中就包括与自己取得联系在内——以后再次出国，在欧美几家知名剧院工作，直到当了导演。十年前回来定居，导过不少中外作品，都很成功，而且风格鲜明，称得上是戏剧界的大腕。程洁刚才察觉到大家都敬重他，剧组也挺抱团的，顺利上演想必不成问题。

　　下了地铁，接到靰鞡的语音留言："晚上别等我吃饭，临时有事不回来住了。您忙了一天也别做饭了，不用管我明天带饭啊，单位管午饭。离咱家不远望京SOHO有家茶餐厅，您去试试味道正宗不？明天见。"程洁稍觉别扭，却也没太多想，只回了个"嗯"。女儿说的饭馆还是等哪天一起去吧，还能多点两样菜。程洁到家煮了包泡面，然后下楼去溜达一圈。

走过楼道，闻到人家炖肉的味，烧鱼的味，接着是炸辣椒的味。这很像她在佛山的生活，尽管是不同的味道。说来居家的日子她也才刚享受不久，之前一直在忙，根本不曾感受生活原来还有味道。前面一条街上有两拨跳广场舞的，其中一拨排在前头的统一穿着上红下白的运动服，动作中规中矩，音乐放得很响。程洁在佛山每天晚上也常去跳一阵。不过除了在一起跳舞，她与同伴并无交往，连他们的名字都叫不上来。程洁在那里定居多年，一直没有真正的朋友。然而她此刻丝毫没有加入舞队的念头。自己似乎有种意欲脱离刚刚过上的生活的趋势——回到二十多年之前，那时老师还活着，他们还在商量剧本，讨论"我"和"你"。天黑了，身边纷纷走过刚下班的青年男女。女儿仿佛就在其中，只是不知道正走向哪里。程洁不再闲逛，回到家中。

她想女儿今晚为什么要在外面过夜，甚至不跟自己哪怕多讲一句。她记得来的那天，看见放洗漱用具的盆里有两把电动牙刷，一把黑色，一把粉色，刷头都是湿的。靰鞡是不是有男朋友了？是什么样的人呢？一向没听这孩子谈起。自己突然来到这里，恐怕给她的生活带来不少不便吧。程洁匆匆检视了一遍房间，试图再找出什么蛛丝马迹，包括柜子里的衣服，门口的鞋，还有桌子和书架上的东西，但并没有更多发现。垃圾桶里倒是有些白头发，但那是靰鞡早晨起来，非叫自己帮着拔的。一口气拔了二十多根，靰鞡攥在手里捻成一撮说，巨有成就感啊，看你们这儿藏那儿躲的，全给薅掉！

程洁打算发条微信，旁敲侧击问一下，又觉得鲁莽不得，不如等明天当面见机行事。母女俩虽然偶尔在微信上聊天，但她对靰鞡的生活似乎并不真正了解；更重要的是，女儿似乎也无意让自己有所了解，现在干脆夜不归宿了。一个母亲对于女儿的性生活，到底应该关注到什么程度，对她来说还是头一次遇到的问题。过去几年靰鞡春节回家住几天，她只是照例打听一下处上对象没有，女儿说还没呢，话头也就到此为止。至于带不带饭，自己总得张罗一下，想想倒是无须多此一举。

当妈真是这世上最操心又未必落好的活。那年带着四岁的女儿去广东，程洁只有三十岁。惦记过给孩子找个后爸，可遇着的几个男人，都是要她倒贴的，后来她在佛山开超市，相处的男人连搭把手帮忙卸货都不肯。而且他们一律除了喝酒、赌钱，任何兴趣爱好都没有。程洁觉得，住在同一屋檐下，彼此怎么也得有话可说吧。这大概也是受了当初与老师来往的影响，她自忖并不文艺，但多少要有点精神生活。她曾对靰鞡感慨，男人怎么就没像样的呢，世上也兴有那么一两个，放心绝对轮不到咱呀。女儿上了大学，程洁开始催她处对象，结果她总拿这句话来搪塞自己。

程洁开网约车那几年，连跟男人交往的工夫都没有了。每天困了就掐自己大腿，有一回累坏了去按摩房，人家见她那里青一块紫一块的，问，你遇上家暴啦？她说，家都没有，谁暴我呀。那按摩师说，干吗不喝咖啡提神？自此她每天下午一杯黑咖啡，能顶到晚上，可不像今天端到排练厅那种不是加这个就是加那个的。女司机找地方解手不如男司机容易，她只好除此之外整天滴水不进。回到家里，头等大事还是痛痛快快撒一泡尿。没想到这次来到剧院，居然管着好几个厕所。

算算轮到自己家使用卫生间了，程洁去洗澡。这时门铃响了。她过去开门，迎面是个中年男人，却不开口说话。住在客厅隔成那间的女孩边喊"是找我的！"，边从身后冲过来，一下子把她挤到一边。程洁一眼就看出两人肯定是头次见面。他们一前一后进了屋，把门紧紧关上，还上了锁。她忽然感觉有点可怜。洗完出来，那屋里传出的动静挺大，刚刚放水没听见。再一看，门上有张写着"请小点声，注意影响"的纸条，应该是主卧那对夫妇贴的。程洁蹑手蹑脚回到房间。忽然想女儿不会也干约炮这种事吧，又不免忐忑不安。

离睡觉还早，程洁扫了一眼书架，没有一本有兴趣抽出来翻看一下，或者干脆说没有兴趣翻看任何一本。记得二十年前她刚到佛山，偶尔走进儿童活动中心附近的"先行图书"，见到一位年轻的女人牵着个小女孩在柜台付款，买的是《小妇人》和《简·爱》，两本书程洁都读过，能体会那做母亲的对于女儿未来的期许：人格独立，自爱自重。如今那女儿都成了母亲了吧，不知还会不会带着自己的孩子去买书。

今天下午杨新米手上居然有那本《令颜》，还真是个有心之人。这书出了整整二十年，早已绝版。自己曾经有过一本，是当时母亲忽然从老家寄来的。程洁离开林场前给陈牧耕寄去老师的遗物，附信说请就此不再联系，但寄的挂号，留了母亲的地址。出版社编辑应陈牧耕的要求，把书寄到了那里。原本只是一叠纸，现在成了一本书，程洁既惊喜，又新奇。她不管多忙还是赶紧读了，那已是在老师去世的第五个年头，心里有种努力回头张望，却满眼茫茫一片的感觉。但这差不多是老师拿命换来的，毕竟没有失传，自己没白寄给陈牧耕，他也没辜负他的父亲。虽然对于一个剧本来说，在舞台上演出才算真正完成。

　　她那一阵生活漂泊不定，每次搬家都留意带着这册小书，但不知怎么还是给弄丢了。这次来之前打算在孔夫子网或多抓鱼找找，转念一想，都到了剧院了，不如直接看怎么排练，怎么演出，直接看舞台上而不是文字中的那个自己吧。

　　她又上网查了查赵与杭的情况。湖北人，中戏表演系九九级，毕业后在国家话剧院当演员，今年三十九岁。舞台经验丰富，有评论说，其出色的演技足以驾驭各种角色。感觉他为人处世大概也如此，尽管尚未打过交道，但刚才看他那双不算大的眼睛里流露出一种练达甚或狡黠的神情，仿佛所面对的一切都在掌控之中。另有报道说《令颜》剧组阵容强大，只提到陈牧耕、赵与杭、舞美设计和服装设计的名字。赵与杭与老师自己也就是剧中那个叫"我"的角色看着并无相似之处，年龄也对不上号，兴许借助化妆可以解决吧。但程洁想，这剧本写的是"我"看别人，不是别人看"我"，长得像不像倒也无所谓。要说还是陈牧耕自己演"我"这个角色更合适。忽然搜到有人非议赵与杭女朋友换得太勤，未免滥情；又有人说这都什么时代了，请勿干涉别人的自由。程洁皱了皱眉头，心想不会因为这个才挑选他饰演"我"吧。

忽然收到靰鞡发来的几条视频，都是网上当的，有猫，有花，还有某明星参加什么活动，反正都是她自己感兴趣的。末了是一句"早点休息，想您"。不知道为什么她的用户名改成了本名"程霓"。刚一有微信她就用"靰鞡"，从未换过。程洁仍旧回了个"嗯"，但随即又发个表情，表示自己一切如常。女儿在福州、北京，读书、工作，多年不在身边，但程洁从未像此刻这样陡然一惊：她已经长大到即将离开自己，简直像个陌生人了。然而过去的事情还不曾跟她交代过，而这关乎自己的一生，包括当初结婚，生下这孩子，离婚——关乎女儿之所以存在于人世间。程洁不知道靰鞡这些年怎么看待她；从记事或从与人打交道至于今，怎么对别人关于自己的母亲可能表露的态度与看法做出反应，乃至解释母亲怎么会是这个样子。这孩子应该是体贴、感激她的吧，但不知道是否真的能够做到不蔑视她。

自己这辈子活得太平庸了，甚至太卑微了。曾经有过一个人，希望她不活成这样，为此说了很多，也做了很多，结果当然徒劳无功。但至少让她懂得了平庸之为平庸，卑微之为卑微，而世上存在着与此相反的另一极——或许就是老师的样子吧，只是她始终无法企及罢了。这当然使她痛苦，好像还不如一直麻木呢。可她既然懂得了，也就无法忽视，无法忘记，犹如一粒粒盐从水里析了出来。顶多说经过这么多年，大概连痛苦也麻木了。但只要心存这种意识，就意味着尽管活得平庸，卑微，而且无法摆脱，毕竟还有点什么始终未曾放弃。可惜女儿不在跟前，无从对她诉说。

老师曾给她寄过很多书，除了中外文学作品，还有几种汉语词典。他在信中详细讲解，这些词典各自特色何在，为何该读，又如何读法。那些书都不在了，她也记不太清书名了，自己好像没有真的如其所期望的那样认真读过，她也未养成见到不认识的字、不知道的词，随手查查字典、词典之类的习惯。老师说过，这费不了多少功夫，但自己的天地却借此一点点拓宽了。不过她遇事能不一概人云亦云，很大程度上得力于他的教诲。

她想起他们认识的第二年年底，老师寄来一本台历。在信中说，北京那天天气很好，虽然冷，天空却蓝得像一整块蓝晶石。他跑了好几家书店，要给她买书，没找到一本合适的，倒是发现了这本台历，别致，淡雅，每一页上印着几句不俗的诗句。他告诉她，把它叠成三角形，那条多余的边上有两条细缝，将另一边的两个小舌头插进去，就成了一个立体。半年后，翻个面，时间从新的一页继续流动。他要她放在床头，别让明年的任何一天在手中像落叶那样飘走。最后写道，你会喜欢的。他的每封信都很长，有时一天不止一封，其中这段描述印象尤其深刻。但对她来说，像落叶那样飘走的岂止是明年，以后的岁月都荒废了。今天她见到将要饰演"你"的杨新米，犹如在深渊里照见了自己已经不能辨认的影子，那女孩像不像她倒也无所谓了。

程洁躺下，关上了灯。这张双人床一个人睡未免嫌大。靰鞡如果在的话，应该跟她从头讲起。还记得咱们家原先住在黑龙江小兴安岭吗？还记得那无边无际的原始森林，那个被森林包围的叫五营的小城，那些挤在一起的红瓦平房，还有那条汤旺河吗？说来纯属偶然：假如那年夏天林场没有照例举办职工会演；假如几个同事没有自编自演那出幼稚、粗糙的话剧；假如他们没有叫她来帮忙；假如他们没有听说著名剧作家陈地要从北京到哈尔滨做讲座，试探地写信问能否顺便来观摩一趟；假如他没有痛快答应，自己路远迢迢坐火车来了，那么茫茫人海之中，程洁根本不会认识这个人。虽然此前听说过他的名字，然而与她毫无关系。假如那样，她也许会在林场度过一生，也许把家安在五营或伊春，照样结婚，生子，活得平平淡淡，或者说浑浑噩噩，直到今天，乃至将来生命结束的那一刻。不过她想，活得平庸不好吗？转而又想，活得痛苦不好吗？生命如果需要留下一些痕迹的话，大概只能是经历痛苦吧？

玻璃窗上传来嗒嗒的响声，下雨了。屋里闻着有股衣服洗了不干的馊味，来自床旁那个金属架子。程洁无法忍受，只好开灯起身，将它移到门前那块空地。门被堵上了，仿佛终于对女儿夜不归宿做出了反应。自己当年在林场住集体宿舍，什么味没有；刚到广东那几年也是这样。怎么如今毛病这么多了呢？真是变成一个矫情的东北人了，而东北人的好处原本是不矫情。

程洁躺回原处，睡意全无。刚才想的"假如……"还没完呢。假如她没有参加演出后的座谈会，听到他的详细点评——大家都称他"陈老"，印象中人挺随和，自我介绍时年六十六岁，但看着不像，精神很好，说起话来滔滔不绝；假如她没有为交差写了那篇报道，登在林业局的内部刊物上；假如宣传部金部长没有把杂志寄给陈老；假如他没有读到文章——这种印刷编排都粗劣不堪的印刷品，想不到他真会翻开；假如他没有专门给她写来一封信，那么一切会到此为止，不再有什么下文了。

程洁想，自己活到五十多岁，其实只有那么一段时间是值得回忆的。只有那段时间感觉人生有点滋味，有点意义，就像是彩色的；此后再也不是这样的了，虽然每一天都过得很不容易，一步一个脚印，但却回想不起什么，也不愿意回想，而且与那短短几年相比，漫长得令人难以想象。只有那段时间她还是年轻的，随后很快就衰老不堪了，直到现在都是如此。

陈老那封信是寄到林业局宣传部"转程忆宁同志"的。除了表示感谢，还称赞她对自己理解颇深，观察细致准确，文字功力也好，问她写过什么作品，希望有机会读到。陈老名气那么大，还腾出时间给她写信，是仅仅出于客气，抑或原本就是个认真的人呢？她趴在宿舍自己睡的上铺回信，平生还没给这等身份的人写过信呢，团掉的废稿纸扔得满床都是。最后老老实实地讲了一向爱好文学，寄上几篇习作请予指正，还提到对话剧很感兴趣，读过一些剧本,有曹禺、田汉、老舍、郭沫若的,但身处偏远之地看不到真正剧团的演出,将来一定争取去哈尔滨在剧院里看上一场。

她很快收到一封厚厚的回信。独自来到汤旺河边,坐在一块大石头上,撕开了信封。陈老用红笔在她的稿子上做了不少修改,又详细提出意见,表示非常愿意在学习写作的路上伴她一程。她一遍遍地读着,直到天黑字迹看不清了,才慢慢走回宿舍。晚霞缕缕流散了,流水哗哗地响着,闪着黯淡的银光,天上稀稀落落有几颗星星。她的记忆并不那么可靠,也许一遍遍回想时掺杂了不少想象;当初没准是在宿舍里看的信,并不存在傍晚河边这一背景。

这以后她给他回信,他给她回信;她又给他回信,他又给她回信。她原以为世间除了戒备、猜疑和冷漠,就再无其他可言了;以为通过两三封信后,他的热情会消磨殆尽,但她错了。她在林场当技术员,每天早出晚归,最高兴的事就是回来看见床铺上放着他的信。他为她制订学习和写作计划,给她讲文学,谈人生。她觉得遇见了一位好老师,一个好人。

假如不是他寄来一本《陈地剧作选》,而她又在回信中说了那样的话,恐怕下文也不会是这样。那本书收录了他一九四〇至一九五〇年代写的四个剧本,都是经典之作,多次搬上舞台,其中一部北京有家剧院正在演出。不知因为彼此已然熟悉,还是自己年轻气盛,称赞之余,也提到感觉有点旧,好像过时了。信一丢进邮筒她就后悔了，担心他再也不回复了。他的信的确迟到了几天，却称她为难得的知音，他的自我批评更严厉，更不留情面。他希望多了解些她的情况，要她讲讲自己的故事。

她自忖人生好比一张白纸，但还是陆续讲了自己的家庭情况，既往经历，当下处境，乃至未来的志向。他在一封信中说，要写个新的剧本，灵感来自于她，将围绕着她的形象进行构思。她还以为只是一时兴起，但随后陆续收到一些片断，有独白，有对白，也有舞台指示，有的台词直接采用了她信里的话。它们像雪花一样飘落在她的头上、身上和心上。他告诉她，她进入他的剧本了，而且，永久落户了。又说，只有她，才能得到这个剧本，这将是他最好的作品，为她写作，他有一种甜美的情怀。她看着自己在他笔下逐渐再现，丰满，完善，真有一种奇妙的感觉。她告诉他，觉得自己变得实在了，富有了，也从此拥有了一小块属于自己的洁净的空间。这里写的当然是她。别人读剧本、看演出时，也会知道这是小兴安岭森林里真实存在的一个女孩，而不是随便什么地方的什么人。尽管那时他要写的还不是现在的《令颜》，但女主人公已经成了她的专利，只有她能对号入座。

这可以说是一个有关缪斯的故事。其间她不仅接受，而且付出——她曾因此劳累，苦痛，辛酸，悲惨，大半辈子都搭进去了。老师的给予体现为剧本的创作，她的付出同样如此。《令颜》是他留给她的，也是她献给他的。除了她的记忆——随着她渐渐老去，已经愈发遥远、模糊——彼此之间只剩下这么个东西了。

老师对身后事无从知晓,而她迄今一无所获。与其说她放不下什么,不如说想实实在在抓住一点什么。所以她才在意这个剧本怎么排练,怎么演出,最后反响如何。她想要给自己一个交代。

程洁又想起那本老师签了名的《陈地剧作选》,后来不慎也丢失了。她叹了口气,接着就睡着了。

第三章

　　行政主管的身影刚出现在那几个垃圾桶后面，程洁就看到了。又叫她去给《令颜》剧组送咖啡，这次只要四杯。程洁比上次淡定多了。

　　来到二楼楼道，杨新米和赵与杭正站在尽头阳台上抽烟。明亮的阳光下，杨新米仰着脸徐徐吐出一口烟来。二人随即离开，背着光走了过来。她在前面，步姿很帅，穿了件薄荷色开衫卫衣，胸前有块长方形的深绿色，拉链拉到头，露出里面穿的白色无领T恤，一条白色卫裤，光着脚踝，一双与上衣同色的帆布鞋。这颜色特挑肤色，但她长得白净，更显好看。头发已经染成黑色了。

　　程洁在排练厅门外站住，让他们先进去。杨新米没理会她，赵与杭客气地点点头，帮她拉着门。进了房间，程洁跟在二人身后。他们在已经坐了六个人的桌旁落座，还像上次那样，杨新米与陈牧耕对坐，赵与杭在她的旁边。角落里那个花瓶，换了新的粉、白两色的玫瑰花。程洁把两个打包袋放到桌上，转身向外走去。

"屋里怎么这么闷呀？"身后传来陈牧耕的声音。

"开会儿门吧，"导演助理显然是对程洁说，"开窗户太吵，还往里飘杨絮。"

程洁答应着，灵机一动，在拉开门的瞬间，把门旁地上那个木头门塞一脚踢了出去，落在看不见的地方，无人察觉。松开手，门关上了。她回头对助理说："这门待不住啊。"

他走过来，四下看看，说："去找个楔子塞上吧。奇怪，前几天这儿好像有一个。"

她说："别的屋子都不是这样的门，怕是不大好找。要不我站这儿，挡会儿吧。等你们说关门，我再走。"边说边把门拉成九十度，身子倚在上面。

助理看来打算去搬把椅子，见她做了这动作，说："那麻烦您了。就开一会儿。"

有开着的那扇门挡着，他们只能看见磨砂玻璃上的一个影子，程洁也只能模模糊糊看见他们。终于可以稍作停留了，尽管他们还在休息、聊天，没有马上排练。助理刚才说的没错，这两天到处飘絮，她一出门就打喷嚏，在广东多年可是从未有过。

听见杨新米说："导演，这个剧里一个角色叫'我'，一个角色叫'你'，好奇怪啊。作者为什么不给他们起名字呢？另外三个角色又都有名字：韵、娟和秀。这有什么不同吗？'你'这个角色不是说了自己有名字吗？"她用一种稍稍不同的腔调念道："'我的名字叫橙，橙子的橙，我们这儿不产这个，是我妈妈起的名字。'"

陈牧耕说："这是作者故意安排的。她和那三个女人是有区别的。"

程洁知道，此处藏着一个秘密。陈牧耕应该也知道，但看来并不愿多费口舌。

杨新米说："'你'跟'我'是一种对应关系吗？这样一个对于'我'来说的'你'，应该怎么把握呢？"

赵与杭说："我演这个'我'，也想搞清楚这一点。"

陈牧耕说："剧本咱们通读好几遍了。这实际上是一部非常主观的作品，'你'是呈现在'我'眼中的形象，始终处在客体的位置。新米，这种既真实又虚幻的感觉，应该通过你的表演体现出来。与杭，'我'是主体，你当作一个真实的人物来演就行了。"

那两个演员陷入沉默，大概似懂非懂。

陈牧耕又说："可以这样理解：'你'是'我'塑造出来的，是'我'幻想的产物。也就是说，在剧中这可能根本就是个虚构的人物。"

程洁想，要是只强调剧本中"我"与"你"的特殊关系，自己能听懂，也能接受；但他为什么接下来又讲了那些话呢？

杨新米说:"那我演的另外三个角色呢?她们不是只在'我'的记忆之中吗?不也可能出于'我'的想象吗?"

"作者给我写信说过,"陈牧耕像是一字一句读道,"这次写剧本,也在记忆中请出了过去追求过的人,在梦幻中仿佛真有足音,真有謦欬似的。"停顿了一下,又说,"我更倾向于这样解释:记忆反而比现实要真实,那三个人物曾经存在,而'你'只是幻影。这也就是为什么'我'跟'你'的戏,舞台上始终只有他们俩的缘故。反正'你'与'我'记忆中的三个女人之间,有一种不能相互共存的关系。如果'你'是虚构的,那三个人物就是真实的;如果'你'是真实的,那三个人物就是虚构的。无论如何,两组角色具有不同性质。我们要好好研究一下,这一点怎么通过表演体现出来。"

程洁不大想继续听下去了,老师讲的请出追求过的人的话她也是头一次听说。但还得挡着这扇门呢,走不开。

杨新米说:"三姐妹真的在同一个年龄长得一样吗?还是只是画家头脑中的幻象呢?"

陈牧耕说:"这里存在着两种假设。现在安排你一个人演她们仨,还有'你',呈现的是其中一种假设;当然也可以找四个演员来演,那就是另外一种假设了。"

杨新米说:"谢谢您的信任,让我一下演四个角色。但我还想问问,剧本为什么要写这四个角色有着同样的一张脸呢?"

陈牧耕说:"这部作品的基本构思就是这样。这里作者受到了柔石的小说《三姊妹》的启发，柔石那篇又脱胎于菊池宽的小说《新珠》。后面还有一处借鉴了左拉一部小说的情节。当初剧本出版时，我在后记里讲过。"

杨新米说："我看到了。那用不用把这几本书也找来读读？"

陈牧耕说："倒也不用。最重要的是，剧本受到这点启发：姊妹之间一度长得很像。"

程洁想，这件事老师倒是在信里讲过，但她那时就不大理解。他也寄来过那两本书，《三姊妹》还是复印件，但她早已忘记写了什么了。

陈牧耕说："与杭，'我'这个角色，对于真实与虚构是不加区分的。你演的时候无论对方是真实的，还是虚构的，可以同样对待。也就是说，韵、娟、秀和'你'，对于'我'来说既是四个人，又是一个人；而'我'对于这四个人物来说是处在人生的不同阶段。这个剧本写的是变化着的'我'喜欢那个永远不变的'你'。在不同的时间，'我'的化妆有变化，体现出一个人从青年活到老年，但'我'那颗爱美之心却始终保持不变。"

赵与杭说："这样一个永远爱上二十岁女人的男人的心理机制，是什么呢？"

陈牧耕说："'我'实际是在变化之中寻求抓住一个永恒的东西，可是这世界只有变化，没有永恒，永恒是理想，是幻觉。'你'是美的象征，是美的观念的呈现。这部剧写的是对于美永远的追求。"

程洁想，关于"你"的年龄也有一个秘密。但她已经兴味索然，无意多想了。

赵与杭说："今天导演您的话信息量可真够大的，我得慢慢消化才行。您放心，不会影响排练的进程。"

杨新米说："我也是。"

助理说："我这儿都记录了，回头发给两位。"

陈牧耕说："这样的讨论很好，思路都理清楚了，下面排练就容易了。那咱们现在接着排练，关上门吧。"

没等导演助理开口，程洁离开了站的地方，门在身后关上。她缓缓走过楼道，走下楼梯，回到自己休息的地方。还是遗憾没看上真正的排练，但刚才陈牧耕的话，却给了兴致勃勃的她当头一棒。说来以前她读老师陆续寄来的片断，读出版的剧本，对于其中寓意何在，并非完全不曾有过揣想。如今陈牧耕讲得清清楚楚，"你"这角色纯属虚构，当初老师却反复强调"你"就是程洁自己。其实她一直隐约倾向类似陈牧耕这种解释，只是不愿承认罢了。假如是这样，那她多年耿耿于怀，乃至这趟专程赶来，就都没必要了，她的一生也彻底落空了。并不是刻意计较，这件事确实涉及老师和自己之间关系的实质。当然真要计较，这一辈子又何止落空在这一刻呢？此次北京之行，她头一次感觉有点泄气。

不过程洁转念一想，陈牧耕讲的也未必对。或许他并不真正理解，或许他是故意这样说的。他一定看过父亲给她的那些信，没准也看过她给父亲的信，向演员们回避或掩饰什么并不是没有可能。

但是老师为什么要这样写呢？为什么要在剧本里称他自己为"我"，称她为"你"呢？为什么最后要写成这么一个故事呢？

老师最早计划写的并不是这样的。寄来了提纲，还有一些片断，前者相当简单，而且一再修改，后者也很零碎，常常前后替换，看来离最终完成还差得远呢。那时还不叫"令颜"，但也没有别的题目。女主角名字叫"橙"，那是因为她姓程，老师给起了"橙""橙子"或"小橙子"，都是来信中的昵称。后来说男主角不大好取名字，不如就叫"我"吧，"橙"也就跟着改成了"你"。程洁当时想，这么一来，剧本里两个角色的关系不就成了现实中他们之间的关系了吗？但回信没有提出。老师说一共要写三幕，分别是"初见""相爱"和"再见"——这应该是他第一次提到"爱"这个字吧。也许他在试探她的态度。对此她并无反感，更未拒绝，也许还暗自期待他讲这样的话，只是她不敢也不愿首先说出而已。这方面的内容写在那些作为剧本雏形的片断里，继而写在给她的信里，渐渐二者难以区分了，渐渐成了他给她的信的主要内容。"我"爱"你"，他也爱她，这是一回事。无论剧本，信，还是他们一度的关系，回忆起来都是充满诗意，梦幻般的。

程洁的印象中，剧本第一幕内容尚不完整，但已大致看出规模——背景是五营，所以记得比较清楚。一上来是火车站，从伊春开来的列车进站,"我"走下车,候车室的门打开,"你"等几个人来到站台,热情地迎上前去。那座候车室确如场景指示所写,外墙涂成黄色,双坡黑色屋顶。车站旁贮木场上堆满了原木。然而当初前来迎接老师的人当中并没有程洁。

又写到"我"和"你"坐在一起吃饭,喝的是伊春产的林都啤酒,吃的是凉拌新鲜野菜,侉炖汤旺河里刚打上来的鲤鱼,猪肉蘑菇炖粉条,还有午餐肉——"你"站起身来,挽上袖子,挥动一把斧子将金属罐头一劈两半,然后再一劈两半,递给"我"四分之一,"我"称赞"你"英姿飒爽。大师傅端来几盘热腾腾的饺子,是现采的黄蘑馅的。然而无论哪一顿饭,程洁都没机会与老师同桌。

还写到没赶上伐木季节,为了让远道而来的贵客见识一下,林场专门安排工人放倒一棵成材的红松,喊了声"顺山倒喽","你"就站在"我"的身边;"你"又单独陪"我"沿着一条上坡路走向高高的瞭望塔,"我"和"你"登塔远眺整片原始森林。那回确实伐了树,老师也登了塔,然而程洁根本不在陪同之列。

当老师离开时,程洁并没在站台上与他依依惜别;火车消逝在远方后,她也没动手在桦树皮上给老师写一封长长的信,就像这一幕结尾所描写的那样。两个角色有很多对话,其实一句都没说过。程洁曾试探地问,为什么要这样写呢?老师回答说,我希望生活本来如此。

第二幕那些片断相当零乱,简直理不出头绪。大致由彼此隔空的对话和各自不止一次进入对方的梦境构成。其中写到"我"过去的经历，一些别的女人穿插其间，但都戴着面具，不见真实面目。现在想来，这是否就是他说的请出追求过的人的意思呢？但程洁那会儿却问，这是为了不让"你"见到她们吗？老师回答，无非都是过客，连从前的"我"也不例外。又说，这里写的看似是爱情，实际上是人生。

第三幕更是刚刚进入构思，设想了好多个"再见"的情景与方式，有的写得稍稍详细，有的仅是只言片语。"我"和"你"说着简朴的话，在一起过着简朴的生活。等到现实生活中程洁那次来北京，写作就中断了。尽管老师说过要接着写下去，但再不见寄来什么相关文字了。

……两人重新联系之后，老师告诉她一个新的梗概，但好像跟彼此的关系——她理解的或他想象的——没有那么密切了。程洁还大致记得："我"画了一辈子画，主要形象都是女人。有一天突然发现自己画中所有人物都消失了，只剩下作为背景或陪衬的风景或静物。"我"去寻找她们，遇到了"你"。"我"在"你"身上看到过去那些模特儿的影子："你"说着她们曾经说过的话，"你"也重复着她们的神态、动作——都是在她们最美的那一瞬间。但"你"强调自己就是自己。"我"终于决定不再去寻找了，只想留住这最后一位，要把"你"的形象画下来。"你"却要离开"我"，因为遇到了自己一直寻找的爱人。当"我"和"你"再次相逢，"我"已重病缠身，行将弃世，而"你"告诉"我"，她被遇到的那个人抛弃了。最后"你"问"我"：能给我画一幅像，让我留住自己吗？这只是《令颜》的前身而已，多少可以看出老师当时对程洁和自己人生变化的反应。

手机铃声响了，又到打扫厕所的时间了。程洁来到二楼，路过排练厅，里面没有声音，排练应已结束，轻轻推开门，果然空无一人。她把离开时藏起来的那个门塞放了回去。

擦女厕所的镜子时，杨新米匆匆出现在门口，看见她，站住了脚。程洁做了个表示"您随意"的手势，退到一旁。杨新米略略点下头，把手里拿的一个托特包和一个纸袋放在洗手台上，然后从包里一一取出粉扑、眉笔、眼影、睫毛膏和口红，细细地补起妆来，并不顾及有人站在那儿等着。程洁瞄见那个纸袋里放了个折叠着的紫红色针织物。杨新米忙完，又略略点下头，提着两样东西出去了。

程洁回到一楼。一个高个、身材略显丰满的女孩站在大厅里，穿着灰紫色的连衣裙，薄薄的肉色丝袜，白色运动鞋，手里提着个沉甸甸的布袋，百无聊赖地看着墙上挂的一排海报。赵与杭从楼上快步下来，女孩立刻转身迎上去，从袋子里取出一个保温杯，轻声说道："莲藕排骨汤，煲了整整半天呢。"

"咱们找个地方喝。"赵与杭接了过来，凑到她耳边说了句什么，她娇嗔地捅了他一下，两个人一起走了。

程洁下班的时候，看见杨新米正要走出大门，手里只拿着托特包，纸袋不知哪儿去了。她戴上了无线耳机，走路也带着节奏。程洁放缓脚步，和她拉开距离。院子里停车场上有辆黑色的重型摩托车，一个年轻男人戴着黑色头盔，穿了一身黑色带灰白条纹的骑行服，跨在座位上。看着挺壮实，身材不高。杨新米跑了过去，男人递给她一个同样的黑色头盔。她戴在头上，系住锁扣，拉下面罩，又黑又多的长发从头盔后缘垂到后背。然后坐上后座，双手搂住男人的腰。男人把车轰的一声发动起来。一路开得很快，到了前面路口，拐弯时做了个相当潇洒的压弯动作。周围的人都匆忙赶着下班，那动作格外扎眼；程洁远远望着，却从中感受到些许爱意，尽管对她来说有点陌生。

程洁想，陈牧耕讲的确实未必对。《令颜》里的"你"，为什么还要保留"橙"这个名字呢？还有一点——《令颜》的剧情发生在一九八五年，"你"二十岁；自己遇见老师是在一九八八年，当时二十三岁，一九八八与一九八五相距三年，二十三减三正是二十，这精心的设计也说明"你"就是自己。这一点老师从未在信中写到，所以陈牧耕也不会晓得。是程洁最后一次重读那些信时发现的，只有她知道这个秘密。老师只是出于无奈——对她，对他们的关系，大概也对自己，放弃了之前的构思。后来写的《令颜》看似将她推到了远处，"你"这形象却变得更纯净了，从某种意义上讲，或许反而将她拉近了。

程洁向地铁站走去。不管怎么说，还是惋惜老师没有将最初构思的作品完成，那与她，与她实际的生活，都更切近，至少她看着熟悉多了。尤其是在那些草稿里，"你"的境遇复杂得多，也就更接近于她本人。但被他推翻了，放弃了。其中有两句台词她很喜欢，特地抄在一个笔记本上。老师写的东西都寄给了陈牧耕，笔记本留了下来，这次临来前重新看过，她觉得准确地概括了他们的关系，也真实地道出了她的心声：

> 我：昨夜，突然升起了一轮月亮，月光终于又照着我了。我苦苦地等待了许久、许久。还是那一轮月亮，只是那光清冷了一些。我的生活就是清冷的。
>
> 你：那不是我的月亮。我这里只有黑暗。我没有光。

不管怎样，尽管后来变成了《令颜》，毕竟与自己有着不可抹杀的关系。她当然懂得对一部作品来说，什么是原型，什么是人物。耐心点吧，争取找机会尽早看上排练，瞧瞧导演和演员具体怎么处理，就都清楚了。

天色阴沉沉的。程洁走进小区。楼前花坛边上放的两个小盆里，猫粮和水都比昨天少了，尽管没看见猫。人类与流浪动物之间自有这么一种默契。收到女儿的一条信息："一会儿带我朋友回来，不在家吃饭。"程洁回到家里，把金属架子上晾的靰鞡的胸罩、内裤和袜子收起来，把书架上的书摆整齐了，擦桌子，拖地，又收到一条消息："到楼下了。千万别当着人叫我那小名了啊，太傻。叫我程霓。"程洁忙乎完，坐下。女儿会带个什么样的人来呢？

门被推开随即关上，靰鞡进屋鞋也不换就冲向书桌，拿起那个星黛露放回自己枕边，用被子盖好，只露出脑袋。然后跑回去将门打开。程洁一时还没反应过来，门口出现一个女孩，估摸比女儿小一两岁，个子却高出不少，留着鲻鱼头，一张轮廓稍显鲜明但看着异常俊秀的脸，就像一个干干净净的男孩。穿了件纯白的棉布衬衫，又大又长，没系扣子，里面是黑白横条纹T恤，没什么胸。黑色紧身牛仔裤，挽着裤脚。一双黑色十孔马丁靴，鞋带系到七孔，靴口上面露出一小截白腿，这打扮常会把腿最细的一段遮住，很挑腿型，但她的腿倒是挺细。靰鞡手里空着，那女孩提着她的包。靰鞡说："这是铁哥——哦，您叫她小铁吧。"

小铁表情有些淡漠，或沉静，稍稍扬了下手，算是跟程洁打过招呼。两个女孩忙着换鞋，小铁的靴子不带拉链，没穿袜子，小脚趾都磨红了。她对屋里哪儿都不打量，仿佛要么不感兴趣，要么不是头一次来。靰鞡脱下身上的风衣扔在床上，推开衣柜门，取出一件又一件，问她："我穿这个，还是这个？"

小铁看似不假思索地指了一下。靰鞡换上一件白色外套，上面随意缝着几个质地稍硬的图案，都是小动物。她转身对程洁说："妈，我们要去参加一个宠物主题派对。没条件带的就得拿动物当dressing code。您看人家有这个——"说着拈起小铁脖子上挂的一只针织小猪，细看是个电子烟壳。

程洁没听明白，但也没追问。

"阿霓，时间还早，歇会儿。"小铁低声说，带点四川口音，语调很慢，稍显生硬。

她们走向窗边。靰鞡打开一扇窗户，小铁从裤兜里掏出一盒烟来，叼出一根，点着，递给了她。靰鞡吸了一口，说："这蓝莓味儿的真不错。"

靰鞡把那根烟还给小铁，她接着抽起来。从后面看她的肩挺宽，没什么屁股。当她把脸转向靰鞡，侧影还是有种别致的美。程洁想起娱乐新闻里常说哪个女明星有"姬相"，蓝色妖姬的姬，就是这意思吧。

靰鞡说："掉点儿了。"

小铁把烟头弹出窗外，关上窗户，依然低声说："带把伞吧。"

她们到门口换鞋。小铁蹲下慢慢系鞋带，显得很从容。临走时，又向程洁扬了扬手，算是告别。她挑的那把伞与自己那一身颜色特别搭，似乎并未顾及靰鞡。

程洁来到窗前，蒙蒙细雨中，楼下那条路冷冷清清，两旁几树杏花正在盛开，成片的洁白。一把黑伞从一侧进入视野，小铁一手撑着，女儿双手挽住她的另一只胳膊。小铁走路的架势大大咧咧，这动作和刚才说话都仿佛是故做姿态。看不见她们的脸。然后只看见两个女孩的后背，她们的腿，她们的脚。然后只剩下那把伞。然后什么也看不见了。

程洁没忙着去做饭，独自待在房间里，天渐渐暗下来，她也不着急开灯。心里又沉又紧。也许只因为出乎她的意料。为什么自己这一辈子，总是接连不断地出乎意料呢？当然没准她误解了、夸大了什么，她从来就不懂年轻人的事。反正我们那时候不这样。可是动辄就想"我们那时候"，实在又很可笑。

她忽然感慨起来：这世上有各种各样的爱，有的爱简直不知道它是爱。有的当下以为是爱，后来发现并不是那么回事；有的起初不懂得，等到明白却已物是人非了。她想起与老师通信后不久，自己做过一个梦：一座陡峭的山，山上隐隐传来老师的声音，她一步一步向上攀登，好不容易爬到山顶，只听见老师还有别的人有说有笑，但看不见人。她喊他，他没答应，不知是没听到，还是故意不理她。她大哭一场醒了，搞不懂这梦是什么意思，老师为什么不理她。

她还做过一个梦：不远处，熊熊的火焰向着山顶蔓延，恍惚看见有些人影在扑打，但无法扑灭。她敲开老师的房门，他笑着将她迎进屋里，却没说话。然后向外走去，那里大火仍在燃烧。醒来她想，为什么不在梦里对他说几句话呢？为什么不把他留住，或随他而去呢？

说到底他们究竟是谁先爱上谁的呢？程洁做这些梦时，老师好像还没在剧本和信里写那些涉及爱的话，甚至尚未提到要写剧本。不过一个念头在心中萌生是一回事，表白是另一回事。然而她真的做过这样的梦吗？他们确实互相讲过不少自己的梦，而他讲得更多。不如说，他们的关系就像一个漫长的、内容不断变化的梦。

她对老师说，身边没人能完全懂得自己，不论父母，还是朋友，更甭提同事和领导了。他虽然远在北京，却像专程赶来抚慰她，她仿佛突然间有了依靠。他在信中给她帮助，在作品中给她温暖。每当她心里特别烦，觉得自己很可怜，就情不自禁地拿起笔给他写信，边写边哭。

老师有一次来信说自己病了，感到很孤独，心灵的孤独。她想，谁能理解他呢？他的身边有人陪他说话吗？有人照顾他吗？他另一次来信说，自己向来以为人与人之间不能沟通，也无法理解；但通过写新的剧本，否定了这些想法。就是将来她随人远去了，她的心也必定为他所有，到那个时候，她推开窗户，朝着汤旺河喊一声，他也会听见的。她却不明白这是什么意思，还忍不住猜想，老师是否还在教林场别的人写作呢？譬如金部长，正谋划自费出本书，把写的什么乱七八糟的东西都收进去，声称要请老师作序，但她太知道那人水平几斤几两了。老师说过要来参加笔会，也是金部长张罗的，她未免自作多情了。可是老师随即来信说，自己打算为她写的是部爱情剧。

天很晚了，靳鞍还没回来，程洁打算先睡了。她把那个星黛露随手扔到书桌上，碰翻了一个粉红和白两色的机器人玩具，据女儿讲是肯德基套餐里的"超级飞侠"，也没去管。

程洁又记起已被废弃的那两句台词，觉得一向理解得也未必对。她的确想过，老师为什么要为她塑造一个这么苦涩的形象，而让她接受他，又是如此之难。也许认识老师是个错误，一个美丽而凄楚的错误。他信中一再描绘自己在北京的住处，那个小院，那扇院门，那条胡同，当她有一天来到那里，能够控制自己，与这一切保持适当的距离吗？在一个静寂的夜里，她打开窗户，满耳湍急的水声，却看不见黑暗中的汤旺河，不禁浮想联翩：就像自己做过的那些失落的梦一样，她既无法留住他，也不能随他而去。而他站在漆黑一团的对岸，看着她的长发飘舞在冷风中，是否听到了她无可奈何的叹息呢？他为什么不只写剧本，非得给她写那些信呢？他倾诉爱情的话太多，太强烈，几近于疯狂，让她不能不当回事，认为那是真的。

她确曾坚信剧本中的"你"是她而不是别人，她在内心深处敬重并爱着老师，她知道自己离不开他。但她也愈发察觉他是从她身上寻找一个什么人，这个人是他曾经拥有而失去的，或是梦中寻求而未得到的，假如真是这样，他所做的一切实际上深深伤害了她。他毕竟是位作家，从她的信里得到灵感，又在幻觉中想象着"你"。既然写的是剧本，也就可以美化"你"，升华"你"，所以这个"你"并不是她。这样一想，又有一种难以言状的悲哀。她还这么年轻，怎么会摊上这样的苦恼呢？

此情此景，乃至这些想法，或许同样出于事后的虚构。他虚构她，她未必不虚构他。不过她真的非要与已被他的儿子断言为虚构的那个"你"，那部剧，以及早已斑驳残败的那段记忆重新建立联系吗？就此脱身而去，打道回府，好像也未尝不可吧。

忽然从隔壁也就是那间主卧那边，传来一阵争吵的声音。这不是承重墙，不隔音，就在离自家床头很近的地方。说是争吵，实际上只是一个男人在不停咒骂，而那女人一直没还嘴。说的都是英文，程洁一句也听不懂，但能听出不可遏止的愤怒与仇恨，似乎接下来就要动手打人，骂急了还摔东西，不是杯子就是碗，声音清脆吓人。她掉换了个方向躺下，咒骂声仍然听得清清楚楚，以致久久不能入睡。这不也是个有点身份的人吗，怎么会落魄到住到这里，还这么一肚子火气呢？程洁想起自己与那个人的生活，想起老师信中描述过的他与后妻的生活，人与人之间的恨意绵延至今，仿佛比爱意要更清晰，有力。

门响了一下，靴鞡回来了。只留了一盏台灯，照不着她。听见她踢飞一只鞋，又踢飞一只鞋，听见她把上衣、裤子陆续扔在地上——这孩子一向不好好脱鞋，不好好放脱下的衣服，跟那个人简直一模一样；然后嘟囔一句："太累了，不洗澡了。"就重重地倒在床上，对一墙之隔的咒骂声全不理会。后背冲着母亲，身上混杂着香水味、汗味和动物的气味。

程洁假装睡着了，没有动弹，心想应该跟女儿好好谈谈，不是关于自己，是关于她。程洁刚生下这孩子不久，老师就来信说，你还未充分地认识到，有一个孩子，将是你多大的拖累。为孩子献身的时代早去了。而且，谁也不知道这孩子将来成龙还是成蛇？！还说，关于孩子的问题，你一点不考虑我说了无数次的意见。老师讲过的话里，这些本是她最不当回事的，一向觉得自己这么多年把孩子拉扯大已经足以证明他讲的并不全对。然而现在她却忽然有点疑惑了。不过若挑起话头，要么根本无法沟通，要么就会说个没完没了。这都不是她，更不是女儿在这深夜之际所乐意的。

靰鞡发出轻微的鼾声，母女俩同睡一床好几天了，程洁还是头一次听到。她拉起一角被子，轻轻盖在女儿身上。

程洁一夜没睡踏实。早晨靰鞡手机的铃声响个没完，程洁迷迷瞪瞪看见她坐在床边，正脱掉睡衣，光着膀子背对自己。这孩子还是没长大。程洁忍不住欠起身凑过去问："昨天那孩子，叫小铁的，你们这是整哪出儿啊？别嫌你妈多嘴。"

"我们没事儿呀。咦，我胸罩呢？"靰鞡又掀被子又翻枕头的，脸都没转过来。

"没事儿就行。"

靰鞡倒在床上，翘起双腿套上牛仔裤，仍然是那副开玩笑的口吻："您可别想歪了，八卦八到自家闺女身上。我们就是闺蜜，没别的意思。您不是说交朋友得交高人吗？人家可棒了，上大学的时候，无论只发一次的国家奖学金，还是每年的校长奖学金，都得过。不像我，专门啃老。"

"啥玩意儿呀，瘦得跟个猪精似的……"程洁嘀咕着，剩下的话没说出口。她发觉自己其实无话可说——不仅对靰鞡的生活所知甚少，就连此前以为清楚的都不清楚了。

"那我胖得跟个小猪告子似的，您就高兴啦？"

"瞎搅和啥呀。"

"您放心吧。我知道自己不想要什么；想要什么呢，得一样样地试不是？这辈子指定得找个人，成家，再生个孩子，让您抱上外孙。您这孤寂无聊的晚年，也能有点儿正经事儿干。"

"我倒没指望那么多。"

"今儿可有点儿晚了。吃啥呀？屎我一般留到上班再拉。哈哈，这叫带薪拉屎。"

程洁赶紧起来，去给女儿做早饭。

第四章

"程姐,"行政主管说——程洁终于听清楚了,确实是这么称呼她的,"余老师,就是陈导夫人,要来探班,一会儿到。今天别人都忙,你跟着吧。先到咖啡厅那儿去,我跟他们交代好了,准备红茶。等人到了再装杯,省得凉了。送到二楼排练厅。"

咖啡厅有八张桌子,坐着三个客人。程洁守候在柜台外面,里面服务员正按主管的要求做着准备。她看见主管和院长站在大门口。来剧院好几天了,还没跟院长说过话。是个四十来岁的女人,瘦高个,一副精明能干的样子。

主管伸手拉开大门,一个女人走了进来。院长热情地迎上去握手,看来彼此相当熟悉。程洁上网查过,陈牧耕的妻子叫余悠,曾是话剧演员,一度很红,但已告别舞台多年,他们在美国结的婚,育有一对儿女,以后一起回国,现在很少露面。她与院长岁数相当,但看着年轻得多,个子不高,穿了一身套装。一个中年男人跟在身后，大概是司机，手里提着个大圆纸盒。

余悠说："剧组是在休息吧？特地赶这时候来的，免得干扰排练，回头老陈不乐意。你再确认一下。"

院长拨打手机，随即说："就等你呢，咱们去吧。"

院长陪余悠上楼，主管跟着，司机在她后面。程洁两手各提四个打包袋，一共十六杯红茶，小指还勾着个纸袋，装着一盒柠檬片，以及糖包、奶球、吸管和搅拌棒，走在最后。一滴也没洒出来。余悠走到楼梯拐弯的地方，回头瞄了一眼，小声对院长说："你们这儿的人都挺能干啊。"

主管推开排练厅的门，屋里的人已经聚在门里迎候。大家一起围着桌子坐下，司机把蛋糕盒子放在桌上，悄悄退了出去。程洁搁下手里的东西，把杯子一一摆好。院长指着一位中等身量、皮肤黝黑的中年男人说："老梁，制作人，你们熟。"

"多照应啊。"余悠热情地和他握手，"回头聚一次，我来安排。"

院长说："有不少人你都认识，舞美，灯光，服装。演员都到齐了吧？"

陈牧耕对妻子说："还差几位，等排到他们的戏才来。这个剧'我'跟'你'的戏只有他们俩，'我'跟韵、娟和秀的戏才有其他角色。所以主要角色就是他们俩——这是与杭，不用介绍了；这是杨新米，头一次见吧？"

"新米，你好！我跟着老陈看了你的演出录像，真棒，特别是《暴风雨》。"她转头问丈夫，"是吧？"

"对，那个演得很好。"

杨新米恭敬地说："当年您是我的偶像。我这儿战战兢兢的呢，随时请陈导还有师哥调教。陈导，咱们第一次合作，也不知道能不能让您满意？"

"满意。"陈牧耕还是没多说话，但挺客气。

余悠说："肯定没问题。与杭，这剧本我早就读过，虽然男主人公贯穿始终，分量主要还在她这儿，尤其是一人饰演四角。你多配合，多切磋。好在你跟老陈合作不止一回了。老陈，你觉得呢？"

"是，大家多配合多切磋。"

程洁发现，今天陈牧耕情绪似乎不太高，抑或有些拘谨，与前两次排练休息时不大一样。这让余悠一时略显尴尬，但她随即恢复了进门时那种不无昂扬的状态。

赵与杭说："我是想跟陈导多学点东西，惦记着什么时候自导自演一回。对了，新米，我可以管余老师叫师姐，你们得叫师娘。"

杨新米有点发蒙："那我们叫你师哥，不乱套了吗？"

余悠笑着说："别听他瞎说，你是我小师妹，叫我Yoyo姐。"

陈牧耕对他们的寒暄无所反应。

余悠招呼道："来，请坐，请坐。"

各位纷纷落座，只剩下程洁站在一旁。

余悠问坐在身边的院长:"这位是?"

主管抢着说:"程姐,新来的保洁。"

余悠又看了她一眼,眼神带有善意,程洁不很理解。这还是第一次在这个排练厅里介绍她,但好像谁也没留意,包括导演在内。她再看看余悠,圆脸,脑门很宽,眼睛很亮,仿佛充满激情,肤色稍黑,精心化过妆,涂着红唇,戴了一副大圆耳环。

余悠站起来取下盒盖,是一个二十寸的白色奶油蛋糕,上面缀些奶油做的薰衣草,紫花,绿梗,底座围了一圈同样的紫色,看着很淡雅。她对程洁说:"那就麻烦你把蛋糕切了。"说着,从包里拿出一支凝胶洗手液放到她跟前。

程洁赶紧洗了手,拿起塑料刀,目光一扫,点一下在座的人数。这动作迅捷细微,却被余悠发现了,说:"把你自己也加上。"

程洁摆摆手,她可不是蹬鼻子上脸的人。她将蛋糕切成原定份数,每块大小相当,一一放进纸盘,安稳又麻利。院长招呼大家:"来,各人取各人的。"

余悠很诚恳地说:"我就是来看看大家,各位辛苦了啊。"她说起话来有种独异的感召力,并不张扬,但大家自然而然就以她为中心了,"与杭,我们家老二是你粉丝,一直追你的剧,还说,多帅!你可真有女人缘儿。回头你送她个签名照。"

院长说:"《令颜》大家惦记好些年了,这回我们剧院真幸运,陈导亲自出马,演员又这么强,肯定成功,首演时你得来捧场。"

余悠说:"你不请我也不像话啊。"转过身来面对大家,"老陈这人爱较真,有时近乎苛求,其实最从善如流了,你们有什么想法,千万别藏着掖着,不怕争论。他老是说,人跟动物的区别就在于能提问题,如果不提问题,不就白当人了。来,喝茶,吃蛋糕。新米,你多吃点儿。"

程洁留意到,陈牧耕瞟了一眼墙上的钟,而余悠也看到了。

大家吃完,余悠随即站起身来:"不多打扰了,你们接着排练。"

院长问陈牧耕:"要不要一起走?"

不等他回答,余悠就摆摆手:"我让司机再跑一趟吧,该什么时候结束就什么时候结束,他这人计划性特强,摩羯座,什么都按部就班。"

陈牧耕没有搭腔,和大家一起将余悠、院长和主管送到门口。程洁收拾好桌子,他们已经回来就座。程洁端着装了垃圾的纸盒出门,楼道里只剩下主管,说:"忙完了,到院长那儿去一趟。"

程洁推开那间办公室的门,院长坐在办公桌后面,余悠坐在对面的长沙发上,跷着二郎腿。见她进来,余悠略欠了欠身子,指着旁边说:"是叫程姐吧,来,坐。"

程洁坐下,竭力掩饰自己的紧张。院长说:"没什么事,余老师找你随便聊聊。"

余悠问她:"我看你气质挺好的,从前干过跟文艺沾边的工作吗?"

程洁说:"没有,都是粗活儿。"

余悠说:"在北京,还是外地?"

"广东。"程洁说着,心想不会是陈牧耕起了疑心,安排她来询问一番吧?

余悠说:"那边的人?"

程洁说:"不,我打北方去的,老家河北,挨着山海关。"

余悠说:"怪不得我听口音带点东北味呢。来过北京吗?"

程洁说:"头一回。"

余悠说:"那倒可以各处转转。不过我跟你说啊,北京这地方真没什么好,城市太大,气候不怎么样,整天雾霾,全国数这儿最严重,夏天桑拿天那难受劲儿,比你们广东差不了多少。吃的也不行,不都说是美食荒漠吗,跟你们那儿更没法比。要不是文化气氛稍微浓点,我们又干这行,我跟老陈早搬到别处去了。"

院长说:"我觉得你会喜欢上海的生活。"

余悠说:"你不是不知道,上海干话剧这行不太成啊,除非是音乐剧,但老陈又不干。"把脸转向程洁,"北京有落脚的地方吗?"

程洁说:"闺女在这儿呢。北师大硕士毕业,当编辑。"

余悠说:"能把孩子培养成材,母亲一定差不了。"

程洁觉察到,似乎余悠有意要与她拉近关系,尽管不知道目的何在,但比起这里的人还是让她感到温暖一些。这两天她打扫完卫生间,从斜对面的排练厅门外走过,心里总闪过一个念头:一帮毫不相干的人凑在一起切磋一件事,却把当事人排除在外;而这个人看着他们忙活,只能袖手旁观,说来未免有点荒诞。她甚而无法排除看热闹的心态:瞧瞧他们能把自己塑造或歪曲成什么样子。当然也许只是迄今还没真正看到排练所带来的焦虑吧。

余悠停止与院长的闲聊,对程洁说:"请问明天有空吗?"

程洁说:"是周六吧,没事。"

余悠说:"太好了。我想请你来我家帮个忙,有朋友要来插花,缺个打下手的。可以吗?"

程洁稍微松了口气,但还是不无警惕:"行啊,就是没干过精细活儿,笨手拉脚的——"

余悠打断她说:"那就定了。你住哪儿?到时候我安排司机去接你。"

程洁说:"不用。告诉我地址,说个准点儿,我个人去就成。"

余悠说:"别客气。是我麻烦你了。"

说了地址,留了电话,约好时间,程洁说:"那我干活儿去了,您二位忙。"

余悠热情地起身告别。程洁临出门时听见她对院长说:"我在学池坊花道,都坚持五年了。"

院长说:"每回你发朋友圈,我不都点赞吗?还都给存下来了。等正式演出时，咱们合作一回，在剧院办个插花展吧。"

程洁一边干活，一边回想这一上午发生的事，总觉得不太对劲，余悠像是心血来潮，又像有所图谋，不知道这是个什么样的人。

第二天早晨，程洁接到电话。来到小区门口，一辆黑色奔驰保姆车停在路边。连着两日雾霾，程洁不大习惯，吸进去的像粉末，嗓子也刺刺的，这天倒是响晴瓦亮。还是那个司机，给她开了门，热情地回身跟她打招呼，一路上没再说话。走的是前几天她和靰鞡去郊外同一条路。程洁想，要到的陈牧耕的家，会与当初老师的家有什么关系吗？尽管不在一个地方，又隔了这么多年。

老师的家她只去过一次——也不知道算不算真的去过。相识的第三年，她来参加一个北京林业大学和《中国林业报》合办的记者短训班。从五营乘火车到伊春，换车到哈尔滨，再换车去北京，坐的都是硬座，最后一程整整一天一宿。她是全班第一个来报到的，办好手续，匆匆洗漱一番，赶紧出门，换了好几趟公交车。

老师家的院门关着。她按响门铃。一阵脚步声由远而近，两扇门的一扇开了一半，一位头发蓬乱、素颜憔悴的中年女性站在门口，上下打量着她，板着面孔，却不开腔。这是老师的妻子——他的后妻。本该在程洁预料之内，但一时仍很意外。她支吾地问，陈地老师是在这儿住吗？那女人闭口不答。这时老师在那女人身后出现了。从二位之间可以看到院子是长条形的，离门口不远种着一棵梅树，深红色的花朵已经开始凋谢。看见她，老师怔住了，连声说一个学生、一个学生，赶紧把她送走了。走出那女人可能的视线之外，才问明她的住处，说尽快去找她，就转身回去了。

程洁独自站在胡同里，天空阴沉得像要坠落下来，像也在哭似的。那女人不是纸上写的，是个真实存在。老师曾为他们再次见面设想过多种方式，详细描绘可能的情景，就是没说会是这样的。回到学校，学员宿舍只住了程洁一个人，夜里阴森森的。她明白她是在幻觉中走近老师的，他所接受的也仅仅是幻觉中的"你"。第二天上午收到老师一封短信，写在她离开后不久。信里说委屈她了，伤了她的自尊心，也伤了她美好的情感，非常难受；又说生活就是这么酸苦的啊。

程洁在北京的日子，老师常来看她，每次都穿过几乎整个城市，没待多一会儿，又匆匆走了。当屋里只剩下他们俩，他激动地吻着她的长发；有一次要吻她的嘴唇，她躲开了。他也陪她逛了几个地方，包括颐和园，还一起看过几场电影，但除了那回看话剧，总是天刚擦黑就回家了。他既困窘，又辛劳。她待了半个月，当时觉得太长了。过后又觉得太短了。无论如何，老师家门口发生的那一幕难以忘怀，她真正明白了什么叫咫尺天涯。

车沿着一条穿越林间的道路，开进一个小区。两旁一幢幢独栋别墅，多半是红瓦黄墙，有的人家扩建过，仍是这路所谓欧式风格。到处丁香花都在盛开，有白的，也有紫的。车停在一道漆成白色的木栅栏围墙前。墙头露出几树樱花，一片粉红色，夹杂着些绿叶，掩映着黑瓦白墙的三层小楼。司机开了车门，让程洁下来，又用遥控器打开木栅栏做的院门。程洁还没走近，院里狗一阵狂叫，被余悠的声音喝住了。进院一个巨大的紫藤架，枝条上满是肥大的花芽，还没长叶了。旁边的白色的木制狗舍里，一只脖子被拴住的阿拉斯加又不依不饶地冲她汪汪叫着。

"行了加加，行了！"余悠喊道。她站在门口，裹了条驼色披肩，长长的前摆搭在手臂，白色高领打底衫，波西米亚风的印花长裙，热情地招呼着，"程姐来啦！辛苦你，咱们先在院子里剪点花材。"

房子前后都是花园，西边一条弯弯曲曲穿过草地的石头小径。后院有一棵海棠树，两棵杏树，两棵桃树，一阵轻风吹过，地上花影浮动，淡淡的香味，不知从何而来。

余悠在前后院各剪了几枝带花朵和花苞的，果然是演员出身，一招一式既自然又优雅。剪的都是斜口，边放进程洁提着的水桶里，边说："趁着大家来插花，顺便把枝条修一下。木本花材在我这儿解决，另外的请她们到花卉市场买来。"

程洁跟着她进了玄关，相当宽敞，余悠弯腰给她拿拖鞋，态度亲切。余悠自己换了双毛拖鞋，露出的脚趾盖涂着银亮的指甲油。推开一扇镶了四块刻花玻璃的老式木门，先是一大间餐厅，摆着一张实木长桌，几把椅子。右首是楼梯，旁边是厨房。左首是间同样很大的客厅，与餐厅相连，几个沙发围着茶几，上面放了一把咖啡壶、一把茶壶、几个瓷杯、一盘小点心、一盘水果，茶具和餐盘很讲究，这里两面都是落地的玻璃窗，尤为亮堂。房间布置得很简洁，墙上挂着几幅油画，有静物、风景，也有人物，右下角都签着"陈牧耕"和年月日。程洁觉得很有意思，老师剧本里"我"的身份是画家，陈牧耕居然也画画。她一直担心他在家，寒暄之际语多必失，现在既没见到他，也没见到孩子们。她当然不敢打听。

余悠先请程洁在餐桌上和周围地上铺上塑料布，放几个桶，各装小半桶水，把刚才剪的花材插在里面，准备了些垃圾袋。又带她去地下室，那里有个架子，一排排摆着花器。余悠指定五件，再加大大小小五个剑山，搬到一楼，放在桌上。

这时外面传来叽叽喳喳的说话声，客人到了。共有四位，都是女客，年龄与余悠相仿，有一位稍显朴素，其余都打扮入时，还化了妆。

余悠把大家迎到餐厅，对程洁说："这是结衣酱，日本朋友，来北京好几年了，热爱中国文化。周姐。孙姐。李颖。"转向那几位，"这是程姐，专门请来帮咱们忙的。"

客人手里各拿着一两扎花材，有爱丽丝、金盏菊、小绣球、连翘、蝴蝶兰、马蹄莲、鸢尾叶、红瑞木、黄瑞木等，程洁接过来，插在水桶里。

身材矮胖的周姐问:"Yoyo姐,陈导没在家?老大老二呢?"

余悠说:"今天三影堂有个园游会,是个摄影展开幕式,还能赏樱,又有创意集市,他带孩子去了,给咱们半天空闲。"

程洁如释重负。

周姐带来两个纸盒,一个大而扁,一个小些,稍高一点,都是乐高玩具。她说:"保时捷911汽车模型,给大强;心湖城友情俱乐部,给今今。"

余悠说:"不愧是他们的干妈,知道各自喜欢什么。"说着嘱咐阿姨,"去给搁在孩子房间里。"

程洁看着阿姨逐一打开楼梯旁边两扇关着的房门。

周姐说:"Yoyo姐,你们家紫藤快开了,能不能找个日子来插一回呀?这种花材哪儿也买不到。"

余悠说:"好啊。紫藤我算多少种出经验来了,冬天和春天只施磷钾肥,不施氮肥,这样能先开花,后长叶。老陈特喜欢紫藤,小时候家里就有一棵。去年还是他爬上去剪的枝,比请的师傅都仔细。"

程洁心里一动:老师在信中提到过自家院子里的紫藤架,说垂落下一束束粉红的花,引来不少蜜蜂。不过现在外面那棵树龄看着超不过二十年,大概不是故家旧物。

余悠说:"来,今天插立花新风体。咱们边插边聊天。有茶点,随时享用。"

她从放在玄关的两个花盆里，剪下开得正旺的几枝茶花。各位脱去外衣，围着餐桌，分花材，挑选花器、剑山，然后开始插花。

程洁说："我给你们把茶端过来？"

余悠说："不用了，没地方放，谁要用谁自己过去吧。"

高个的孙姐拿起一枝樱花说："咱们这儿都是这个品种，花开的时候，叶子也长出来了。不像在日本见到的，花落了才长叶子。"

留个日本娃娃头的李颖说："有人说樱花格高，就是因为开花时不长叶子。"

余悠说："后天咱们就上日本赏樱去啦。"

程洁站在一旁插不上手，正好悄悄四下张望，屋里摆的都是外国老家具，不大像与老师有什么关系。她很惋惜从没机会进入老师那个家，它已经湮没在遥远的过去了。

快到中午，大家都插好了，五件作品在桌上摆成一排，相互做着品评，推举余悠和孙姐插得最好。程洁瞅着都挺像样，却不懂其中意味。

几位欣赏完了，余悠让程洁分别摆在玄关的条案上，餐厅的酒柜上，还有客厅的小圆桌上。玄关一侧有两扇障子门，推开是个日式茶室，铺着榻榻米，在中间的茶几上也摆了一盆。余悠说："还剩一盆，放在书房吧。"

程洁跟在她的后面，走上楼梯，中间平台上方挂着一幅巨大的油画，画的是冬季的海景，白浪滔天，阴云低垂，不胜蛮荒。屋里所有的画都镶着精美的木框。到了二楼，迎面是开放式的书房，两面落地书架，整整齐齐摆满了书。两边的房间门都开着，里面布置风格不大一样，但都露出了床的一角。程洁心里一动，敢情他们夫妇是分房睡的。

　　书房中间两扇窗子，能看见后院桃树缀满粉花的树冠，当中一个大写字台。窗户之间的柱子上也有一幅油画，不太大，是几枝梅花，朵朵鲜红，触目惊心。这番久已暌别的景色竟得重睹，而且是自己方才想到的。其实她这趟来，一直希望关于老师看到点什么，听到点什么；当然最好是她迄今还不知道，也许永远都不会知道的事情。不过陈牧耕这幅画中阳光明媚，充满暖意，与程洁的记忆大不一样——她突然怀疑是否真见过那院里有株梅树，当时只是匆匆一瞥。余悠搬来一个小方几，摆在写字台斜前方，让她把那盆插花放在上面，自己坐在桌后看了看，用手机拍了照，带她下了楼。

　　程洁把餐厅桌上、地上收拾停当，擦干净桌子，把剪掉的枝条都收进垃圾袋，放到院子里。回来阿姨已开始上菜。余悠安排结衣、周姐坐在一侧，孙姐、李颖坐在另一侧，程洁要去给阿姨打下手，余悠说"你别客气，坐吧"，让她坐在周姐旁边，自己则在靠近结衣和孙姐那端落座。菜是凉拌黄瓜、油焖春笋、清炒豌豆、韭菜炒绿豆芽、蒜苗炒腊肉、红烧牛腩、油泼鲈鱼，还有一大碗整只母鸡炖的鸡汤。餐具很精致，每人面前摆着一小碟酱油。

余悠对阿姨说:"把鸡肉撕下来,装个盘子。"转头对着大家:"这是去附近农村买的,现杀的走地鸡,汤鲜,肉也不柴。"

主客边吃边聊,程洁知道不能插嘴,也无从插嘴,但又不能埋头吃饭,只好不管谁开口,都做出在听的样子,很不自在。

余悠对孙姐说:"我知道你爱吃羊肉,抱歉,今天没有。平时老陈在家,特爱给我做好吃的,就是羊肉一点不沾,也不许别人在这家里吃,有一回人家送我个羊腿,我偷偷藏在冰箱里,被他发现了,把羊腿连冰箱都给扔了。"

打扮得像个女学生似的结衣用略显生硬的中文说:"Yoyo姐,你们这次去日本,是什么样的行程?"

"阿姨,把茶几上那张纸拿过来。"余悠举在手上,招呼一下周姐和李颖,边看边说,"正好跟你们交代一下:周一上午首都机场集合,上飞机,中午关西机场降落。在大阪住一晚,到大阪城赏樱,逛二手店。周二去城崎,周三去伊根町、天桥立,都住带早晚餐的日式温泉酒店。周四晚上到京都。转天就去六角堂看花展前期展。周六、日可以在京都赏樱,也可以逛几个 flea market,地点和去的路线都有了。周一再去看花展后期展。周二下午的飞机,中午在机场吃个茶泡饭。"

程洁听得稀里糊涂。

孙姐说:"你这攻略做得不错。"

余悠说:"是老陈做的。我们每次出外旅行,去哪儿,什么路线，都是他来设计。他这个人做什么事都那么认真。他说，去日本旅行跟去欧美不一样，好处是便捷，安全，舒适。一定得安排住几宿日式旅馆，不然很难说不虚此行。咱们这一趟，他说尽量利用当地交通便利，怎么坐火车、换汽车都给查好了，还说得照顾每个人的兴趣爱好。"

孙姐笑着说："李颖最爱逛二手店了，非把人家柜台买空了不可。"

余悠说："老陈还建议，咱们花展看累了，在六角堂一楼喝个抹茶，配赏樱花季点心。晚上还可以去那儿赏夜樱。他去年秋天陪我去参观过一次，先是一件件地帮我拍照，看得也很仔细；后来聊起心得，好像比我这学了好几年的领会还深。"

周姐问："陈导怎么说？"

"我还发了朋友圈呢，但没提他名字。"余悠拿出手机，查找起来，"这儿呢：'有人说，在一件池坊插花作品里，常常容纳三种时间：逝去的，此刻的，新生的。'还有这个也是：'花道的神髓，或许就在于因小见大，因有见无，以有限的花、草、木，呈现空间的无限与时间的无限。'"

"说得真好！"众人几乎异口同声。

余悠说："老陈就是这么个人，宁肯多学点与自己并不相干的东西，也不愿意白白浪费时间。他陪我逛二手店也是这样，开头站在门外等我，后来上网、看书，说到各种品牌头头是道，比我门儿还清。"

程洁发现,她对丈夫那份仰慕,简直溢于言表。

吃完饭,客人由主人陪着,又在楼上楼下重新欣赏一遍刚才插的花,拍些照片,就告辞了。余悠小声对程洁说:"你再待会儿,回头我让司机送你。"

程洁独自站在客厅里,等余悠送走客人回来。余悠让她在桌边坐下,自己坐在斜对面,拿出一个信封,推了过来,说:"不成敬意,今天谢谢你了。"

"这怎么好意思,"程洁瞟一眼那信封的厚度,估计是一千元,"没干什么活儿,还落了一顿好饭。"她觉得今天余悠叫不叫自己来两可,那么是别有用意了,心头稍稍一沉。

"别客气,不然我不敢再麻烦你别的了。"余悠起身给程洁和自己各倒了杯茶,看着程洁把信封塞进皮包,才不紧不慢地说,"就是闲聊几句。谁让咱们一见如故呢,那就说点不见外的话吧。"

程洁不免正襟危坐,但没敢应声。

"你也知道,剧院正在排陈老先生的《令颜》,女主角是杨新米。她毕业几年了,没演过什么像样的角色,大概就是个花瓶吧。这次老陈挑她演主角,难度还那么大,她真的有这本事吗?老陈光夸她,我担心他看走眼了。老梁也让她哄得找不着北。杨新米这人名声不大好,保不齐又打什么主意。我想请你帮我盯着点,有什么动静,告诉我一声。放心,我另有酬谢,不会让你白忙。"

"我就是个保洁，才刚去——"

"我看中的就是这一点。实话说吧，我原本也是话剧圈的人，跟于院长算是深交，但她和老陈也挺熟，剧组里的人呢，又怕传闲话，只能找你这圈外人帮忙了。我看你这个人挺懂人情世故，也很能干。于院长是热心人，剧院里你但凡有困难，尽管跟她开口。那就拜托你了。不过真要有什么事情发生，也不用你管，我多少有点人脉，自己可以解决。"

程洁听得毛骨悚然，余悠却说得不动声色。程洁忽然想起一件事：那天快下班了，主管叫她帮忙把给导演专门安排的房间收拾一下。屋里没人，衣柜里挂着她第一次来剧院陈牧耕穿的那件铁灰色的风衣，后面放了个纸袋，装着一条紫红色的手织毛线围脖，正是她看见杨新米曾经拿着的。

余悠接着说："你大概对这剧本的内容不太了解。是个非常好的作品，发表至今整整二十年了，还没搬上舞台。老陈一直压着，谁想排都不同意。剧里表达的情感有点复杂，我是说男主人公对女主人公的情感，一般人不大容易理解，理解了更不容易赞同。这回老陈终于下定了决心。我到现在也没把握，他这么做对不对。当然他想完成父亲的夙愿。老先生那么高的地位，我们上戏剧史课都要讲到他，几部代表作这些年都重新上演过，还改编成电视剧，晚年有这么个作品，风格又那么独特，跟他先前的作品完全不同，跟他同辈人的也不同，真不知道他是怎么写出来的，当然也可能会引起争议。所以老陈很慎重，但他说如果现在不排出来，再拖着恐怕就没精力排了。总之我不希望节外生枝，发生什么别的状况。"

程洁想，倒是可以告诉余悠这个剧本是怎么写出来的，告诉她其中所表达的是什么情感。没想到有了一个要跟自己聊聊这件事，自己也可能跟她聊聊的人——不过当然什么也不会说了。

余悠说："老先生我没见过，但看他这部作品，我明白了什么叫才华横溢。老陈跟他还不是一路，这么说吧，一个天资特高，一个用功更勤。性情也不一样，听说老先生是急脾气，爱发火，老陈要稳重得多。不过老先生当年因为生活问题吃过不小的亏，不然对他的评价还得更高呢。"她重新围了一下披肩，接下来的话有些吞吞吐吐，"老陈告诉我，老先生这一辈子活得很不幸，无论……还是……老陈跟他这方面也不一样，为人一向小心谨慎，从来没有绯闻。你看，我们的日子还不错吧。我和老陈的关系很好，孩子也乖，谁见了都喜欢，可惜今天他们不在。老陈也这个年纪了，我们都不希望生活有什么闪失。倒也不是专门针对谁。"

余悠背后那面墙上，挂着这屋里最大的一幅画。画中一个女人坐在玫瑰园里，四周开满了红色和粉色的花朵。她戴了顶很大的遮阳草帽，目光低垂，身子稍稍前倾，穿了件白色的吊带连衣裙，露出光洁的肩臂，胸部也很丰满，右手拿着一本很厚的书，食指夹在书页当中，蓬松的裙摆遮住双脚。一眼就能认出是余悠，正值年轻貌美，日光与花色映在脸上、身上，皮肤也显得白净。或许是陈牧耕刚认识她不久画的吧，彼此说得上情投意合。不知这份感情如今已经衰减到什么程度了，眼前这个女人显然在竭力挽留剩余的一切。

程洁说："谢谢您信任，我尽力啊。"

余悠说："我得谢谢你才是。我拿你当自己人，你也拿我当自己人啊。那咱们聊的这些，就是自己人之间的话，对吧？今天辛苦你了，改天再聚。我找出几件小首饰，带给你女儿。别客气。"

出别墅时，那只狗又摇着尾巴一阵乱叫。回来路上，司机还是热情地和她打招呼，继而不再说话。程洁忽然又想起那条围脖的事，余悠要程洁拿她当自己人，她却没有告诉余悠，刚才是否应该提一下呢？不过余悠要是不说起杨新米，程洁对此还不曾觉察呢。这发现忽然让她感到杨新米与自己的距离被拉近了——那是个活生生的女人，而且是心思可怜、命运兴许叵测的小女人，就像自己当年那样。

程洁想，余悠提及老师的生活欲说还休，没准自己知道的比她还多——老师在信中一再写过。他说自己两次结婚，两次失败。现在不到一个月总会和后妻大吵一架。后妻是个思想闭塞，目光短浅，性格孤僻，心灵不能沟通的人，不理解一个创作者需要什么，常常冷漠得令人难以想象。他曾寄来一张照片：他站在那条胡同里，靠着一堵墙，背面写道：路太长，走累了。他说后妻没有一个朋友，也不希望家里来任何客人。他告诉程洁，假如有一天来看望自己，一定事先约好时间。这番话写在她动身去北京之前。她在火车上叮嘱自己不要给老师添麻烦，但一抵达还是忍不住径直上门去了。想到能再次见到老师，特别兴奋，居然打算给他一个惊喜。不知道自己当年怎么那样幼稚，又那样任性。

她又想，余悠和老师的后妻大概没有什么联系，彼此的处境却不无相近之处。眼前浮现出刚才聚会，还有在剧院时余悠的样子，那么出类拔萃、光鲜亮丽的女人，居然如此缺乏安全感，低眉顺眼地找自己这样的人盯着她的老公。推想起来，老师和后妻之间大概也是这种状况吧。那位后妻未必像老师讲的那么不堪；假如真是这样，老师或许也应该有一份责任。

老师是怎么认识那位后妻的呢，他向来没有提起。如果她确实一无可取，当初他们怎么会恋爱、结婚的呢？两人之间肯定也有过或长或短一段甜蜜的时光吧。多少年来程洁从来没有想过这些，现在也不愿意多想。

程洁倒是知道陈牧耕和余悠的相识过程——假如那篇网文没有胡说：当年在美国，他们是在纽约附近一条河边偶然遇见的，那天他在写生，而她在散步。闲聊之际，谈到一位现代艺术的先驱，居然各执己见，争个不休。但因此也就有下一次，两人相约去了一家收藏那位画家作品最多的博物馆。见了几次才发现彼此都是搞话剧的，在异国他乡简直是种缘分。不过据作者讲，其实一切都出于余悠的精心设计，她就是想认识这个叫陈牧耕的男人。

程洁回到家里，乱得不堪，床也没铺，靰鞡不在。自己早晨出门时，她说是要去学车，但还在睡懒觉。程洁拿出余悠送的首饰，还都是好牌子的。发微信问靰鞡是否回来吃晚饭，回的是个小狗摇头的表情。看她的朋友圈，下午发了条"铁哥带我逛军博，明日战场报祖国"，配了两张照片。一张是自拍照，两个女孩的脸贴在一起，小铁穿了件灰色帽衫，胸前醒目地印着"中国"二字，背景是一面挂满步枪的墙；还有一张只拍了两人的脚，脚尖都岔开六十度，穿着同样的黑色高帮板鞋，鞋帮上有道白色波浪图案，看着又笨又丑。

程洁中午没吃饱，晚上自己去了靰鞡曾经提到的那家广东茶餐厅，顾客不少，她点了一份三杯鸡饭，一碗例汤。接着想，老师第一次对她讲自己生活不幸，是在认识的第二年春天。此前她去信提到，自己做梦都没想到，能够成为老师的学生。他说感觉她字里行间砌了一堵墙，随即询问她是不是要结婚了。他真是天生搞创作的人，不然不会这么敏感；反过来说，假若反应迟钝，趁早别搞什么创作了。她只好如实回答，的确有这个打算。老师曾说半年多来，她给了他太多灵感，只希望他不会伤害她，不会妨碍她。她想的却是半年多来，他成了她的整个的精神世界，她不知道自己怎么会那么在意他，那么容易被他伤害。所以还是赶快结婚为宜。

但她告诉老师，对方是个无法激起她半点爱意的人，甚至老记不住那张脸。那人叫徐建华，上的也是伊春林业学校，比她高一级，在学校就追过她。这年春节他来串门，带着一本家具设计图案，问她中意哪种。他喜欢做木匠活，对各种木材懂得很多。临走时说，这么些年了，给个答复吧。过些日子她听说，他居然把一整套家具都打好了，尽管自己当初无非顺手一指。她想，那就这么定了吧。

老师获知后来了很多信，一天就是好几封。他说，谁也不该阻拦她结婚，但她要是和一个自己根本不爱的人结婚，就彻底毁了。他为此忧心忡忡，要把她从火坑里救出来，这样的事他知道的太多了，有过的教训也太多了。他还打来几封电报，都是自主自愿、宁缺勿悔之类的话，林场那小地方，大家好奇出什么大事了。老师讲，发电报时女服务员边数字，边同情地说，把她接来吧，躲一阵就过去了。然而程洁并不需要躲什么，没人逼她，这是她自己决定的。老师是想帮她摆脱困境，但她明白，不结婚并不能真的摆脱困境。老师说过，他的心情非常矛盾，希望她有一个好丈夫，但又怕失去她。他想隐藏对她的感情，却做不到。

不管怎样，她推掉了这门婚事。后来她和另一个人结婚了，想起老师的话，还是不幸而言中。这些话出自那么一个倜傥不群的人之口，竟然千真万确。徐建华不久就辞职离开五营了。多年后，妈妈在长途电话里对她说，还不抵找徐家那小子呢，人家如今在北京混得人模狗样儿的。

这家餐厅标榜广东口味，程洁一吃就发觉太蒙事了，尽管自己是个这方面并不讲究的东北人。她想起在佛山常去的同济路上那家牛杂店了,味道才叫地道呢。点开大众点评,这里打分居然挺高,真该给个一星。回家路上她想,其实什么都是徒有其表,不堪探究。

这么晚了,靰鞡还不回来。

第五章

周一上午,程洁第二遍打扫完厕所,行政主管站在楼道里等她,说:"程姐,跟你商量商量,院里打算给你调整一下工作,现在干的这些都不用干了。专门跟《令颜》剧组,负责那儿的卫生,休息时给他们送饮料,到饭点儿叫外卖,再给导演助理小王打打下手,复印点儿材料什么的,差不多是个剧务的活儿。上下班跟着剧组,晚来、晚走,超时给发加班费。怎么样,时间上没什么困难吧?"

程洁心里一阵激动,并未显露出来。余悠真还挺有能耐。她故作平淡地说:"行吧。"

"那就打今儿开始?说实话比现在轻省。闲的时候你找把椅子一边坐着,别打扰他们。就是一遍遍排练,挺没劲的。可以玩手机,留神别出声儿。"

"放心,一准让大家伙儿满意。"

主管带着程洁打开二楼排练厅的门,把钥匙交给她。说:"你再打扫一遍,他们两点开始。"

房间周五有人打扫过,但程洁发现,浅色地板上留有一两块洒的饮料的痕迹,黏脚,还有几根头发,窗台上有灰,玻璃不大干净,椅子也没摆整齐。她赶紧忙乎起来,午饭都吃得匆匆忙忙。活干完了,站在门口。莫名其妙有种她作为这里的主人,迎候客人光临的感觉。想想真得感谢余悠,她托付的事情也不能不上点心。

小王是一点半到的,颇讶异于窗明几净,客气地说:"是程姐吧,以后就麻烦您了。"交给她一沓纸,"这是导演新调整的剧本,赶紧去办公室复印十份,每人一份,剩下的搁一边。"

剧本的第一页印着"令颜(导演排练本)",第二页是"人物表":

我(画家):一九八五年遇"你"时六十五岁。一九四四年遇韵时二十四岁。一九四八年遇娟时二十八岁。一九五二年遇秀时三十二岁。

你(橙,看林人之女):一九八五年二十岁。

韵(大姐):一九四四年二十岁。

娟(二姐):一九四八年二十岁。

秀(小妹):一九五二年二十岁。

其他人物若干。

程洁复印完了，门卫叫她去收快递。是送给杨新米的花，还是一大捧粉、白两色的玫瑰。上面插了张卡片，手写"顾明恒"三个字。回到排练厅，导演和演员陆续到了，总共只有五六位。程洁把花递给杨新米，她没接，只把那张卡片抽出来丢进垃圾桶，指指角落的空花瓶说："插那儿吧。"

各位要喝咖啡的，程洁给送上；自己带茶杯的，给续满水。然后坐在房间角落一把椅子上，远离他们围坐的长桌。陈牧耕往她这边扫了一眼，对大家说："院里对咱们挺照顾啊，这部剧外面也很关注。上演后在北京演一轮，就到外地巡演，再在北京安排第二轮，可能还会出国演出。各位多卖力气，首演一定来个开门红。"

小王说："今天的人到齐了，咱们开始？"

陈牧耕说："开始。重排第一幕。"

赵与杭和杨新米离开座位，各自站在排练厅中央的一侧。杨新米穿着红色套头卫衣，胸前绣着白色烫绒的两行英文，下摆很短，里面是件黑色打底，黑色紧身牛仔裤，黑色切尔西靴，连成长长两根黑棍，看不清腿和脚的分界。程洁发觉自己很留意这个与"你"相关的女孩的一切，包括服饰在内，尽管也知道日后在舞台上并不是这样。剧本里关于"你"的形象只形容为"绝美"，也就是题目里的"令颜"吧，杨新米上妆后，应该当得起这两个字。

陈牧耕和小王将椅子转过来，对着他们。

小王拿起剧本念道:"人物:我,你。场景:一九八五年秋,小兴安岭。舞台是森林中的一小块空地。阳光从树木顶端直照下来,树干阴面有一层暗暗泛绿的苔藓,腐朽的树桩上长着一丛丛淡黄色的蘑菇。背景是原始森林。'我'身穿野外写生的服装,背着画架,从舞台一端上场,步伐缓慢,东张西望,显然被森林的壮观景象吸引住了。'我'虽然年过六旬,但精神矍铄,身体健康。'你'从另一端上场,身材高挑,面貌绝美,一头长发束为马尾垂在背后,穿着工装,青春焕发,天真活泼,甚或蹦蹦跳跳,显得无所用心。'我'偶然看到'你'的脸,吃了一惊,以致目光长久不再离开。'你'感觉到了,以为自己头上落了什么飞物,匆忙以手拂赶。森林很静,传来几声鸟叫。为了掩饰,'我'开口说话。"

他朗读时,饰演"我"的赵与杭和饰演"你"的杨新米按照舞台指示做着动作,相互走近。

赵与杭:"请问这是什么鸟?"

杨新米:"这叫蓝大胆,不怕人,特好动,在树枝间飞来飞去,根本停不下来。——我刚才怎么啦,您看什么呢?"

赵与杭略显尴尬:"对不起。"

杨新米看看自己身上,并无生气之意:"您都把我给看毛了,有什么不对劲的吗?"

赵与杭:"没有啊。我是个画家,来这里写生。一路见的秋天景色可真美啊,是叫五花山吧,每棵树,每片叶子,每一朵花,都值得画下来。但是好像缺点什么——也许缺的不只是一点'什么',是只有背景,还缺少一个主要形象。可以画的东西很多,而我需要的是那么一个能够融入我的全部阅历,充分表现我的人生体验和审美情趣的形象。"

杨新米:"您说的是什么意思呀?"

赵与杭:"哦,没关系……然后我就看见你了。不好意思,不由得这么盯着人看,请你原谅。"

"停一下。"陈牧耕站起身走了过去,"与杭,开头这儿,前几次排都不太对。这个角色,来到这个地方,不是这么回事儿。"

赵与杭说:"我还真去过一趟东北森林,不过是大兴安岭,夏天。小咬儿可太厉害了,那会儿我留中分,嗖的一下飞过去,顺头发缝咬一溜儿包。"

陈牧耕说:"我是说,不要给这角色定下这样的调子。不要过分强调艺术家的潇洒,不要派头,不要主动展现魅力,一定得真诚。"

赵与杭一脸懵懂:"我……我是这么演的呀。"

陈牧耕说:"那个年代人和人的关系,跟现在还是很不一样。'我'这人物平常应该有些拘谨,并不随便跟陌生人尤其是陌生女孩儿搭话。他真正从心底被一种美所吸引,所震撼,才那么留意人家的相貌。"

赵与杭说:"明白了。我想想认识的艺术家里,有哪位能靠一靠。"

陈牧耕说:"'我'是个老派的艺术家,大概已经没有这样的人了。这跟成就大不大没关系。说实话,如今生活中、屏幕上见着的艺术家,多半是假招子,也许远离他们,反倒对了。"

赵与杭说:"嗯……容我好好体会一下。"

程洁看的听的都很仔细,但还是想象不出,两位演员将来在舞台上怎样真正表演。他们说话声量不高,多少带着语气。赵与杭尽管一开口气场很强,声音也颇具魅力,不过确如陈牧耕所说,"我"真不是那么回事。陈牧耕这个人看着温泽如玉,在现场却有几分强势。台词里提到的蓝大胆、五花山,都是程洁在信里告诉老师的。如今听来很亲切,不由得记起自己过去的工作环境,那么逼真,生动——已经好久想不到这些了。杨新米肯定不会有类似的想象吧。

陈牧耕说:"再来一遍。"

赵与杭这次做了些调整,陈牧耕说:"有点儿那意思了,还是不够。按照这个方向,再朴实一些,稳重一些。"

程洁想,无论赵与杭怎么演,他也不是老师,一点影子都没有。说实话,她对此根本无所期待。不管谁来演,她都能从"我"身上清清楚楚看到老师。

这一段他们反复排练了多遍。

陈牧耕说:"就这样吧,休息一下。咱们这么仔细推敲人物,戏才立得住,不然就跑偏了。"

赵与杭说:"您放心,我心里多少有谱了。"

程洁去取饮料，小王说："下次排练准备点儿零食，浪味仙、牛肉干，乐芙球要巧克力味儿的，薯片要泡菜味儿的。多少钱打给你。"

程洁回来看见杨新米坐在桌边，赵与杭站在背后，正给她按摩肩部，左手腕戴着个沉香木手串。他的身子微微前倾，下巴颏轻轻抵着她的头顶，说："咱女儿最近怎么样了？老没听你提起。"

杨新米说："昨天晚上吐了，是不是什么东西吃得不合适？"

"你这妈妈不合格呀！"

"还没跟你告状呢，脾气越来越大，上个月我去青岛排戏，一礼拜没回来，就在我床上撒尿。"

程洁听得云里雾里。这时陈牧耕进来了。赵与杭从身边的背包里取出一张照片，双手递上，说："上次 Yoyo 姐发话了，我好好给签了一张。您看行吗？写的是'给今今小朋友'，字不好，多包涵。"

陈牧耕说："名字倒是签得挺帅。我给你带回去，你发微信告诉她一声。她今天出发去日本了，你的好意得让她亲自领。"他把照片放在桌上，"来，咱们接着排。把调子定好了，下面就好办了。"

赵与杭稍显迟疑地说："陈导，我有个感觉，其实最早念剧本的时候就想说，但不知道说出来合不合适。就是台词略偏文艺腔儿，现在的观众不会觉得隔吧？"

杨新米说:"剧本写在二十五年前,那时候就是这样的写法吧。"

陈牧耕说:"这是个唯美主义的作品,台词多少带些诗意,听着隔一点儿反倒是对的。咱们这个剧组要有文学水平,要体现出一种美学上的追求,演出不能单纯为了说事儿。来,咱们接着排。"

赵与杭和杨新米回到刚才排练时站的位置。

杨新米:"哪里,哪里。我在林子里转悠一整天,也见不着一个人,倒是难得有人看看我。有时我想,就像这里一棵树长出的一片叶子,或者开的一朵花,没人留意,甚至没人知道,真是自生自灭呢。哦,这算是孤芳自赏,容易招人讨厌吧?但也没什么呀,正因为孤芳才会自赏,再怎么自赏也是孤芳。不过家里虽然有一面镜子,我也不喜欢老是对着它照,看自己长成什么样了。"

赵与杭:"请问,你是这里的人吗?"

杨新米:"我生在这儿,长在这儿。我爸是看林人。我高中毕业留在林场,接替爸爸,也照顾他。我的名字叫橙,橙子的橙,我们这儿不产这个,是我妈妈起的名字。"

陈牧耕说:"新米,'你'这个角色把握得很准确。就是要那种纯粹的感觉,有点儿憨,但不傻,没见过世面,但不愚昧无知。一切只是天真流露,就像剧本里写的那样。"

杨新米高兴得脸都红了。

程洁听到"我的名字叫橙"此刻从杨新米嘴里说出,心里咯噔一下,似乎其中隐秘的含义得到了确认——有如冥冥之中,老师在呼唤自己。看看陈牧耕,丝毫无所留意。不过程洁当年不是在苗圃育苗,就是在山上种树,"看林人之女"其实跟她并不搭界。

赵与杭:"能跟我多讲讲你自己吗?"

杨新米:"我有什么可说的呢,反正天天就在这林子里转啊转的,这一片是红松,你看这一棵棵都顶着天似的,其实长得特别慢,从小苗到成材要三百年呢,看上去天天都一个样,可是这工夫我们看林人已经从年轻熬到老,换了一茬又一茬啦。您说秋天这林子美,要我说啊,哪个季节都美,冬天好像还更美呢。我跟着伐木工,天不亮就从工棚出发,扛着大斧,夹着大锯,走到这儿,白色的山路上,一长溜黑色的人影,一路只听见扑哧扑哧踩雪的声音。天真冷啊,每个人的胸前、领口、眉眼,都挂上一厚层白霜,成了雪人啦。请冬天来这里画画吧,记得您说过您是一位画家。"

陈牧耕站起身来,说:"新米,这里不要说得太诗意了,要轻松一些。从这个角色的生活经验来说,并不是什么了不起的稀罕事儿。下面'那您是个名人了'那句,也不要显得大惊小怪。"

说完他示范了一下这段台词。杨新米重新说了一遍,陈牧耕满意地点点头,坐下。程洁想,这大概是剧本里采用她的原话最集中的一处了。为什么不可以说得诗意一点呢?她给老师的信里还讲过，她工作的地方，有咱们国家唯一的原始红松林。老师回信问，只有红松吗？她说，以红松为主，夹杂着落叶松、鱼鳞松、樟子松、水曲柳、黄菠萝、山杨、桦树什么的——这些多年不提，忽然都在嘴边了。

赵与杭："我是画家，画了一辈子的画了，走遍天南海北，画风景，画人物，画静物。这回是你们林业局邀请我来画画的。"

杨新米："那您是个名人了？我们这儿见着名人可是件稀罕事。"

赵与杭："名声什么的都是虚妄的，生前已经靠不住，死后就更别提了。对于一位画家来说，最重要的是创作出真正具有价值的作品——那种使自己能切实感到，自己的所有时间与精力不曾白白投入，真正值得用总共只有一次的生命来交换的作品。这里评判者不是任何别人，而是创作者本人。正是在这副眼光下，我对既往的作品始终难以满意，越来越笼罩在遗憾与惶惑之中。你看这里的每棵红松，都长得又直又高，它们知道什么在召唤它们，它们的目标非常明确，它们永远奔向天空正中那轮太阳。我们的人生和创作，也应该这样。时至今日，我还不配称作什么'著名画家'或'优秀画家'，尽管别人经常这么说起。我希望一切从头开始。无论如何，我希望好好创作一幅作品。回想起来，既往的经历其实都是为此而做的必要准备。我已经活到非画这样一幅作品不可的年纪了，再不画就来不及了。我一直在寻找我所久久失落的，我要找到她，一定要找到她，从我一生的道路中去寻找，穿越时间与空间去寻找。"

陈牧耕说："与杭，说完'时至今日……'这几句，你就像舞台指示写的淡淡一笑，但话还是要说得再恳切一点儿。"

赵与杭说："导演，我怎么觉着这里他们才见面，还没到交心的时候呢。"

陈牧耕说："之前说过，这剧本里'你'是'我'虚构出来的，所以'我'对'你'说话，实际上是跟自己交心。"

天色有些暗了。程洁冲小王指了一下屋顶的灯，小王点点头，她去把灯打开。想起赵与杭说的那句"我希望一切从头开始"，好像是当老师第一次说要写一个新的剧本时，给她信中的原话。

杨新米说："导演，那我现在这么演对吗？"

陈牧耕说："'你'对'我'来说虽然是虚构的，但对'你'自己来说却是真实的存在，我看你留意到了。等排到'我'记忆中的三个人物时，在表演上再跟'你'拉开距离，她们本来就不存在于同一空间与时间之中。"

杨新米说："好的，那我就比较容易把握了，那三个角色我会好好准备的。"

陈牧耕做个手势，两位演员继续排练。

杨新米："您讲得真好，我从来没听人这么说自己的……对了，您刚才在看什么，我到底怎么啦？"

赵与杭："嗯……没什么，只是你长得有点像我认识的一个人——不是有点像,是太像了,简直就是一个人!"

杨新米:"确实听人说过我长得像一个人……您说的是谁呀?"

赵与杭:"几十年前的事了,又隔着千山万水,不可能跟你有什么关系。巧合而已。但你们长得一模一样,好像时光突然倒流,一下子回到了从前。"

杨新米:"天底下还有这样的事。"

赵与杭:"你这张脸啊——原谅我这么说很不礼貌,但我实在太惊讶了,就像是在梦中——和我记忆中的一个人长得一模一样。不,不是一个人,这说起来有些复杂。是某个年龄的一个人像同一年龄的另一个人,而这个人又像同一年龄的另一个人,哎呀,我都说不明白了,这么说吧,她们是三姊妹,在各自的二十岁时长得一模一样,而且都让我遇到了。现在又遇到了你,也和她们长得一模一样,你不会恰好也是二十岁吧?"

杨新米:"我现在就是二十岁呀,不多不少。"

赵与杭:"说出来你大概不信,确实曾经有过这样的三姊妹,活生生的三个人……这像是在做梦;我如果告诉你,就像是在说梦话。但这是真的,对我来说终生难忘。"

杨新米:"还没人跟我讲过什么梦话呢。这么多年我和爸爸在一起,他每天睡得可沉了,从来没听他讲过做梦的事。我偶尔做个梦,可是醒了就忘了。那您给我讲讲吧,哪怕是听故事呢,我也想听。放心吧,我相信您。"

小王说："第一幕到这儿就完了。"

陈牧耕说："后边都处理得不错，咱们整个再过一遍。"

程洁在现场看到更多的是导演对演员舞台走位、动作以及演出节奏的设计和调整。排练结束前，陈牧耕说："今天还是挺顺利的，排了几天，总算步入正轨了。为什么抠得这么细呢？与杭知道，我排戏这样，干别的事儿也这样。一会儿要接受个采访，就排到这儿吧。台词一定要记准，从一开始排练就这样，排一场，就把一场记准。千万不要把台词变成自己的话，要避免那种水词儿。两位都在这方面下了很大功夫，继续保持。"

程洁又想起老师一再给自己买书、买词典的事，看来陈牧耕这方面得了家传。

陈牧耕并没有离开，似乎还在兴头上，对杨新米说："跟你说，'你'立住了。"

杨新米说："您是说这个角色立住了？"

陈牧耕说："我是说你的表演立住了。"

杨新米脸又红了："您别是看我不开窍，鼓励我吧？"

"别瞎说。这话其实我还从来没跟别人说过。"

"那也是因为有您指导，又跟与杭哥搭戏——"

"与杭毕竟挑过好几回大梁了，我们也合作过，他的能力我心里有底。没想到你今天这么出彩，你的表演有附体感，不可复制。"

"真……真的？"杨新米激动得结巴起来。

"行，有了你，这部剧算是没白排。应该把刚才那段录下来，等哪回讲到排练，都能拿来当范本。"

"谢谢您，我努力做到最好的表现！"

"我也会让这成为我最好的作品。"

小王等在门口，有些着急，忍不住冲陈牧耕做了个手势。他只好走了。杨新米站在原地没动，看来意犹未尽。陈牧耕已经消失在门口了，她还望向那里，用手背抹了一下眼睛。

程洁站在远处听着他们说话，遗憾没有讲完，特别是关于"你"这角色还没具体讨论到。她并不了解一个男导演与一个女演员私下里会说什么话，但隐约觉得，刚才有点超出工作关系的意思。她记起余悠的担忧，或许不是捕风捉影。不过也没准是自己想错了。

看了今天的排练，程洁感觉杨新米与自己就像镜子内外的两个人，但谁是照镜子的，谁是那个影子，一时分不太清楚。现在的自己与过去的自己仿佛也是这么个关系，同样不知道哪个在镜子里面，哪个在外头。

一阵说话声打断了程洁的思绪。回过头来，房间里只剩下杨新米了。她一边往外走，一边对着手机留言："今天非常高兴，咱们好像还没说完呢，晚上想跟您再聊聊，有些地方还需要得到指点。"说话带有一种表演的激情，仿佛刚才的排练仍在继续。没提到对方的姓名，只提到一个酒吧的名字和地址，"晚上九点见啊，我给您发个定位。"

待她出门之后，程洁来到窗前，面对楼下只停着几辆车的空场。她看见赵与杭走出了剧院大门。一个穿了身蓝色牛仔装的女孩，倚靠一辆白色的吉普车站着。他走近她。她为他拉开副驾驶车门，随后自己也上了车。车开走了。这不是上次见过的那位，个子稍矮，身材仍很丰满。

程洁接着想，剧本这样写法，实际上是老师完全脱离现实的虚构，虽然她知道作家从事的是创造，但还是不太习惯，也不很舒服。老师起初写的那些片断里，"你"的台词并不多，更像是一个男人对一个女人无止无休的倾诉——"你"从某种意义上讲是主角，但程洁揣想，舞台上这角色或许很尴尬，无所适从。今天的排练中，"我"的很多话她似乎记得；"你"的话有不少感到陌生，自己不会想到，当然也不会说出。"我"的话来自老师，那就是他在表白，在揭示自己的心迹。但"你"呢？程洁现在明白，她来到这里，并不是为了寻找自己，对号入座的。她只是想重温一下未免有些生疏了的老师心目中的自己，老师笔下的"你"而已。听陈牧耕对赵与杭的那些交代，好像也在通过导演过程来塑造一个人——他的父亲，甚至留意哪怕细微的差别。他是在维护什么，还是在更改什么呢？程洁忽然觉得，老师在自己心目中的形象，并不像一向以为的那么清晰可辨。

程洁把排练厅打扫一遍，锁上了门。在手机上查了查，杨新米提到的地方在雍和宫附近。这女孩实在是大大咧咧，毫无戒备。程洁给靰鞡留了言，说今天剧院加班，回去晚，要她自行解决吃饭。

程洁离开剧院还不到六点,在附近找个地方吃了顿晚饭。又想起今天看的排练。说实话,她一直不明白老师的剧本为何这样开头,是不是过分强调了一面之缘呢?他那次来林场,真的看清楚了自己长什么样吗?也许只记住是一头长发,但这一点似乎也难以确定。记得他们通信不久,他曾问她是否留着一头长发。究竟是她讲了自己是长发,他表示喜欢;还是他说喜欢长发,她就把头发留下了呢?交往几年,他始终没向她要过一张照片,或许因为无处存放,担心被人发现;她也从未主动寄给他。他就那样一直只是在遥远的地方想象她,意念她。不过即便如此,她也是他的"对象"——他需要,他的创作更需要。剧本几经重写,她当初写给他的那些有关自己真实的话差不多都不是原样了,但无论如何,那个对象是她,仅仅是她。

八点多一点,程洁来到杨新米说的那个地址,先走进一条僻静的胡同,再拐进一条更僻静的小巷,酒吧在尽头处。门外摆了一地大大小小的空酒瓶,用灯光打亮,立着个小小的"营业中"的灯牌。紧闭的整扇木门,门楣上面亮着盏灯,老式的灯罩、灯泡,白色脚垫上写着"文化人场所",两旁的大百叶窗隐约透出灯光。

推门进去,光线幽暗,背景音乐轻柔舒缓。右首是吧台,高台上坐着两个正在聊天的女孩,对着一位调酒师,他背后两个架子摆着各种各样的酒瓶和酒杯。墙上挂了幅画,是个京剧里的大红脸在喝小瓶二锅头,标明"八十八度"。共有十几张散台。

程洁在吧台点了杯凤梨可乐达,挑了里面角落的一张桌子,侧对着门坐下,屋里无论哪个位置都看得清楚。她忽然想,自己究竟为何而来。当然首先是在剧本排练——尤其是"你"的塑造,希望能多听到导演和演员的具体阐释。但确实也关心这两个人关系究竟怎样,他们方才那番交谈,内容,语调,神情,都不能不让人有所猜想。程洁不免又想起余悠的嘱托了——假如不是自己,而是她守在这儿,不知作何感想,有甚表现。但自己也未必真的是要完成她所交代的任务。再说陈牧耕与杨新米的关系,大概还会影响甚至改变他们对剧中"我"与"你"的关系的处理。尽管程洁对老师的写法并不完全满意,但毕竟希望能够尽量不受干扰地按照本来面目呈现,否则她干吗专程赶来北京看排练呢?

服务员来上酒,附送一盘小吃,点着桌上的蜡烛,烛台上积攒了不少之前流下来的烛泪。客人很少,她明白杨新米为何挑中这地方了。

程洁又觉得自己还是太八卦了,心生烦厌,打算起身离开。就在这时门开了,杨新米走了进来。程洁点了一下手机:八点五十。杨新米戴着一副大墨镜,兴许是怕人认出来,却显得格外引人注目。墨镜的确是最给人增添美感的装束,如果戴墨镜还不显得精神,那就怎么着也不精神了。她还换了一身衣着:白色针织大毛衣,简单的麻花劲,小圆领,中长款;包臀超短毛边牛仔裤,短裤下缘与毛衣下缘只差半寸;黑色网纹丝袜;黑色长筒皮靴。肩上背了个水桶包,一卷纸插在里面,露出一截。程洁赶紧抬手挡住自己的脸。

杨新米先在吧台说了一句,服务员将她领到靠墙的一张空桌,是预定的位子,与程洁相隔两张桌子。那张桌上烛台整个被烛泪包住,蜡烛已面目全非。她斜背对着程洁坐下,长发披在白毛衣上,黯淡之中黑白对比仍很鲜明,一对耳坠亮晶晶的。服务员给上了一杯看着像奶茶的,程洁当年在广州一家酒吧打过工,知道那是奶油利口酒。杨新米把那卷纸放在桌上,用手抚平。程洁远远望去,猜想是剧本。

从九点开始,门每次打开,杨新米都抬头看一下。把杯中酒喝完了。过了会儿,摘掉墨镜,做了个向后捋头发的动作。伸手招呼服务员,又上了一杯,杯子是皮撅子形状的,大概是玛格丽特。又喝完了。她从包里取出烟盒,走出门去。过了比抽完一支烟长得多的时间,独自一人回来,拿起手机,用拇指点击。又招呼服务员,上的是用鸡尾酒杯装的,插了根小辣椒,应该是血腥玛丽。过了十点,她显得坐立不安,连续发着信息。

高台上坐着一个瘦高挑、尖下巴的中年男人,眼睛直往这边瞟,现在走过来,躬身问:"我坐这儿行吗?"

杨新米挥了下手,动作很大,像在驱赶一只苍蝇。

男人臊眉耷眼地回到原来的位子。

杨新米再要的酒用的是水杯,看着像雪碧,夹了片柠檬,应该是长岛冰茶。隔一会儿就看一下手机,发条信息。再上的是个凯恩杯,估计是某种威士忌。她的身子坐得比先前低了,不再看手机。一只手不停地向后捋着头发,头发被弄乱了。

程洁闻着她那方向飘来一股烟味。再看她,整个身子最大程度地趴在桌面上,右前臂垂在桌边,手指缝夹着一支燃着的烟。不远处墙上有个禁止吸烟标志牌。服务员站在吧台后面看着这女孩,不做声。

程洁知道杨新米等的人不会来了,自己也打算走了,无奈被堵在最里面,不敢贸然走动。若是被她发现自己也在这里,就很麻烦。这个晚上什么事也没有发生,程洁颇觉意外,甚或不无失落。只好数着她到底喝了多少杯,这不就是花钱买醉吗?

过了十二点,杨新米又点了一杯白兰地。酒吧里已经没剩下几个人,连那搭讪的男人也走了。

"买单,买单!"杨新米仰脖喝干杯中的酒,把杯子重重撂在桌上,大声喊着。

服务员头也不抬地说:"吧台结账。"

杨新米抓起那个剧本塞进包里,扶着桌子站起身,摇摇晃晃来到吧台,用手机扫了几次才扫上。旁边一张散台客人走了,桌上两个杯子还没收拾,她凑过去把杯底的剩酒都给喝了。然后很费劲地拉开门,跌跌撞撞地出去了。

程洁有点担心她,赶紧也结了账。小巷里没有路灯,偶尔有户人家的窗子透出亮光。淡淡的月光下,前面的女人影影绰绰,仍可看出东倒西歪。程洁犹豫要不要上去扶一把,但只是加快脚步,稍稍跟近一点。

她们一前一后拐进胡同。路灯照着杨新米孤身一人,跟跟跄跄,略厚的靴底更显得步履沉重。她的腿果然又长又直,短裤短得露出两个屁股蛋的下缘。没走多远,一只脚忽然绊住另一只脚,身子一晃,像个麻袋似的朝一边倒下,要扶近旁一棵树却扶空了,整个人摔在地上,四下静悄悄的,重重的一声。那是棵槐树,叶子还稀稀落落。她躺在那儿,长发一半遮住脸,一半散在脑后,毛衣和短裤之间露出一截白乎乎的后腰,一条腿蜷着,另一条腿叠在上面,两只长筒靴被路灯照得锃亮。

迎面一辆轿车缓慢驶来,在她身边停住,一个男人的头探出车窗。程洁赶紧跑过去,嘴里大声喊着"嘿!嘿!",那辆车立刻开走了。

杨新米并未喝断片,用手撑着地打算爬起来,几番都没成功。索性改成仰面朝天,两臂伸直,双腿拱起岔开,短裤裤门那串黑色绑带都要绷开了。

程洁觉得她这姿势可太那个了,弯下身冲她喊:"醒醒,醒醒!"

杨新米的脸大半还被头发遮住,露出一只眼睛,迷蒙地看着,仿佛根本不认识她。

"我是程姐,剧院的程姐!"

"别管我。"杨新米舌头发硬,像是喃喃自语。

程洁双手插进她的胳肢窝，从后面把她拉起来。她叨咕着："干吗呀，就让我在这坐着……哦，你看这月亮。"

程洁扶着她坐稳了，其间抬头瞧了眼天，只见弯弯一道，光芒清冷，是上娥眉月——还是上次来北京，老师告诉她的。夜空也很晴朗，飘着几缕薄云。杨新米脑袋垂在胸前，头发拖到地上。

"不行啊，地上凉！住哪旮儿啊？我送你回家。"程洁凑近她问。酒气熏人。

杨新米好像清醒了些，嘟嘟囔囔说着小区名、楼号、房间号。程洁在网上叫了辆车。又拽她起来，把她的一只胳膊搭在自己肩上。她身子一歪，差点把程洁带倒了。长长的一条胡同，只有这两个女人。

不一会儿，车来了。车窗摇下，是个男司机，看了一眼，说："您另打一辆吧，别再吐我车上。"

程洁边扶着杨新米，边把自己的包拉开，说："放心，不能。我拿这接着，一丁点儿也不给您整脏。"

司机很勉强地下来，帮她们打开车门。程洁先扶杨新米进去，自己再坐下。刚关上车门，杨新米就倒在她身上，脸贴在她胸前，喃喃地说："来，不来，也不给个信儿。"

司机边开车，边回头问："这一晚上不少挣钱吧？"

程洁厉声喝道："胡诌八咧什么？开你的车！"

车窗外是北京的夜，深夜的街，有的地方还很热闹，灯火通明；有的地方已经熟睡，隐入黑暗。总之一切如常，除了趴在自己身上的这个女孩。她当然很痛苦。这种痛苦程洁能够懂得，尽管未必谈得上感同身受——也许记忆里曾经如此；但毕竟是记忆，毕竟是过去。程洁轻轻拍了下杨新米的脸，毫无反应。

杨新米住在花家地，车停在楼下。下车时虽然有程洁扶着，她还是绊了一下，险些摔倒。程洁只好一路架着她。上了台阶，在她的包里摸出一串钥匙，用门禁卡开了楼门。穿过楼道，进出电梯，来到她家门口，已是一身大汗。杨新米双脚近乎拖在地上，个头不大，身子怎么这样沉。程洁打从来北京，不，打从不开网约车了，不，还要更早，就没这么累过。她从那串钥匙里挑出一把，试着开门，果然不错。伸手摸到开关，把灯打开。是个一室一厅的房间。

进了卧室，程洁把杨新米仰面撂到床上，把耳坠摘了放在床头柜上，是朵山茶花；垫上枕头，盖好被子，两只穿着靴子的脚搭在床沿外。程洁想自己可以离开了吧。这时杨新米动了动腿。程洁动手帮她脱掉靴子。靴筒到小腿肚子上面，没拉链，两边各有宽宽一条松紧带，兴许是最难脱的一种，很怕劲用得不对，把脚脖子掰断了。好不容易都给脱了下来。

杨新米突然扭动身子，显得有些烦躁。程洁掀开被子，看见她正拉扯紧紧箍在身上的牛仔短裤裤腰，就又帮她褪了下来，顺手把丝袜也脱了，有一只破了个洞。碰到她的大腿、小腿，肉都很匀称，紧致。只剩一条黑色蕾丝丁字裤，后腰处露出纹的一行花体英文小字："kiss me hug me"，别管什么意思，纹在这儿也不知给谁看的。

程洁来到卫生间,毛巾杆上晾着两条毛巾,都是新的。只好从架子上一叠浴巾里取下一条,一角用热水沾湿,回来给杨新米擦干净两只脚丫子,都有点黏了。程洁暗暗叹了口气,自己对女儿从来没这么照顾过。重新给她盖好被子。她刚才穿的那身可真不舒服,人还没等来。

程洁从客厅搬来一把椅子,在床边坐下。

杨新米猛地翻过身,脸朝下探出床外,程洁知道是要吐,赶紧把她扶进卫生间。杨新米双腿跪在地上,两手扒着马桶沿,沿上有些黄色点子,她也不管不顾,哗的一下吐了出来,又腥又臭。程洁匆忙帮她撩起长发,还是沾上了呕吐物。她吐个没完没了。

程洁见她如此狼狈不堪,忽然有种嫌弃甚至轻贱的感觉,与已有的怜悯掺和在一起,仍然有些心疼。一个人不能把自己作践得这么低啊,对女人来说尤其如此。她所期待的男人今晚没来,来了没准也这么看待她;但他要是在的话,她大概不会这样了吧。

程洁帮她擦擦嘴,擦擦脸。杨新米有气无力地说:"帮我卸下妆吧。"

"对不住,我不会啊。"

杨新米没坚持,由程洁扶着,躺回床上。她说:"给我倒杯水。"

程洁用手托住她的头,让她喝了。放下她时隔着毛衣把胸罩扣解开了,能睡得舒服些。然后说:"你好好休息,我走了。"

"再陪我待一会儿好吗？就一会儿。"杨新米声音轻微，近乎央告。

"放心，今晚我留下。"

程洁给女儿发了条微信，说剧院有人需要照顾，不回家了。看看杨新米安稳地躺着，程洁把灯关上。床帘没拉严，月光透了进来，还是淡淡的，像飘舞着的灰尘，看不清屋里陈设的轮廓，也看不清床上睡着的人。程洁不知道她会不会再折腾，自己干脆不睡了。过去开车常跑夜班，整宿不合眼都习惯了。

寂静之中，杨新米突然发出一声抽泣，听着特别凄切。程洁想起陈牧耕，他这样对待她应该说对，但好像又不对。假如他一点意思没有，为什么要收下她那条围脖呢？但杨新米对他的这份感情，又是由打哪里开头的呢？现在的年轻人爱起一个人来，也会有个缘由吗？就像自己当年那样。程洁犹豫该不该安慰她一下，但她不再出声了。屋里什么声音都没了，她大概睡着了。

程洁在手机上搜"话剧 令颜"，新近有一篇对陈牧耕的专访，他说，选演员只管能撞出火花，不考虑流量。虽未直接提到杨新米，却显然是针对她说的。程洁不禁笑了，还撞出火花呢，留神擦枪走火吧。

忽然有点动静，一只猫悄悄进来，马上又走了，也许因为有生人在吧。

程洁又想起余悠说过杨新米名声不好，于是又搜"杨新米 绯闻""杨新米 第三者"，却毫无所得。反正有的是工夫，她索性在"杨新米"项下不断往前翻，翻了足有一百来页，终于看到多年前一篇关于另一位有名得多的女演员的报道，提到她在中戏读书时曾与某女同学卷入一桩三角恋爱事件，女同学因而切脉自杀未遂，险些被学校开除。有跟帖说，那女同学就是杨新米。程洁蹑手蹑脚凑过去，正好杨新米的胳膊和腿都露在外面，借着手机屏幕的光亮，果然看见左手腕隐约有道疤痕。不免暗自叹息，这孩子啊，有一天非把自己整死不可。

程洁一直熬到屋里各种布置渐渐显现出来。窗上挂着淡色落地窗帘。杨新米趴在枕头上，被子几乎蒙住头，只露出一大绺头发。这是一张有黑色铁艺床头的大床。另一侧是梳妆台，一面大圆镜子，台子上放了十来瓶香水和一些化妆品，抽屉和柜子里估摸也是化妆品。旁边有辆小推车，共三层，摆满大大小小的盒子，还有些零散首饰。屋子一角供着台黑胶唱机，旁边是书架，上四层摆书，下三层是唱片。嵌入式衣柜占了一面墙的大半，旁边挂着一个黑色金属镜框，里面是一张海报：上半部的浅黑色渐变为下半部的浅红色，靠近下端两边各伸进一双肤色较深的手，指甲很白，差点就接触上了，露出红色和黑色的袖口，上面是一行行或大或小的外文字。

程洁从地上捡起那条短裤和那双靴子，出了卧室。客厅里有股难闻的味道。一台电视机，一个灰色麂皮长沙发，粘着不少白毛，还有些抓痕。角落里有个布艺的小猫窝，里面一只小猫缩成了团，睡得正香，是只蓝金渐层。旁边有半碗猫粮，盛水用的小碟已经干了。另一边是猫厕所,估计有一两天没铲了,散发着猫屎臭。白色铁质的圆桌上留着半截大葱,吃剩的羊肉泡馍外卖袋口敞着,味也挺大。程洁用它来收拾猫屎。地板看来有日子没拖了。另一个角落立着一个大包,上边绑着箭筒,有二十来支箭。沙发斜上方做成照片墙,都是相框贴纸,摆得错落而不失简洁。最大的一张,杨新米戴着护胸和左护臂,腰间挎着箭筒,梳着利落的马尾辫,右手拉开弓弦、抵在下颌,弦贴住脸颊,箭尾夹在右手食指与中指间,左臂撑得笔直,甚至有些外翻,与弯曲的右臂保持在同一水平——还真是个标准的拉弓姿势。洗手间里台子上摆满了各种化妆品。有个带烘干的洗衣机。地上扔着昨天特地回来换下的那身衣服,旁边就有个空衣篓。程洁叹了口气,这家里怎么像猪窝一样。闲着也是闲着,于是打扫起来。

杨新米从卧室出来,换了一身粉色的棉质睡衣,看着有些憔悴。程洁正在收拾玄关的鞋柜。她从后面抱了程洁一下,嘴里还有酒气,说:"程姐,您对我可真好,比我娘对我还好。"

这话近似撒娇,却是真情流露。程洁本来担心杨新米会不会疑心她昨晚怎么突然出现,现在被感动了,觉得没白辛苦。无论如何,这是自己人。但随即想到女儿,又不免有些郁闷。

杨新米说:"我先卸妆,再洗个澡。这妆太久了,皮肤都坏了。程姐,电视柜里有饼干,您垫补垫补。"进了卫生间,关上了门。

程洁打开微信,看到靰鞡回了一个"龇牙"的表情,没再问别的。她又去收拾卧室，把床也铺了。打开大衣柜，将近一半都是各种款式和颜色的卫衣。

"程姐！程姐！"杨新米在叫她。卫生间的门开着，她站在镜子前，手里拿着吹风机，"你歇会儿吧，别干了，我马上就好。"她把所有头发都撩到前面，从发根往发梢吹了起来。

杨新米回到卧室，程洁正在擦床架上的灰尘。杨新米说："刚才群里通知，今天休息，下午正好去逛个古着店。"

程洁心里一动，不排练不知是否与昨晚的约会与爽约有关？也好，不然他们俩见面得多尴尬，别提还在一起切磋了。她又想起昨天两人说话，陈牧耕不过夸了杨新米几句，就这么一丁点东西，她就当得了多大宝贝似的。自己过去与老师之间又何尝不是如此，他只要来信称赞她，她一准受宠若惊。明明没什么的事，愣当是事，也就成了事了。

"程姐，您看这个，"杨新米指了指墙上的海报，"这是屋里最珍贵的一件东西——彼得·布鲁克的签名海报，《战场》。干我们这行的，没有不受他影响的。那年我去巴黎，到剧院看了这个剧，开演前发现他坐在餐吧里喝红酒呢，赶紧请他签了名，在这儿，还有我的名字呢。"

程洁这才看到海报左下角写着"To Xinmi"，下面的签名只认出一个"B"字。

她们俩加了微信。

"我一边化妆，咱俩一边聊天。"杨新米坐到梳妆台前，一会涂这个，一会涂那个，足足花了半个多小时。

程洁在一旁看着，想起老师曾在信中说，一静下来，或躺下，她的幻影就在他眼前出现，是一对涂了大红唇膏的宽宽的嘴唇，他说不明白为什么老是出现这种幻影。其实她一辈子从来不曾这样打扮。

杨新米停下手来，说："口红等下再涂，先吃个早饭。"

"喝这么多指定伤胃，我给你整点儿粥吧。以后可得心疼自己个儿啊。"程洁说出末了这句，马上发觉好像真拿她当自家孩子对待了。

"等等，我先跟您说件要紧事。您不是跟着我们剧组下午上班吗，能不能上午来我家帮帮忙？一周三天，一、三、五；两天也行，二、四，您定。一小时，两小时，随便。就是打扫一下。我实在不爱收拾，太懒了。对了，您住得远吗？"

"倒是不远，就在望京。"

"那太好了。就这么定啦。多少钱都听您的。"

"不用给钱。"

"那您就是不愿意来了。"杨新米噘起嘴来。

程洁赶忙说："这么着吧，你得空去小区问一下这儿小时工的价钱，按最低的给，高了我可不干了啊。"

"行啊，那么一周三天，今天就算。我把钥匙给您。不用来得太早，我要是还没起呢，您光打扫客厅和卫生间就行了。"

"嗯哪。"

"您家里有什么人呢？"

"有个闺女，比你大一岁，在出版社当编辑。"

"真不错啊，我就喜欢跟文化人交朋友。有对象了吗？"

"没着落呢，她不爱跟我扯这个。"

"哪天叫出来咱们一块儿吃顿饭。我有好些演艺圈朋友呢，又高又帅，给您女儿介绍一个。"

程洁笑了笑，没接话，被杨新米这份热心打动了，没觉得她身上有那种江湖气——同为演员，赵与杭多少有点，尽管还没跟他过过话；余悠虽然久已告别舞台，却好像更严重。杨新米毕竟是新手，天真稚拙，因此也就无力保护自己。程洁不免有些担忧，但又觉得也许想得太多了。不过杨新米肯定以为自己与女儿很亲密，实际上程洁连彼此的关系都还没理顺呢。

杨新米喝粥时，那只猫在她脚边长长地伸了个懒腰，就地躺下。她这才发现猫厕所已经打扫干净，笑着对程洁说："这是我女儿，准确地说，是我和与杭哥的女儿——开个玩笑，因为是他家的母猫生的。它叫'难吸'，英文名字就是 Nancy。可傲娇着呢，跟你不熟根本不让你吸！哈哈，其实与杭哥是拿我当亲妹妹对待。他看着有点花，无非就是你好我好大家好，调调情罢了，我劝他多留神，搞不好哪天人家翻脸整死你。不过我们俩可从来没有暧昧关系，我长得还行吧，恰恰不是他喜欢的那一款。他这人挺仗义，我刚毕业连租房的钱都没有，他还收留过我呢。这回也是他跟陈导说的，我演他才演。他还向我保证，我们俩同进退。"

程洁给杨新米昨天穿过的两双靴子打鞋油,那双长筒靴还是头一次穿,这孩子也真是煞费苦心。不过程洁已经想好,绝对不主动提起她感情上的事,即使她还记得自己昨晚曾目睹了什么。然后进了卫生间,把她换下来的衣服扔进洗衣机里,问了一句:"这袜子破了,还要吗?"

没听见杨新米搭腔。程洁拿着袜子出来,却见她站在门口,眼睛红红的。她一下抱住程洁,抽抽搭搭地哭了起来。程洁不知道说什么好,只是轻轻拍拍她的后背。她刚喷了香水,一股浓烈的柑橘香味。不到一天,这是第二次见她哭了。

"没事了。"杨新米松开程洁,拿过丝袜丢进垃圾桶。眼睛里还有泪,却强笑道,"我泪失禁,吃饭也哭,走路也哭,水喝多了没处排就得哭一下。程姐,谢谢你。不过您可别觉得哭就是难过,哭其实跟笑一样,有人爱笑,就有人爱哭。"

程洁明白杨新米尽管什么也没说,但显然知道自己多少知道点什么,也显然将她多少看作朋友。彼此关系奇妙地接近了,程洁也不愿意挑明原因。不过她清楚,昨晚那件事肯定不会就此结束。

程洁忙完了,告辞出来,在小区门口租了辆共享单车。下午她得准点上班,即使剧组的人不来。她会把排练厅好好打扫一下,如果没什么事干,就让主管给找点事吧。

第六章

程洁打开杨新米家的门，怕吵醒她，轻轻进来。刚脱了鞋，就听见咣咣咣一阵响动，整个房间都被震撼了。卧室的门关着，是从那里传来的。程洁以为来了贼，要不就是更严重的事。蹑手蹑脚过去，把门推开一道缝。

只见一个男人站在床上，双臂托着杨新米的两条大腿，正一下下将她猛烈地撞到床头那面墙上。她悬在半空，双手抱住他的脖子，脑袋搭在他的肩头，长发垂到他屁股上，两只脚丫子随着撞击轻轻晃动，很享受地发出呻吟，屁股被顶在铁艺床架上，似乎也不觉得疼。两个人都赤身裸体，男人留着长发，在脑后系了个小鬏鬏，肤色黝黑，身材短粗，腿上肌肉紧绷，一层黑毛，杨新米娇小的身子很白。

程洁赶紧悄没声地带上房门。生怕他们把床踩塌，或把与客厅相隔的墙撞倒了。她拿起自己的东西，匆忙逃离。临走时才留意到，玄关的鞋柜上放了个黑色头盔。那个男人她曾经见过一面，有些印象。

她乘电梯下楼，仍然惊魂未定，还有那么点恶心。楼前种着一二十棵碧桃，开得正旺，猩红的花朵夹杂着小片绿叶。她找了个远远对着楼门的条凳坐下，嘲笑自己大惊小怪，真是个过时的人。树枝的缝隙露出略显阴沉的天空，有几缕烟雾似的云彩。忽然想起当年在林场的日子，离开以后就再也没见过那种瓦蓝的天和纯净的云了。那些云朵如此巨大，一座座雪山似的，而且纹丝不动，令人感到天地亘古不变。她常和同事一起唱，咱的林子咱的山，咱的头顶是蓝蓝的天。自己好像从来没应时过，就已经过时了。

那个男人出来了，戴着头盔。摩托车停在楼下，骑上走了。程洁又等了会儿，才上楼去。开了门，看见杨新米穿着一身红色的真丝睡衣，和楼下碧桃的花色约略接近，刚洗完澡，还没化妆，头上戴了个小猫耳朵的发带，悠闲地盘腿坐在沙发上，一只手举着根伊利火炬在吃，另一只手撸着躺在身边的难吸。它舒服得摊开四肢，露出肚皮。电视开着，里面在说日语，男女演员都穿着和服。

程洁说："对不起，来晚了。"

杨新米拿起手机，暂停了视频，笑着说："没事，什么时候来都行。您先别忙，陪我看会儿。《夫妇善哉》，这日剧特好看。您看过吗？"

"没有。"程洁还没忘记刚才看见的一幕,怎么像自己忽发妄想似的。

"那您得看,也推荐给您女儿,回头咱们加个网盘好友,我发给您。女主角叫尾野真千子,是我最喜欢的女演员。还是剧组刚成立时陈导聊天提到,我原先不知道她,一看就喜欢上了。这剧里她演了个温柔的妻子,不过'恶女专业户'更出名。"

"嗯,好。我干活儿去了啊。"

"您听我说完了啊。尾野这演员戏路子太宽了,这可不仅仅是跨越善良和凶恶那么简单,不论哪种角色,都能赋予足够的深度,厚度,立体感,触及那些幽微的地方,每次演新的角色,又一点也看不出过去演的角色的痕迹,这才是好演员呢。我给你找几个她演的剧吧。《最完美的离婚》《杀人鬼藤子》《夏目漱石之妻》《长谷川町子物语》,还有好多呢——"

程洁想,这个人挺逗的,这些话跟我这样的人说不着啊。她既没记住演员的名字,也没记住那些剧的名字,只在心里暗笑杨新米提到陈牧耕时那股痴迷劲,好像不管他说什么都对,都得照办。类似的感觉程洁并不陌生,难免对眼前这女孩有些心疼。她说:"你赶紧接着看吧。"进了卧室,只见床上被子枕头乱堆成一团,伸手按按弹簧床垫,还挺硬。

程洁收拾完了出来,杨新米正把手机投屏退下来,说:"真不舍得一气看完,留两集明天看。"

程洁去搬动那只绑着箭筒的包,打算把房间角落清扫一下。

"您知道这是什么吗?"不待回答,杨新米就兴奋地拉开包,恨不得把所有零件都倒出来,"这是弓包!我没事喜欢射射箭,很解压的。给您看,这是弓柄,这是弓片,弦,准星,护具。弓片是给弓配重量的,我现在已经能拉开二十八磅的弓了,女的一开始都是从十八磅练起。不过我练了快一年了。刚开始练姿势摆不好,胳膊被抽得青一块紫一块,那阵我都不敢挽袖子,怕人看见以为被打了,哈哈。"

程洁发现她今天兴致特别高,话特别多,从自己一进门就这样。她没往下想,只是问:"女孩子家,怎么想起练这个?"

"都是小郑——哦,您没见过他——一时兴起,说玩玩。我最开始是发现在箭馆外卖能点到一家巨好吃的锅包肉,每礼拜都惦记吃一顿。可也吃不了几个小时呀,待着没事我也开始练了,后来小郑给我买了这套弓箭。练箭注意力会格外集中,除了射中靶心,两三个小时脑子什么都不用想。我很喜欢这感觉。"

"箭馆都在哪旮沓啊,商场里没见过。"

"还真是,好多箭馆都开在地下。通风不好,老有股汗臭味。加上有我这种吃外卖的,每次去,味道还不一样。"

一天不见,看来杨新米已经完全回归自我了。她在现实生活里还真是个轻松、快活,挺招人喜欢的女孩子——靳鞡不这样;自己当年也不这样,其实从来就没这样过。程洁从卫生间拿来墩布,准备好好拖拖地。

杨新米说:"程姐,今天多求您点事行吗?帮我做顿午饭,老吃外卖一点胃口都没了。您也在这儿一起吃吧。我猜您一定会做饭。"

"你要能凑合就成啊。我在广东待了这老些年,做的可还是北方家常菜。"

"我就是北方人!"杨新米撒娇地从后面拥抱了程洁一下——这动作非常像靰鞡,程洁想怎么又摊上了一位——然后进卧室化妆去了。

程洁接到小王的通知,今天一点半开始排练。吃完饭收拾好碗筷,自己直接来到剧院。送花的又来了,还是那两种花,还是那张手写的卡片。程洁直接给插到花瓶里了。

杨新米几乎是踩着点来的,大家都已到了,还是前天那些人。她穿着黑色开衫卫衣,白色无领T恤,白色高腰阔腿裤,脏脏鞋,进门就说:"对不起啊各位,我没迟到吧?"

"就等你啦。"陈牧耕的态度一如既往。程洁想,怎么就像根本没有发生前晚那档子事似的呢?

小王说:"按照在群里通知的,今天咱们排第五幕。第二、三、四幕挪到后面再排。"

陈牧耕说:"第五幕在时间上延续第一幕,二、三、四幕是另外一个时间。这样对于演员来说比较连贯,容易把握。来,先把第一幕重来一遍。"

陈牧耕和小王还像上次那样把坐的椅子转过来,两位主演也来到先前站的位置。程洁坐在远处看着,杨新米的表演跟上次差不多，赵与杭演的"我"倒像个老派人了，还真是好演员。

陈牧耕说："不错，这一幕就这样。下面开始排第五幕。"

小王拿起剧本，读道："第一场。人物：我，你。场景：第一幕之后。地点同第一幕。"

杨新米："老师，我这么称呼您行吗？"

赵与杭："很好，我喜欢。"

他说完这句台词，对陈牧耕说："我这么琢磨，这之前'我'给'你'讲了很多过去的经历，'你'不一定听得懂，但彼此毕竟有交流，所以我们俩的关系要比第一幕更亲近一些，对吧？"

陈牧耕说："行，但别过分。"

他们又排了一遍。程洁记得老师来信说过，他喜欢听她喊他"老师"，在他的梦中她就是这么喊他的。

杨新米："你猜我怎么想，我觉得老师始终是在初恋，爱的其实是同一个人。"

赵与杭："对我来说，情感的历程还没走到尽头，也许不是自愈，就是毁灭。"

杨新米："那我的情感历程还没开始呢。就像刚才告诉过您的，我今年才二十岁。"

赵与杭："二十岁，和我记忆中那三姊妹一样。"

杨新米："是啊，真巧。有一次听我爸说，他见过我妈一张这个年龄的照片，我和那时的她长得一模一样。但谁知道是不是这么回事呢？那照片早就毁了，我都没见过。我爸也没见过那时的妈妈呀。我妈很早就参加革命，后来读医学院，毕业后当了一名眼科医生。但因为家庭关系复杂，虽然工作努力，仍然很受排挤，五七年鸣放时说了几句不满的话，就给打成'右派'了，下放到我们这边远地方。她原来在北京的大医院里工作，来我们这儿只能在医务所干啦，大夫，护士，打扫卫生，搬运药品，都是她一个人的活儿。我爸还说，听我妈讲过，在旁人眼里，她和我的大姨、二姨二十岁时也都长得一模一样。可她们俩到底长什么样我也不知道，连一张照片都没见过。"

陈牧耕起身走了过去，说："新米，这里投入得稍嫌过火，往回收一点儿。'你'只是已经跟'我'熟悉了，所以随便聊聊自己家的事。这样——"

陈牧耕说完示范了一遍。杨新米又做了些调整，他站在一边看着。今天程洁格外留意两人的语气，动作，乃至有没有眼神传递。陈牧耕不再显得那么激动，似乎增添了些许客气——或许是对那晚未免失礼的补救？不过他倒也谈不上放鸽子，应该根本未曾答应。自己是不是想多了呢？或许不光自己，连杨新米都想多了吧？杨新米还是像排练上一幕时那么全神贯注，而陈牧耕也同样一丝不苟。

赵与杭："她们都还在吗？"

杨新米："都不在了。我大姨三年自然灾害的时候在乡下饿死了，算算那是我出生前五年的事。我妈'文革'的时候挨批斗，'坐飞机'，戴高帽子游街，没扛住，跳进汤旺河自杀了。我妈死时我才一岁，这都是听我爸说的。我爸独自把我带大，真是很辛苦。我二姨一直在国外，也不知道她是干什么的。好几年前来过一封信，是写给我妈的，转来转去转到这里，那时我妈都死了十多年了。信上说她跟一个法国人同居，钱都被骗光了，还被赶到了大街上。以后再也没她的消息了。"

赵与杭："噢……是这样。相比之下，我们都是幸存者啊。"

杨新米："就剩下爸爸和我了，爸爸也老了，已经干不了看林人这活儿了。"

赵与杭："然后呢？"

杨新米："然后——我就遇见老师您啦。"

陈牧耕说："这段还是差点儿。新米，'你'谈到大姨、二姨，以至母亲的遭遇，不用刻意渲染。毕竟是多年以前的事了，'你'对母亲没什么记忆，两个姨连见都没见过。与杭，'我'这里也不要有过分的反应——他也许没想到这里提到的三个人与韵、娟和秀之间的联系；也许已经明白了，但不愿意挑破。这一段里，你们俩肢体动作都嫌多了，表情也过于夸张。与杭，你这样，新米呢，这样。来，试试看。"

"嗯。"赵与杭琢磨着，对杨新米说，"再试一遍。"

程洁看着他们好不容易才把这一段大致搞定。敢情排练就是这么一点点抠扯，最后整出个玩意来。不过这里"你"的家庭背景，可跟自己毫不沾边，都是老师的编排。两位演员接着往下排练，程洁没顾上多想。

赵与杭:"我希望你百倍地珍惜你自己。我很想给你画一幅肖像。可以吗?记得跟你说过,我是个画家。"

程洁想起,"我希望你百倍地珍惜你自己",是和老师认识不久,来信中的原话。现在听着就像他本人在说似的。

不过赵与杭背完这段话,转向仍站在一旁的陈牧耕,说:"我还是觉着演到这儿,有点接不上啊。'你'讲的母亲和大姨、二姨的事,不是正好跟'我'在前面三幕里讲的三姐妹对得上号吗?'我'为什么不进一步把这事搞清楚,而提出要给'你'画像呢?"

杨新米说:"我的想法跟师哥一样。"

陈牧耕说:"我说过,这是一部唯美主义的作品。不是现实主义的作品。这个地方就是转折的关键。如果他要去搞清楚她们之间的关系,那就是另外一部剧了。'我'的兴趣主要在于那张脸,而不在那些人。与人的经历有关的一切是藏在那张脸后面的。也可以说,现实主义给唯美主义提供了必要的厚度。前面那句'我们都是幸存者啊',这里这句'我希望你百倍地珍惜你自己',都融入了'我'一生的感受,但不必说得那么严重。与杭,之所以先排这一幕,就是不想把前面三幕里'我'的角色设定直接带过来。'我'要回到第一幕,从那里往下发展。"

赵与杭说:"那我懂了。"

程洁可是一点没听懂是什么意思。当初剧本读到这儿就有疑惑,但没来得及问老师一声;现在还是搞不明白。

赵与杭对杨新米说:"刚才那句我再说一遍,你往下接。"

杨新米:"为什么要画我呢?"

赵与杭:"因为很难得见到了你——在你这个年龄见到你。早霞或晚霞是美的,但只能维持那么一小段时间;一朵花是美的,当它凋谢了也就不美了;一棵树是美的,枯死了也就不美了;一座山是美的,遇到地震崩塌了也就不美了。美往往转瞬即逝,一朵花与一座山之间存在的差异其实只是相对而言。美是很脆弱的,它抵御不了时间,以及各种自然和人为的损害、破坏;只有被记录、被保存下来,才有机会存在得长久一点,尽管这也会被损害,被破坏,但我们总归为此尽了力了。我不是说一幅画的生命会比一朵花或一座山长久,我是说它有时可以超越它们荣枯生死、存在毁灭的界限。"

杨新米:"想想也对啊。您老跟我说我从来没听到过的话,我自己更是从来没这样想过。"

赵与杭:"一个人所呈现的美,其实也是如此。"

杨新米:"好像我的上一辈里也有过几个美人。大姨、二姨我没见过,但我想起我妈来了。妈妈下放到这儿,别人把她介绍给我爸,我爸是看林人,一个穷光蛋,一直没娶上老婆。妈妈那时不到三十岁,可是听爸爸说,她已经很憔悴,头发白了不少,脸上尽是褶子,还有点驼背,人整个垮了。我爸是个糙人,现在我问他妈妈到底长什么样,他老是说,人挺好的。又说,她那张脸,早先一准挺勾人的。爸爸大概看见了妈妈年轻时的照片才这么说吧。妈妈早早就死于非命,爸爸不敢不划清界限,连一张照片都没给她保留下来。妈妈就这么匆匆走过人间,无声无息地消失了。听说她临死前那回挨斗还给剃了'阴阳头',所以受不了了。当然她留下了我。我可不想像她那样。我要好好活着,活得好好的。"

赵与杭:"你正是最美的时候。"

程洁想起老师在来信中回顾他们第一次见面,不止一次说类似这样的话;尽管她还是有点嘀咕,那次他到底看清楚自己没有。

杨新米:"哈哈,我也会老的,不再是这个样子。很高兴遇到老师,您能记住就行了,像是记着您说的那三姊妹一样。"

赵与杭:"一个人活着,他的记忆才在;人死了,记忆也就跟着一起死了。而且记忆往往比生命活得更短。现在我还记得她们,记得她们共同拥有的那张脸,记得她们共同的那个年龄。但等我再老一些,也许就记不清了。也许我会患上了阿尔兹海默症,那时这张脸,这张脸所呈现的惊人之美,拥有这张脸的几个女人,就都不存在了。甚至连她们在世界上是否真的存在过,都不知道了。"

杨新米:"是啊,就像这里的一棵红松被伐倒了,被运走了一样,无影无踪了。刚才你说要给我画一幅画,您要是能把现在的我画下来,可太好了。怎么说呢,我的岁月就能留住了。也许连妈妈的岁月都给找回来了。"

陈牧耕说:"新米,'连妈妈的岁月都给找回来了'这句是有意味的,但'你'自己未必理解,观众却有可能理解。这一幕里讲到过去人和事的那些台词,都是这样,需要细细把握。与杭,先往下排吧。"说着回到自己的位子。

赵与杭:"太好了,那咱们一言为定,现在就可以开始。感谢你活跃了我的灵感。"

杨新米:"不是我活跃了老师的灵感,是您丰富了我的生活。不过我想问一下,老师您只画我的脸吗?您也是在给记忆里的三个女人画像吧?是您的记忆里只有她们的脸吗?您只见过她们的脸吗?"

赵与杭:"也许是这样;也许我还见过……可是印象已经不深了。"

杨新米:"我是一个活着的人,我不想只做过去的人的模特儿。我不想和别人一模一样。我有比她们更多的美的东西,我可以给您比她们更多美的记忆,您给我画一张全身的像吧。画我的脸,也画我身体的其他部分——不是我自夸,都很美。"

程洁想,这种话自己当时可说不出口,以后自然也说不出口,一辈子都说不出口。

赵与杭:"那可就是一个大作品了,我画画一生,确实渴望创作出一幅大作品来。但如果不方便的话,我可以只画你的脸,当然不是坐姿,你很舒服很自然地躺在那儿,我只画你的脸,其他的部分我回去在学院找个职业模特儿去画,然后接在一起。"

杨新米:"那就不是我了。我不想我的脸、我的头,接上别人的身体,我不相信那会画得好,不相信那真的会是个大作品。我会像职业模特儿那样听您安排,让您好好画一幅画。放心吧,我的身材不比脸差。当然当模特儿这事,今生今世我只干这一回。我想保存下来一个此时此刻的我,虽然它既无关乎过去,也不影响未来。等画完了,我还是老老实实帮着我爸看这片林子。"

赵与杭:"画画需要一个地方。"

杨新米:"我家有间大房子空着,也许咱们可以把它改成画室。"

陈牧耕说:"好,到这里可以休息一下。这一段,是'我'提出要给'你'画像的,但实际上起主导作用的是'你'从内心洋溢出来的美。'你'在启发'我',在唤醒'我'身上一直沉睡的东西。所以呢,新米,你主要得靠气质取胜,首先是气质,然后才是表演。你是个富于激情的演员,这时候激情还处在引而不发的阶段,一外露就不对了。"

程洁把买的零食摆在桌上,然后下楼去取咖啡。她从前读过这个剧本;前天小王让她复印时,又偷偷多印了一份,藏在包里带在身上,有空就翻一下。无论如何,这剧本是因自己而创作的,但老师将彼此关系仅仅凝聚为一张脸,归纳为一幅画,总归嫌局限了,也表浅了吧。然而也许正是他真实的理解呢。至于导演所强调的,或者说着意引导的,她更感到隔膜了。不过细想一下,刚才有一处老师安排"你"说出"我是一个活着的人,我不想只做过去的人的模特儿",是否还是顾及了她的立场呢——类似的意思,她曾给他写信暗示过。说实话,《令颜》到了这一幕,程洁感觉跟自己的关系已经不大了,这一句却忽然把她拉了进来,她重新感到亲切,虽然夹杂些微苦涩。

程洁回来,把一杯咖啡放在陈牧耕面前,那个保温杯还在。他正低头看手机,说:"麻烦你帮我把茶底倒了,把咖啡装进来,省得凉了。"忽然歪过头看看她,"排练时,我见你坐在那儿,看得还挺入神,你也感兴趣吗?那你给提提意见。"

程洁一下紧张起来,不知说什么才对,但即使他是没话找话,也总得回答点什么,就说:"嗯……我瞎说啊,我看老画家坐着,不知是坐在哪儿呢?树林子里大概只有树桩可以坐。但听说老辈人都不坐那儿,因为是山神爷的供桌,不敢坐。当然他是从北京去的,女孩儿年龄小,都未必懂。"

陈牧耕说:"这倒很有意思,那与杭就辛苦你站着吧。"他的头又转过来,"你在林区待过吗?"

"没有,我也是听人说的。"

程洁非常担心他起疑心——刚才自己说话还是没怎么过脑子,又说了那么多,真是大错特错。

就在这时,杨新米说:"陈导,请教一下,一九八五年,偏远地区的一个女孩儿,要求给自己画裸体画,这可能么?这也许是个傻问题,不过我是在给人物的行为找心理依据。"

陈牧耕说:"这不是写实的剧,是虚幻的。'你'这个角色的真实性，在于在作者为她设定的前提下，从始至终能够自洽。看林人之女，以及给她画像，都可能只发生在'我'的想象中。也许只有一个画家画了一幅画是真实的，他通过创作充分表现自己对美的理解，也把记忆中的几个女人融为一体。我们是在虚幻里表现真实。你从前演过莎士比亚的《暴风雨》，我认定你能演好这样的角色，还会比那里演得更好。"

"谢谢您。"杨新米说。

程洁退到一旁，随手开了一扇窗子。天阴下来了，一阵风刮过停车场，有个塑料袋被卷到了空中，飘呀飘的。她打了个寒颤，提醒自己，得再小心谨慎一点。

杨新米出去上厕所的时候，赵与杭对陈牧耕说："新米这么能理解导演的意图，也是难得。"

"嗯。"陈牧耕没说什么，但看得出并未敷衍。

"您这是爱才啊。她也毕业好几年了。那话怎么说来着，千里马常有，伯乐难得。"

陈牧耕淡淡一笑，似乎表示认同。

程洁并不知道杨新米演得到底是不是真像他们说的那么好——自己只要一看她说"你"的话，做"你"的动作，就感到隔阂，和在她家里相处并不一样。再说她既然有爱慕陈牧耕之心，即便演得好，也不能完全排除是为了取悦他吧？而他如果同样有这层意思，对她的称赞多少也会带些水分吧？

陈牧耕站起来，拍了下手，说："咱们接着排练。"

两位演员离开座位。小王念道:"第二场。人物:'我','你'。场景:第一场之后数日,画室内。"

赵与杭:"我希望你能呈现出自己最舒服、最自在的样子,不要管我,忽视我的存在;你平时什么姿势躺着最自在,最自然,你就躺成什么姿势,有点为所欲为的意思。"

杨新米:"那我仰面朝天,可以吗?我平常睡觉就是这样的。"

赵与杭:"可以啊,就是要再搭个架子,你躺在下面,我在上面画。"

杨新米:"好的,咱们一起搭吧,这儿有的是木头。"

赵与杭:"那是一个近似从天上向下俯视的视角。让我想想你躺在什么背景上……床啊,地啊,都太一般了。啊,我想起来了。前些天林业局安排我乘直升机俯瞰整个大森林,实在太壮观了,那些树冠像一个个花蕾,或花芽,比盛开的花朵还要美。就以那个为背景吧。"

杨新米:"不知道什么样。我都在这儿待了二十年了,也没坐过一次直升机。我还躺在那上面,而且是仰卧……想想好像倒是很美啊。"

赵与杭:"我就画一个裸体的长发女人仰面躺在大森林之上吧,那是一片随着季节不同而逐渐演变的大森林,从春到秋,各种颜色。但人体与背景完全不是两个形象拼合为一张图的感觉,要像是你真的躺在上面那样。身体下方的树冠要随着你的身形微微沉落下去,让人感觉到肉体的分量。仔细观察,森林里还有很多细节，有河流和道路穿过，还有人家，炊烟，嬉戏的孩子，休闲的老人，正在燃烧的房屋，流血的尸体，等等。"

陈牧耕说："新米，这一段处理得不错。'你'这里是纯然出于本能，不是受了外界的影响，更不是模仿什么，或制造什么，一点儿也没有所谓文化意味。对于这个角色来说，文化实际上是一种近乎污染的东西。所以与杭，你这里也不要有那种诱导的感觉，控制的感觉。就是两个人想到一起去了。再来一遍。"

程洁对于绘画的事一点不懂，听两个演员这段对白不大走心；但还是觉得，杨新米把那种娇憨、肆意、自在、坦荡，充分表现出来了。程洁斟酌着陈牧耕的话，也许这正是老师在自己身上的独特发现吧？老师愿意跟自己来往，为此花了许多时间、精力，最后命都差不多搭上了，就是因为这个吧？而她对此一向无所察觉，更不能理解。如今忽然在杨新米身上乍隐乍现，但对自己来说已经太晚了，晚到无可企及，简直难以相信曾经存在了。而陈牧耕不用那些套路纯熟的大牌演员，单单挑中在这圈子混了几年却差不多还是素人的她，是不是也有这种考虑呢？

小王念道："光渐暗。……灯光照亮位于舞台一侧的架子。观众只能看到站在上面躬身画画的'我'，'你'在架下，隐没不见，只听见声音。"

杨新米说："陈导，剧本这里原来有一段，排练本给删掉了。"她走回桌边，拿起那本多年前出版的《令颜》，念道："只剩一束光照着'你'赤裸全身，背对观众，穿过舞台，走到已经搭好的画画用的木架下面,躺下。整个动作观众只能看见她的背影。"然后说:"要是没这个动作,后面的表演怎么也跟前面不大接气,背景上出现的'你'的裸体画像,也会显得突兀。尽管下面有'我'的那段描述。"

陈牧耕说:"你说得对。这是老梁的意见。他担心通不过,即使通过了也会引发媒体炒作和过度解读,对这部剧不利。"

杨新米说:"全程'你'只是展现背影,不至于通不过吧。"

陈牧耕说:"倒也是。把舞台的灯都关掉,只有一束追光,确实很出效果。"

杨新米说:"我建议加回去。我愿意演。"

陈牧耕说:"容我考虑一下,反正只是'你'的一个动作,到最后合成时再说吧。咱们先接着往下排。"他讲得相当耐心、恳切,见杨新米仍然不大甘心,又说:"放心,我跟你一样,尽量追求完美。"

杨新米有些悻悻然地回到原位。包括小王在内的几位将四把椅子排成一排,陈牧耕先将两个角色的动作演示了一遍。然后杨新米躺了上去,仰面朝天;赵与杭站在一侧,做着躬身画画的动作。

程洁看着杨新米,自己睡觉从来不是这个姿势,老师又是把谁给硬安在她的身上了呢?她从前看剧本也算仔细,这里却没太留意。如今一个活人四仰八叉躺在那儿,感觉格外别扭。

杨新米:"我就一直是这个姿势了啊。"

赵与杭:"这还真是只有你才能有的姿势:披散的长发像一大团乌云,双臂舒展,两腿叉开,仿佛就应该是这样,只能是这样,真是天造地设。你的脸这么美,皮肤这么白,身材真好,腰这么细,腿又长又直。要是另找模特儿画身体部分,再来拼接的话,那就很难协调,也不会像你的姿势这么放松、自然。"

杨新米:"不要再说这些了,我不是请您画我吗?"

赵与杭:"那我开始画了。"

杨新米:"画吧。"

赵与杭说:"陈导,按照您对'我'这人物的设计,这里'我'谈到'你'的这些话,是不是说得再即兴一点,就是乍一看见有所反应,略显语无伦次都不要紧?"

陈牧耕说:"与杭,分寸这么把握就对了。'我'对'你'的欣赏是要体现在那幅画里,而不体现在这番话里,不然'我'这角色就垮了。再来一遍。"

程洁还在想刚才那一幕,她此前没接触过什么女演员,不知道有关裸体演出,是否都会抱持杨新米这样的态度,只是隐约替她担心,用不用拼到这个程度。以她这外行的眼光看,好像怎么也嫌过于积极了。但陈牧耕对赵与杭说的意思她也能听得出来——类似这种地方,作为导演似乎格外用心。

小王念道:"收光。背景用多媒体投上那幅画逐渐完成的过程,然后就定格为完成的画,一直到终场——包括第六幕和尾声,它都存在。以至全剧结束,舞台空了,那幅画还在那里。"

陈牧耕说:"新米,你老是拿原来的剧本来做对比。原剧本中,只是由'我'说出自己要画一幅什么样的画,有画画的过程,但并没写到要展现这幅画。当时还没有多媒体,大概也找不到画家画出类似夏加尔为芭蕾舞剧《阿列科》所作的背景画那么大的尺幅、艺术水准又那么高的画。但如果不展现这幅画,这部剧还是缺点儿什么。'你'如果其实只是一个画里的人物,一个被'我'创造的人物,那么这幅画就是非常必要的了。所以现在就看能不能找到合适的画家,创作出一幅配得上这部剧的画了。"

杨新米已经坐了起来,说:"您不就会画油画吗?作品还在国外参加过展览呢。"

陈牧耕说:"得找个水平比我高的。"

杨新米从手机里调出陈牧耕的作品——原来她早已下载了——举得高高地说:"您这可是专业水平。就您来画吧,我来给您当回模特儿。"

大家凑了过来,她一幅幅给他们展示。

陈牧耕摆摆手说:"不用非得画你,找个画家画另一个模特儿就行,投在背景上,观众看不出来。"

杨新米说:"这角色是我演的,画里的是别人,那多古怪呀,就跟剧里'我'只画'你'的头一样。您画我吧,这样对我充分体验角色绝对有必要。"

陈牧耕说:"我真的从没这么考虑过,再说画家和模特儿已经在联系了。你专心把这四个角色演好就行了,这部剧指着你的表演呢。"他的语调仍然不高,表情也很和蔼,不过态度坚决,不容商量。程洁才见他几面,但看得出他就是这么个人,即便表示拒绝,也是儒雅有礼,不失风度。回想起上次排练他对杨新米的夸赞,倒有几分无拘无碍了。

"那好吧。"杨新米喃喃说道,收起手机。她显然很受打击,像是强忍住眼泪似的。

陈牧耕说:"整个背景上出现这么一幅正面裸体的画像,或许也通不过,可能得拿布景遮挡一下。当然这样效果就差多了。我再考虑一下怎么办好。"

程洁远远看着,杨新米还是有些失态。刚才这一幕仿佛是前天晚上的延续——未曾实现的东西,依然没能实现。程洁忽然发现,杨新米或许比自己更接近老师剧本中的"你"。她企图仿同那里男女主人公的关系,企图进入剧中,把陈牧耕也拉进去。然而又落空了。这可怜的女孩,如此处心积虑,又那般急不可待。看来还真不是心血来潮。

身后一阵轻微的响声打断了她的思绪,回头一看,雨点纷纷打在玻璃窗上,缕缕水线弯弯曲曲。天已经黑了,停车场上几盏路灯亮着,灯光里雨丝很密。程洁忽然担忧起佛山家里窗户是否都关严了,随即想到只是虚惊一场。倒是刮台风窗户光关上还不行,要用布条将下缘塞紧,但那时自己早已回去了。

陈牧耕说:"来,接着把剩下那点儿排完。"

小王念道:"光起。舞台上摆了一个画架,上面放着那幅画好的画，尺寸很大。'我'和'你'站在前面欣赏着。"

赵与杭和杨新米按照舞台指示做着动作。看得出来，她好不容易才恢复状态。

赵与杭："我们的作品完成了。"

杨新米："是啊，完成了。太好了。"

赵与杭："非常感谢你，帮助我成就了毕生的艺术。"

杨新米："我要感谢您，赋予我一个真实的人生。"

赵与杭转过身来，说："陈导，'你'的这句台词是什么意思呢？为什么不说'感谢你，保存了我美丽的形象'，而要这么说呢？虽然这一幕到这儿就结束了，我不用往下接，但还是想弄明白。"

陈牧耕说："这揭示了'你'是一个幻想，而画像才是真实的。"

程洁听得心里烦闷，他为什么老是这么说呢？

陈牧耕问小王："这一幕就结束了吧？"

小王读道："忽然传来一阵松涛之声，打断了两人的对话。收光，光起，布景更换。——下面就到第六幕了。"

程洁收到靰鞡的微信："下雨了，我去接您，铁哥开车，您等我们会儿。"心里不大得劲，但还是回了个"嗯"。

陈牧耕说："时间不早了，今天就排到这儿。还比较粗，有些地方不够准确。两位演员回去再好好推敲一下。明天、后天，也许下周一、二，都得排这一幕。"

赵与杭对杨新米说:"有人来接我,把你捎回去吧。这儿有给咱女儿带的猫粮,还有药。上回你说它肠胃不好,得吃这牌子的。"

杨新米四下张望一下:"程姐呢?来,跟我们一块走。"

程洁说:"我有人接,你们走吧,谢谢啦!"

那两位一起走了。

程洁向窗下望去,看见一辆车绕了个弯,停在剧院门口,灯光照耀下,是上次见过的那辆白色的吉普车。赵与杭和杨新米出来了,他给她拉开车门,他们上了车,开走了。程洁想靰鞡她们大概也快到了,简单收拾了一下排练厅,关门,下楼。站在剧院门口,看见雨点纷纷射击着地面的积水,形成无数水泡,那些落叶、落花都很新鲜,像是刚刚被淹死似的。

一辆银色大众车在她面前停下。她迎上去,后座的门开了个缝,是坐在副驾驶位的靰鞡反身开的。程洁上了车,小铁侧过脸来,说:"程妈妈,不好意思,我们来晚了。"

这是她第一次跟程洁说话,声音还是很低,语调也稍硬,却夹杂着些许温柔。是那种一尘不染的女孩才有的温柔——程洁遇到的人好像都不具备。她本来对小铁不无反感,但察觉出这一点来,就有些把握不定了。她说:"哪儿的话,是我给你们添麻烦。"

小铁说:"您别客气。正好今天租了这辆车,在城里转呢。"把车发动起来。

靰鞡说:"我们铁哥最有主意了。要买车,各种车型都租几天开着试试,好知道自己喜欢哪一款的。赶明儿我买车也得这样。上周六我科三练习,教练问,你上班了吗,我说上了;又问你干什么工作的,我告诉他。他说,那脑子不至于这么差呀。结束时他还说,气死我了。"

"你这孩子就没个正溜儿。"靰鞡很喜欢这样不无真诚地自嘲一番,程洁心里却不太舒坦,不由得打断了女儿的话。车里一时静悄悄的。雨刷器呱哒呱哒响着,前车玻璃刚被扫净,就又落满雨滴,淙淙流下。程洁忽然问:"小铁,你就叫这个名字吗?"

"这是她们瞎起的,我叫杜婷婷。"

不知怎的,这原名强化了程洁关于小铁温柔的感觉,尽管叫这个的也太多了。她又问:"你们还没吃饭吧?"

靰鞡说:"没呢,在路上堵了半天了。我本来带了伞,下班前不知怎么想的从包里拿出来了。幸好铁哥接我来了。"

程洁说:"小铁——婷婷,要是不着急回去,我请你们吃个饭?"

靰鞡说:"她不着急,吃吃吃,就去我说的那家茶餐厅吧?"

程洁说:"快别提那家了,另找个好的,一起吃点儿东西吧。"

小铁说:"谢谢您。茶餐厅是吧?"正赶上红灯,她拿起手机,查找起来,"我找着一家,可能不错。"

几个路口都堵车,好不容易才到了那家餐厅。雨忽然停了,空气一时非常新鲜。两个女孩打扮得都很引人注目，靰鞡穿了条红色重工礼裙，像个动漫角色，小铁则穿衬衫打领带，脚踩篮球鞋，更衬得她相貌清秀、举止潇洒了。

三人找了张桌子坐下，程洁对小铁说："我听你口音是四川人，不知道吃得惯不？"

小铁说："挺好的。其实我离开老家好多年了。"

程洁把菜单放在她面前，请她勾画。从侧面看这孩子的上身可真够薄的。水晶虾饺、豉汁蒸凤爪、肠粉、萝卜糕，小铁点了皮蛋瘦肉粥，靰鞡也要喝一样的，程洁点的是生菜鱼片粥。服务员正要离开，程洁说："您给来碗辣油。"又对小铁说："跟四川的辣不是一回事儿，你将就点儿啊。"

小铁低声说："程妈妈太周到客气了。"

程洁说："哪里，哪里。我看你们在北京，也挺不容易的。"本来还想提及不在父母身边之类，但人家未必爱听，不如打住。

小铁说："我从小就很叛逆，来北京上大学没回过家。寒暑假不是打工挣钱，就是去旅游。穷学生，只能当沙发客，什么地方都遇到过。睡过客厅地板，有时连客厅都谈不上，主人家的床也在那儿呢。当然也睡过别墅里装修精致的单间，还有猫狗做伴。"

靰鞡说："铁哥能耐可大了，大学读的是生物，研究生读的是欧洲史，现在干的是平面设计。"

小铁就像打开了话匣子，很想跟程洁这个陌生的长辈聊点什么，根本不顾靳鞍的插话，接着说："读研那两年，我报名去了一个叫 REMPART 古建筑保护组织的暑期项目。第一次去了法国第戎城郊的莫特·吉隆堡，修复那里的壁画；第二次去的地方更偏远，博斯让，一个很小的镇子，在法国东部索恩-卢瓦尔省，修复教堂的木雕和装饰。说实话，我在外面闯荡得也挺久了。"

程洁似懂非懂，忍不住说："这么多年不回家看看，家里人得着急吧？"

小铁并无不快，若有所思地说："人在每个阶段想要的真是不一样。其实有时候也挺想家的。"

程洁说："家总归是个依靠。"

小铁说："我越来越觉得人生需要有一点自我设计，好比开车，该直行就直行，该拐弯就拐弯。不能任意妄为。"

程洁发现来北京没多久，已经感到"一望而知""想必如此"之类说法挺不靠谱的，至少用不到包括这个女孩在内的新认识的人身上。也许因为自己好几年除了拉载客人，没怎么跟人打交道了吧。她不事声张地去把账结了，小铁选的这地方还挺便宜。吃完饭，她们俩加了微信。程洁说："哪天来家里，我给你做饭吃。"

小铁说："好的。谢谢。"

然后她把程洁和女儿送回家。又下起雨来了。临别时，靳鞍非要和她拥抱一下。小铁摇下车窗，探出身子，她们的衣服都被淋湿了。

第七章

周六上午靸鞡被小铁接走了，晚上有第九届北京国际电影节开幕式，弄到两张媒体票，打算混进去。小铁站在楼下，看见程洁出现在窗前，招了下手。程洁打开窗户，也冲她招手。小铁踮起脚尖，再招招手。这动作又让程洁感到她身上女性那份温柔。但程洁还是惦记着找机会直接问问她，和靸鞡之间到底怎么回事。真要是闺蜜，也就甭瞎操心了。路旁几树杏花已经凋谢，落了一地。

下午程洁到附近街上转转。路过凯德Mall，走了进去。先去了地下的大超市。她干过这一行，到哪儿都喜欢瞧瞧人家进货和摆放情况，即便不买什么，也有种拥有的满足感，就像是自家开的。乘电动步道下行时，上行那边有个男人迎面交错而过，很留意地看着她的脸。只见那人头发蓬乱、稀疏，顶心几乎秃了。

程洁又来到一楼。卖鞋的大卖场一律打折，客人并不多。她沿着一条通道一个接一个摊位地逛，还试了几双。那个男人在另一条通道朝这边张望，却始终保持相当远的距离。他胡子拉碴，身材臃肿，有点驼背，穿了件灰色的夹克衫，没系拉链，肚子鼓得挺圆。程洁不免警惕起来，没顾上买就离开了。

进了二楼的优衣库，不见那男人跟着了。自从到了广东，就再没遇见盯梢的了。刚才冒出的念头未免可笑。不料走出来时，那男人站在中空护栏旁边，正对着她。她不由得打了个激灵。他迎上前，黑色长裤一个裤脚挽起一截，皮鞋看着很久没擦过了。

"是忆宁吧？"他轻声问。带着东北口音，而且是乡音，程洁多年没听到了。她看见他里面穿的秋衣前襟有块油渍。

"您是？"

"我建华啊，咋的，认不出来了？"

程洁很吃惊，结巴起来："那倒不，就、就是……没敢认。"

"这老些年没见面了。"

程洁没搭茬，在想他原来什么样子，但真想不起来，反正不是现在这样子。不过还轮不到她感慨岁月无情，在别人眼里自己想必也差不多吧，当然这都无所谓了。

"咱俩搁哪坐会儿吧？这眼瞅饭点儿了，我请你吃个饭。"

程洁有心推辞，但忽然对这个人生出些许歉意——当初自己拒绝那门婚事，回想起来实在没什么道理，尽管她丝毫也不后悔；再看他如今态度恳切，却显然并不过分殷勤。就说："好啊。"

徐建华似乎这才想起来，握了下她的手，马上松开了。他的手很粗糙，她知道他早先干过工匠，一生的事业都是从这双手起步的。

她跟着他乘直梯上四楼，一路他没说话，只是不停搓着自己的手。他们去了南京大牌档。客人很多。旧式堂倌打扮的领位员大声吆喝着，把他们领到一张空桌跟前。徐建华递上菜单："想吃啥，点。千万别跟我客气。"

"你看着来吧，我吃啥都行，不挑。"

"好歹点一个。"

程洁点了个糖醋小排。徐建华又点了姜汁小黄鱼、玉带丝瓜和咸水鸭，然后说："整点儿啤酒？"

"行啊。"

"我有痛风——没事儿，难得见一回，先整一瓶，咱俩对半儿分。"

程洁本欲阻拦，转念一想，不如随他便吧。

"不好意思啊，"徐建华从衣兜里掏出个盒子，是胰岛素笔，背过身去，撸起衣服，在肚子上扎了一针，又转过来，"你身体还好吧？"

"还行，老胳膊老腿儿的。咱把糖醋小排退了吧。"

"怕啥，你吃你的。"

不知怎的，这男人此刻多少给她一种尽量把事情做好，却已穷竭气力，难于支撑的感觉。

"不中了，"徐建华用酒杯碰了一下程洁的杯子，对她喝不喝并不关心，自己喝了一大口，撂下杯子，重重叹了口气。好像整个人是由这种沉重的气体构成，叹息只是少许释放，继而会陆续发生，等到气都放光了他也就不存在了，"我不瞒你，我过去总觉着，没准哪天赶巧撞上你，一准给你个最好的印象。可惜呀，咱们没头几年遇着。现在不中了，真的不中了。"

程洁想，那刚才干吗还要叫住我呢？她问："啥事儿不中了？事业？身体？我妈临死前还叨咕咱家那旮旯就数你出息大呢，再说在林校你也是体育健将啊。"

"啥啥都不中了。"

"打头再来啊。我瞅你不像有别的毛病。"

"这儿，"徐建华指指自己的心口，"这儿不中了。"

"心脏病？"

"心里空落落的，不得劲儿了。干啥，这儿都不顶事了。"

程洁不知道说什么好。

徐建华静默片刻，眼泪忽然流了下来。继而索性哭出声来，语调里充满了冤屈与愤恨："我儿子没了！壮壮，我儿子，没了！"

临近桌子的顾客都被惊动了，好奇地望向他，还有她。程洁觉得他们兴许怀疑自己与此相关，甚或负有责任。她赶忙上下摆手，要他安静下来，说："都怎么了，你跟我说，我听着呢。"这话一说出口她就觉着别扭，仿佛时隔多年仍然需要她来抚慰他似的，其实就连当年也没这样做过。

徐建华像泄了气，低声说道："我儿子，徐壮壮，三年前，十八岁，突然自杀了……"

"为啥啊？"程洁像是关心追问，又像自行感慨。三十年前徐建华离开五营后，她就对他的生活全无了解，包括曾经存在的这个儿子。

"唉，打头跟你说吧。"徐建华又喝了口酒，多少平静了些，抬起头来，依然热泪盈眶，"当年我先去的哈尔滨，遇见这孩子他妈。俺俩结伴上了北京，我在装修队干木匠，她给瓦匠打下手，一个闺女家，整天干搬砖和泥的活儿。这么一步步做起来，自个儿当包工头，卖建材，开门店，人家都说她那面相旺夫。来这儿第九个年头，才有了这孩子，我都三十五了。生意越做越大，又转做房地产。可是说衣食无忧了啊，他妈倒不思进取了，整天跟几个老娘们儿一块堆儿打麻将，不干别的。我寻思我这才刚挠出头啊，跟她分手吧。得，啥玩意儿都归她，孩子也归她管，我给生活费。那时候壮壮小学还没毕业。我找了后尾这媳妇儿，比前边那个更有旺夫相，有商业头脑，又懂管理。起先是我们公司的秘书。不过我俩没生小孩儿。

"你知道燕郊不？搁北京旁边儿，北京买不起房的，搞投资的，都上这儿买房。你听听我们整的广告语：'燕郊安居，北京乐业'，带劲吧。紧接着北京限购政策就出来了，燕郊这房价噌噌往上涨，我们占了先手啊。正搁这儿美呢，北京我前妻突然给我打电话，说完了，孩子出事了。

"我赶到她那儿，尸体都拉走了。二十四楼，搁阳台跳下去的，还把楼底下人家一辆车砸坏了。都赖他妈当初要买这高楼层，非说景观好。当时就孩子个人在家，门反锁着，他妈在院里打麻将，人家都报警了，她还不知道呢。我问警察，是不是进来偷东西的，或挨抢了？警察说勘查过了，结论明确，就是自杀。我说不可能，这孩子凭啥自杀啊，没道理啊。"

说到这里，徐建华停顿了一下，眼神看着很空虚，似乎所面对的不是程洁，而是那个三年来纠缠他、折磨他的巨大的不解。

"壮壮长得贼俊，走那年十八岁，已经挺大个子了。打小就聪明，学习从来没让大人操过心。我每回问他考试咋样，他都说'还那样儿'——意思就是全班第一。这孩子不太爱运动，爱看书，挺懂礼貌。后来供他念的国际学校，七年级入学，学生和家长都得面试，我那阵忙，他妈去的。一年学费二十六万，咱给，赚钱不就为了给儿子花吗？学校除了中文和中国历史课，都是外语给上课。九年级起必须住校，一年住宿费又是十万，不过条件真不赖，当然也是听他妈说的。寒暑假，他妈带着他满世界转悠，开阔眼界，什么埃及、以色列，东欧，北欧，都去过。他是毕业那年走的，在美国申请了十所大学，都来了录取通知书，我跟他妈给挑中了一所，在波士顿，交了承诺金，又交了第一学期的学费，八万美金。签证、机票，啥啥都弄好了。我说咱别住寝室了，搁学校对面给你买房，要是觉着国外好，不想回来了，后面要怎么弄,我也给安排。八月底开学,就等出发了,突然整这么一出儿,一下子给我将死在这儿了。问题是这孩子什么问题都没有啊,从来没听过他抱怨,当然他也没说过满意。俺们爷儿俩确实老没话说,但有什么想不开的,你倒是跟我说呀!"

程洁给他夹了一块咸水鸭,替代说话。徐建华像是没看见,招呼服务员再上一瓶啤酒。

"我本想跟他妈说道说道,到底咋回事儿,这些年他们娘儿俩在一块儿呀。到了一看,他妈傻了,眼睛就不离那阳台,成天吵吵给它封上,再不就是要找人把阳台门焊死,没别的话。

"我只能个人找线索。说啥我也不能放弃。壮壮把他的房间收拾得干干净净,书架上光剩学校的教材了,电脑重新格式化了,手机也清理了,连我和他妈都给删了。我看我的手机,上次通话还是半个月前,往前翻啥有用的都没有。这孩子的网名叫'玩命吧',我当是他要为自己的人生前途干他一场呢。微信里保留了一条,是发给一个叫'霉事儿'的,就剩下这个人了。写的是:'我先走了。'这孩子拢共留下这么一句话。不知为啥没把这也删掉。我猜这里边肯定有事儿。那时候天都亮了,我试探着给发过去一个'早'字。过了一个钟头,给回信了:'你没走?'我又发个'哭'的表情。回信马上来了:'没走成?'对方肯定知道点儿啥。我寻思半天,发了一句:'见面聊吧。'对方回:'活着就不必见了。'我担心就这么点儿线索也断了,没敢回复。天擦黑了,手机消息提示突然响了,写的是:'只见一面。明天,下午两点。'说了个咖啡馆的名字，在西边。

"我准点儿到的，那里就一位客人，是个女生，正望着窗户发呆。小个儿，一脸受憋的样儿，不打扮，穿的也不起眼儿，比壮壮得大个七八岁。我走过去问，你是'霉事儿'吧？她抬头看见我，腾地站起来说，敢情是个骗子！我说我是'玩命吧'他爸，他已经不在了。她根本不听我解释，一个劲儿叨咕怎么这么倒霉，老遇着骗子。我把壮壮的学生证拿出来，给她看照片，说这才是他，自杀了。她看都不看，把手机举到我眼目前儿，调出'玩命吧'，说你说这是你儿子？我们没关系！我删！拎起包就要走。我一把抢过手机，已经都给删了。她说干吗呢，明抢啊，要报警。我说该报警的是我吧，告你诱导青少年自杀。

"她听了突然愣在那儿，一下子垮了，趴在桌上大哭起来。我说你咋了？她委屈地说，我诱导他？是他诱导我好不好？我是个什么都干不成的人。他真的死了？我以为他平常话说得挺绝，末了像我一样下不了决心，还想当面嘲笑他一顿呢。看来我跟他比起来什么都不是啊。她拿起壮壮的学生证，瞅着上面的照片，说他长这样吗？我们没见过面。他跟我要过照片，我没发，我这模样我自个儿都怕看。我说你想象吧。他说那你也想象我，一个二逼少年。没想到长这么标致，真的这么年轻。

"她说他们是两年前在一个QQ群里认识的。她因为情感一再受挫，工作也没前途，才参加的。壮壮为啥参加就不清楚了。大家整天聊死亡这码事儿。壮壮先头只是潜水，有天忽然发言，光讨论不行动，顶个屁用。想活着怎么都能活，在这儿哔哔赖赖的，赶紧散了省点电费吧。她觉着这话很酷。他们单独加了好友，私下聊天，干脆连群都退了。本来约定找个地方，一起烧炭自杀的。他把家伙事儿都准备好了。但后来又说，还是各死各的吧，这样就不用见面了。反正没有来世，可以永远不见。可到了约定的那一天，她忽然接到前男友的电话，有日子没见，说要来找她。上回给她钱骗光了，害得她工作也丢了。她当是要跟她和好呢，就把自杀这事撂下了。临了人家是来取东西的，还都是些不值钱的东西。她说我是个废物，对不起您儿子。可是您得知道，他这人特别清醒，特别明白，根本不会听别人的。我们都是想不明白才要自杀的，他自杀是因为想得太明白了。

"我问她，那他想明白啥了？她忽然慌乱起来，说天快黑了，得赶紧走。又说能把这学生证上的照片抠下来给我吗？我说咱们还没谈完呢。她说那改天接着谈，我只要不死，时间就没用。我俩加了微信，她匆匆走了。

"以后我又跟那姑娘见了几面，想多了解点儿壮壮的事，他说过啥，咋想的。这方面她比我和他妈知道得多多了，我们可是啥也不知道啊。微信删了，但壮壮发给她的好些话，她都能背下来。什么一个人不在这世上了，对他来说他跟这世界都不存在了，活着的人咋说他，咋看他，跟他一毛钱关系都没有。一套一套的，怎么个意思我听不明白。那姑娘也说，他跟我讲他这方面的思考，我都接不上话茬儿，我比他大好多，真是白活了。这几年我反复捉摸壮壮说的到底是啥呀,可还是没捉摸透。

"那姑娘说,当初那个群,参加的都是欠人钱的,情感受挫的,得什么抑郁症的,钱,情,病,无非这三样。可是这都跟壮壮搭不上啊,我们从没发现他有啥不对劲儿,家里也没给过他压力。听说有一种叫阳光抑郁症的,难不成这孩子得的是这毛病?他给人的印象就是个阳光大男孩儿啊。

"我问她,他跟你说过他父母、家里啥样吗?她说几乎没有。他告诉她,自己没家也没亲人,当然也可以说有,但那早就翻篇儿了。壮壮说,他还上小学呢,有一天他妈带他到一个院门口,站住,让他个人进院,听听里边有没有他爹的声儿。他走到一道影壁前没往里走,太阳挺毒,他在那儿杵了五分钟,出来说,啥也没听见。他妈放心了,带着他回家。那是我的一个女客户的家,我们那阵儿来往比较多,而且我跟他妈关系已经挺紧张了,虽说还没离婚。家里的事儿,他就讲过这么一件。"

"这孩子心事儿重啊。"程洁轻声说。

徐建华又叹了一口气,把杯里的酒喝干,说:"你这么说,我想起一件事儿来。壮壮上国际学校的第二年,有个周末我打燕郊过来,把他带了出去。这孩子喜欢看星星,带他上天文馆;喜欢矿石,又上地质博物馆。我是打算告诉他,我想再婚。可这话就是说不出口啊,万一他不乐意呢,我这老脸往哪儿搁。其实我俩已经住一块了,就差领证了。壮壮像是也想问我点儿啥,也许就是这事儿,但到了没说。我知道,我跟他妈关系不好,离婚,我找公司女秘书，这孩子心里不愉作，燕郊他也从来不去。俺们爷儿俩东拉西扯的，过了一整天。回到燕郊，我给他写了封信，说我准备结婚，这事儿不能再拖了。这是对人家负责，也是出于事业方面的考虑。但绝影响不了父子关系，更影响不了他往后的生活。我让他给我回一封信，表示表示，祝福老爸。电子邮件发过去了，过了三天才有回音儿，就俩字儿：'祝福'。好像打那以后，他跟我说话就少了。不过我总忙，也没咋留意。"

程洁本想讲讲有关父母责任之类的话，但说来自己并不配发这种议论。作为母亲，她做得也不怎么样。只好点了点头。

"跟那姑娘见面，就唠一个嗑：壮壮。我要她想起啥了都讲给我听。每回见面，她都选在白天，说是怕黑，晚上只能躲着不出屋。我说开车送你回家。她家在韩家川，租的农民自建房。住在二楼，楼梯在外面，半露天走廊，一长溜房子，当中贼小的一间。石棉瓦顶，夏天不得热死啊，楼下就是那种脏摊儿，开窗户特吵。她说自己没收入，在那儿买个麻辣烫、炸鸡架啥的当饭吃，便宜搂收的挺好。屋里又脏又乱，一股子臭骚味儿，估摸她没处洗澡，过的根本不是人的日子。

"她看着挺可怜。她说这辈子只遇见过一个好人，就是您儿子——她总是叫他的网名'玩命吧'，我一听就肝儿颤——只有他从不欺骗她，不伤害她，还肯相信她，理解她，安慰她，开导她，只不过教给她的不是活法，而是死法。他说一帮子活人，你求我、我也求你搭把手儿，满足不了才觉着孤独。死人又不求人,还有啥好孤独的。那姑娘一遍遍复述壮壮的话,说讲得真好啊,他是我的精神支柱。她说,他是个特别容易感受到孤独的人。她告诉他,你有的话我听不懂。他说,你能听得懂孤独就行了。她说,现在他丢下我走了,我越想越没法活了。左右都是这种话,我听着颠三倒四的。

"我还是尽可能给她点儿帮助。有天赶上房东来催房租,我替她交了,还偷摸塞了些钱在她那破衣柜里。她说,您千万不要对我好,这样我更痛苦,更觉得走投无路了。但我能做的也就这些。一天半夜忽然收到她的微信:'你能来一趟吗?我害怕。'我回复:'不太方便,白天去吧。'她说:'那我只能死了。不想再见你。真不该遇到你。'把我给拉黑了。我也赌气,不联系她。后来我沉不住气,去她的住处瞧瞧。门开着,屋里都搬空了。我找房东打听,那人说,吹灯拔蜡啦!在衣柜里蹲着吊死了,发现那工夫都流汤儿了。完蛋操的,我这房子租不出去了。

"我两眼一抹黑,回去连车都开不了了,只好在路边停下,这才回过味儿来,那姑娘其实是壮壮唯一留在这世上的东西,现在啥都没了。她死了,好比壮壮又死了一回,彻底没影儿了。我没留住她。人打黑地里探过身求搂一下,我没搭理,缩回去了。壮壮死在我发觉之前,她可是我眼睁睁看着没的啊。尽管我跟她啥关系都没有,也谈不上一丁点儿喜欢。"

那个已经不在的男孩莫名其妙讲的关于死亡的话,经由那个已经不在的女孩转达给对面这个人,他再转达给程洁,听来更莫名其妙了,连同那两个人的死亡。程洁当年也自杀过一回,不过没成功,想起来真是糊涂。她瞄了眼手机,看到余悠发来一张照片:她穿了件淡绿色的浴衣,站在一条小路上,夹道都是满开的樱花。程洁明白她的意思,赶紧回复:"太耐看了。玩得愉快!您嘱咐的事我记着呢,一切正常。"

徐建华并未察觉。两瓶啤酒都喝完了,他招呼服务员再上一瓶。

程洁说:"要不喝点儿茶水吧,你这痛风——"

"不碍的,难得有个人肯听我说掏心窝子的话,这么些年了,憋屈啊!我真想不明白,壮壮为啥要自杀。是我的原因吗?这孩子是恨我吧。要不为啥我这么费劲安排、准备,啥都弄好了,还自杀?而且专挑这节骨眼儿,就等上飞机了。他是对有我这样的爸爸失望了,还是对这样的爸爸还要一手安排他的生活失望了?"

"都说可怜天下父母心,也许倒是可怜天下子女心。你给的都不是他要的,他要的你都没给,受不了了。"

"那我就受得了?"徐建华有些愤愤然,但随即克制住了,"不管怎么说,我到现在也没法面对儿子没了这事儿。啥迹象都没有,突然就自杀,把十八年的父子关系就这么给断绝了。活着的人不知道为啥,比知道为啥更痛苦,再也没法好好活了,总纠缠在这'为啥'里边。壮壮他妈如今住在精神病院,她倒是不想这事儿了。我这辈子都被这孩子给毁了。燕郊的生意没心管了,欠了一屁股债，资金链都快断了，后妻也不跟我了。离婚的时候，整个儿转给她，燕郊我也不去了。在人手里居然给盘活了。不过如今遇上楼市调控，好日子也到头了。反正这些跟我没关系了。"

"那你眼下忙活啥呢？"

"啥也不忙。天天在家里待着，炒炒股，好几只股票还给套牢了。一礼拜出来一趟，买点儿吃的。刚才撞见你，没顾上买。来，多吃点儿菜。对了，你咋样啊？"

"嗐，瞎混呗。"

"一直搁北京待着呢？"

"就来几天，看看女儿。"

酒喝完了，他们各要了一碗饭，边吃，边有一搭没一搭地聊着。

"当年你死活不找我，我寻思你是看不上我，其实这事儿也激着我了，当然现在说啥都是白搭。"徐建华说到这里就顿住了，并未多谈。程洁回想起伊春来了，他们一起在那里上学；他走之后，她的家也安在那里。她眼前浮现出那个为丘陵所环绕的小城：砂土灰渣铺就的道路，七零八落的破旧房屋，高高低低的已变成黑褐色的木头障子。

徐建华还是忍不住问："可你后来咋又找了个听说各方面还不抵我的呢？"

"此一时，彼一时，女人总得找个人吧。"程洁敷衍地说。忽然想起当年离开北京,她呆坐在座位上,听见车窗外有人喊她的名字。是老师。他不知道她在哪节车厢,是穿过嘈杂密集的人群,一个一个窗口找来的。火车启动了,看见他站在夕阳下挥手,她止不住地流泪,觉得真是生离死别。她这趟如果不来,就不会失去那么多;不过毕竟来了,也就不再有遗憾了。这份感情是不可否定的,但她必须走出来。她应该有个家了。

有人给介绍了一个叫李大军的,是伊春财政局的小职员。她看了照片,一张大饼子脸,傻笑着。她说,就是他吧。头次见面,她对他说,如果真想和她结婚,今天就去领证吧。她想只要他爱她,就够了。至于她,会努力改变自己的。她就这么成了别人的妻子,多么简单,又多么容易,从前怎么非要想得那么难呢。老师也说过,如果她真的为婚姻之事所苦,不妨试试,一年半载不满意,再离婚。还说,不论她是笑着上花轿,还是哭着上花轿,他都会永远不变地爱她的。她只是诧异怎么在去领证的路上,就想到了"离婚"二字。

她告诉老师自己暂时不上班,要在伊春待半个多月。他问她怎么会有假期,建议利用这难得的空闲写点东西。还蒙在鼓里的他,诚恳得何其幼稚。她是去结婚的,休的是婚假加晚婚假。他不知道他的小橙子已经变成了人家的媳妇,不再是剧本里的那个"你"了。她在公公婆婆家里给老师写信,觉得自己真够可耻的。写每一封信都很难,得让他认为还是从前的她,一点变化都没有。她不可能告知老师事实真相,那会极大地伤害他。她对他有种深深的歉疚，觉得自己背叛了他。现在想，这其实是一个多重背叛的故事：对老师隐瞒结婚，对丈夫隐瞒继续保持与老师的联系，而老师也对自己的妻子隐瞒了她的存在。她不知道怎么提醒老师，她不能再读他那些越来越炽烈地倾诉爱情的信了。虽然只有他的信，才对孤寂的她有所安慰，让她知道他仍然想着她。她只好尽量拖延回信，他们的通信渐渐稀疏了。

程洁发觉自己走神了——而且时隔多年，仿佛还在心里给自己加码，未免可笑。她都不清楚这工夫说了些什么，只听徐建华问："……咋还生了小孩儿呢？"

她依旧敷衍地说："女人总得生孩子吧。"

"那咋又离婚了呢？"

"你不也离婚了？还离了两回。"

直到有一天，老师说，听金部长讲她早已结婚了。他祝贺她，说一生的大事，怎么不告诉他。他祝福她有了一个好丈夫，也祝福做丈夫的有了她这样的好妻子。她心里只有酸楚与悲哀。老师说过，她也许很容易把她遇到的男人与他做比较；而这些人除了年龄，都不如他，于是困惑于找不着理想的丈夫了。他希望不是这样。假如真是这样，那是他的罪过。这番话她反复叨念，至今还能记个大概，简直就像咒语一样。

"……女儿咋样，干啥呢如今？"徐建华问。

"还算有出息吧，硕士毕业，在出版社当编辑呢。"

"现在谁还看书，这是黄昏产业啊。可惜我不中用了，早几年能给她安排个好工作。唉，壮壮没准就是书读多了吧。那姑娘穷成那德行，屋里还他妈有一摞书呢。"

程洁想，自己的孩子即便离在这城市混出个名堂来还差得远，但她到底活着，而且未必不活得有滋有味。不管怎么说，还是活着好啊。记得老师谈到一位横死的朋友，讲过这样的话：对于自杀者总有一种既悲悯又敬重之感，但也许这也不对，面对如此死法，生者只能缄默。

结账的时候，徐建华忽然问："这么些年你回过林场吗？"

"没有。"

"几年前俺们回了一趟。我张罗的同学聚会，也是我请客。五营那家叫福瑞菜馆的，人新装修的，那晚上整个儿给包下来了。还带大伙儿回了原来的林场，就剩一堆破房子，人都跑光了。上了趟国家森林公园，一块儿坐了观光小火车呢，都是我掏钱买的票。"

徐建华说着，脸上浮现出一丝得意，一闪而过，却是今天唯一的一次。那一瞬间程洁也约略松了口气。对他来说，总归还是有过好时光的，虽然是过去，虽然过去了。

徐建华还要去趟超市，程洁说了句"我就不陪你了，保重啊"，在饭馆门口和他分手了。没有互加微信，或许忘记了，或许有意如此。毕竟他的问题不是她能帮忙解决的，他对她来说也一样。

第八章

程洁来到杨新米家门口，正要掏钥匙，门突然开了。一个男人气冲冲地出来，看见程洁也不打招呼，连脚步都没停，径直走了。他的个头未准比她高，穿一件泛旧的黑皮夹克，手里拿着头盔，脸上棱角分明，高额头，小眼睛，大鼻子，一头长发扎在脑后。

杨新米坐在沙发上，还穿着那身猩红色的睡衣，左手举着个冰袋，贴在同侧的脸上。见程洁来了，慌乱地要把冰袋藏到身后，垫着的毛巾掉了，正好把那半边脸都露给程洁，从腮帮子到颧骨有个明显的红印，正是一只手的形状。眼泡也肿了。她看着比那天喝醉失态更没面子。程洁走过去，拿过冰袋，垫好毛巾，帮她重新敷上。杨新米无从掩饰，低头抽搭起来。

程洁在她身旁坐下，问：「咋的了这是？」

杨新米嘟囔道：「先还好好的呢，我跟他提到这回我可能有一小段裸体演出，只露后面，他一下子就火冒三丈。"

"导演不是没答应吗？"

"我想再争取争取，所以提前跟他说一声。"

程洁说："别嫌我多嘴啊，甭管为啥，搁我，这路男人就不能再来往了。"

杨新米把脸依偎在程洁怀里，一段时间没开腔。后来坐直身子，叹口气说："也赖我，没考虑他的感受。我总是想什么说什么——不，其实我是故意试他。我经常这么干，看他到底多爱我。我就是想要被人爱着的感觉，越深越好。我要是觉得爱不够了就来这一出，主动权攥在自己手里。我知道他是个小心眼的人，不过他这反应也太过分了。当然他也有对我好的时候。你看，这是昨晚他给买的咖啡机。他知道我爱喝咖啡。这样可以喝现磨的，比冲泡的强太多了。来，咱们这就试一试，还没用过呢。"

程洁随她站起来，一只手给她举着冰袋。两人如此配合，简直像舞台上的动作。电视机柜旁放着一大一小两台机器。杨新米说："我都学会了，程姐你会吗？不会？那我教你吧，很简单。"

程洁想，刚挨了人家的打，转眼就张罗起这个，真不知拿她怎么办好。看着她兴致盎然地按这个钮，按那个钮，磨豆，制作咖啡，牛奶打泡后兑入，加巧克力酱，一杯摩卡就做好了。难吸本来蹲在电视屏幕前，这会儿跳下地，跑开了。

杨新米笑着说："我再做一杯美式，你挑一杯。只要豆子好机器好，怎么弄都好喝。"

程洁说："我也学会了，下回我来吧。"

杨新米又叹了口气："他送这么个东西来，像一个监视器，一个可以随时上门展示爱意的借口。"

程洁陪她站在机器跟前，有如正面对着那个人似的。想起他的相貌，留那发型需要一张多么俊美的面孔，可是不知怎的见到的往往是自曝其丑。

杨新米从程洁手里接过冰袋，自己一手举着，另一手端咖啡杯，边喝边说："我们就是因为喝咖啡才认识的。有一回闺蜜请我，他是那家店的老板。闺蜜认识他，跟他介绍我。听说是演员，他一点反应都没有。当时我有一部剧正上演，总遇见粉丝求合影，求签名，闺蜜还特地让我坐背对着门的座位呢。她也是嘴欠，一个劲儿说我的事，他就不搭腔。过一会儿，端来两杯手工咖啡。结账的时候我说，咖啡做得真好，我只有一回在日本河口湖一家招牌用法文写的店里喝的够这水平。他这才客气地说，遇见懂行的了，我请吧，把账单揉了。我说不用，我还得再来呢。以后我常去喝，我们由咖啡聊到旅行，他也喜欢一个人去外国的小地方闲逛。有一天他问我，一起去旅行好吗？我说好啊。那晚他送我回家，我们从此就算在一起了。"

程洁好奇地问："没表白啊？"

"嗐，他老表白，一闹翻就来表一回决心。好像就头一次没有，没来得及……"

"噢。"程洁笑了笑，只是敷衍而已，杨新米却有几分难为情了。

她们俩喝完咖啡，一人把着沙发的一头坐下。

杨新米继续用冰袋敷脸，说："我们第一次旅行，去的是法国布列塔尼。沿着大西洋岸边，一个小城接一个小城，一个小岛接一个小岛，挑一家中意的咖啡馆，一坐就是一天。订旅馆，买机票，他都包了。我这人总是丢三落四，护照、欧铁通票这些他都帮我拿着，行李也归他收拾。其实他对什么博物馆啊根本没兴趣，只是陪我。在巴黎去剧院看演出，灯一黑他就睡着了，还跟我说是倒时差。"

程洁忽然想，不管谁的生活，都这么混乱不堪。最好的也不过是外表看着还行，其实照样百孔千疮；差一点的连这外表也保不住。

杨新米说着说着，眼神迷离起来，像在享受什么："不过我要什么，他都给我买。我有时故意要些一点用也没有的东西。他这人还特能干，生活各方面就没有不会的，而且都能做得挺好。跟他在一起，不用动手，不用操心，连一点脑子都不用动。我们一起学射箭，享受的也是放空的感觉。他对我说，你喜欢吃什么，我给你种；你喜欢什么小动物，我帮你养。有一回我深更半夜说想他，他颠颠儿就来了。我说挺好啊，你没不理我。扭脸我就睡着了。不过只要我跟别的男人多说几句话，他就受不了。有段时间对与杭哥疑心特大，我说人家没那意思，都不拿我当女的看，他还是想把难吸给送人。就冲这个，我更得养了。唉，不光是男的。跟你说吧，就连给你那把钥匙他都不乐意，说他还没有呢！"

"这心眼儿还没针鼻儿大啊。"

"实话说我到现在也不知道是不是真的就跟他在一起了。当然他早就这么认定了。他说，你家里有什么活儿，我给你干不就得了。我说你开咖啡馆那么忙，能每天上午来吗，你瞧我这儿乱成什么样了。"

"那这活儿你就别让我干了，给你们添乱。"

"千万别，你来帮忙我特高兴，还能有个说心里话的人。我最烦的，就是他对我当话剧演员不理解，不接受。接我送我，从不进剧院的大门。他在这儿，我连台词都不能背，所以不能让他经常来。这个人完全不懂我在干什么，说你这又不挣钱，根本不能算个职业。应该去演电视剧，不然谁知道你呀？他不懂真正演话剧的，其实瞧不上演电影和电视剧，那种表演随时可以停，可以改，可以演好多遍，哭不出来点眼药水，是假表演。舞台上面对观众才是真表演呢，每一场演出都不一样，包括一起演的演员说的某一句话下次跟上次不一样，你的反应也就不一样，这最考验演员了，也是最过瘾的。为这个我们吵过不止一回。不过每吵一回倒是都能过去，他不怎么会说便宜话，哄人就是来实实在在干点活儿。我经济上遇到难处，不用开口就给解决了。没办法，我心软了。也不是没想过蹬了他，可看了一圈身边的，要不人品不太行,再不长得不顺眼;两样都凑合呢,财力又不够。我知道小郑确实挺爱我,爱到我相信他甚至愿意跟我一起死。不过他让我受的罪跟让我享的福一样多。"

程洁听了这话,又想,生活纵然混乱不堪,这些年轻人却并不觉得,或许正自得其乐。眼前这位就着实够疯够作的,而且以此为乐,为荣,还收放自如。

"我这个人对生活的要求跟别人不大一样。有一部分要求并不多,至少不贪。刚毕业租的是上下铺,两间房一间摆四张床,一间摆三张,东西都放在床下,房主自己睡一个下铺。有段时间连这点房钱也付不起,有个学妹租一个隔间,没窗户,只放得下一张单人床,旁边一小条地面,我就在那儿打地铺。当时也没觉得有多苦。后来跟人合租。直到认识小郑了,他说住可不能这么凑合。但在吃上我照样图实惠,去饭店从来不点排骨,都是骨头,不如纯肉划算。不过我精神上的要求肯定多些,绝对不能没有;说实话,这方面小郑并不能让我满足。"

程洁本想附和几句,提提靰鞡来北京过的日子,听到末尾这句,就没搭腔。忽然想问这事:那个天天送花的是谁呀?也打住了。

"你看这就是个一居室。但这面墙上,"杨新米侧过身子,用空着的右手指了指身后,"可能还有一道门,一般人看不见,也不知道。里边还有一间屋子。那儿比这儿大得多,景观也更好。当然需要有更多东西把它装满,所以对人是有要求的。但当我意识到那间屋子的存在，就不满足只待在这间屋子里了。我越来越觉得，第二间屋子对我来说更重要。"

程洁想，这个人兴致一上来，又犯这种自说自话的毛病了。不过自己倒是用心在听。她的话乍听挺玄乎的，程洁再一寻思，心上却像也开了一道门似的，本来昏暗混沌，忽然放进一道光来。

"我这么跟你说吧，这间屋子里的一切，小郑都能让我满足，总的来说我们相处得还不错，当然今天除外——咱们不说这个了。更大的问题在于，他根本不知道有那第二间屋子。我并不是跟他来往一段时间之后，才意识到那间屋子的存在。我早就意识到了。上中戏的时候，或者还在那之前。我发现小郑永远只待在这间屋子里，不愿进那间屋子，而且根本不承认有这回事。即使我想尽办法告诉他，他还是不接受，而且也不让我进那间屋子。"

程洁想起自己和老师的关系，用她刚才打的那个比方来形容再恰切不过了。真的就是这么一回事。老师就是程洁的第二间屋子。或者说，老师把她领进那间屋子，现在只剩下她一个人，四周空空荡荡，但隐约能够看见他的身影，听见他的声音。不过老师启示她存在第二间屋子，她却始终没有真正拥有乃至享受过第一间屋子。她这一辈子光纠缠在与老师的关系里了，尽管他已经死了多年。

"爱情不止一种，我们各自有的好像不是同一种爱情。"杨新米叹息道。

程洁想，是啊，自己又何尝不像她那样，更在乎精神上能获得慰藉的爱情。拥有了这个，就什么都是值得的，足够的。这种自从认识老师就建立起来的观念居然迄今没有改变，甚至不曾动摇。这么多年，她没有再找别的男人，也是这个原因。

"也许有那么一个人，能够和我一起分享这样两间屋子。"杨新米身子靠在沙发背上，仰望着天花板，仿佛在遐想。

程洁想，她始终没有提到陈牧耕，但说这些话时，心里想的应该是他吧。

杨新米一直举着的左手累了，改换右手按住冰袋，继续说："咱们谈的其实是人的精神需要怎么得到满足的问题。这有个意识不到和意识到的区别。对很多人来说，精神方面的满足都是具体的，事件化的，比如去旅游，打游戏，看小动物，跟喜欢的人聊天，就连瞧见一朵花、一片云，都会让他们感到快乐，然后就重复去做这件事情。另一些人却能意识到，这些大大小小的快乐是有共性的，它们属于一个整体，在所有具体事情后面，是自己的一种心理状态，一种情绪，一种氛围——拥有它，享受它，本身就是最快乐的。这可以落实到某件具体事情上，也可以什么都不做。这样就创建了真正属于自己的精神世界。也就是从这间屋子来到了另一间屋子。这种意识通常被叫作'文艺'，说来并不一定非要做什么文艺的事，包括我干的表演这行。当然，'文艺'如今不是什么好词儿了。说白了就是跟实实在在干点什么才算好好活着相对的一种生活态度。"

程洁想，假如"文艺"是一种病的话，自己这一辈子实在病得不轻。记得第一次收到老师寄来的巧克力，一直舍不得吃，倒不是有多贵重，就像杨新米说的，快乐，幸福，一心盼着快快收到老师的下一封信。但这的确是病啊，况且不知道自己图的是什么。还大老远跑来北京一趟，想来未免荒唐。

"嗐，你瞧我自顾自地说了这么多，也不管你爱听不。程姐，不好意思啊。"杨新米忽然说道。

"爱听，说的挺好。"程洁这样说着，随即想到自己怎么也得回应几句。本想说，以自己的切身经验……但她并不打算告诉对方自己究竟有过什么人生经验，只好含糊地说，"我这一辈子跟闹着玩儿似的，根本不能和你比。要说也就是比你多吃几年盐，多经历点事儿。听你刚才这么说，我觉着，你要带一个压根儿不愿意进第二间屋子的人进那间屋子，不易；要找到一个能够跟你一起享受这么两间屋子的人，很难；你要想跟一个人待在第一间屋子里，跟另一个人待在第二间屋子里，也很难。你说对不？反正最好踏踏实实住在这间屋子里，随时可以推开那道门，那间屋子想用就用，想不用就不用。千万别为了那间屋子，给这间屋子里的东西都丢了，末了两间屋子全用不上。这话你未准爱听。"

"我明白，你是为我好，谢谢你。"杨新米稍微停顿，接下来的话与其说是抱怨，不如说是娇嗔，"唉，真讨厌。敷了这么半天，你看看好点没？粉底得打暗些，还得多用遮瑕。可千万别跟剧院的人说啊。我洗澡、化妆去了。"

"你再敷会儿吧，我先忙我的。"程洁说着，进卫生间去拿吸尘器。看见马桶圈上有刚撒的黄色尿渍，前面地上也有几大滴。这男人太够呛了。她只好都给擦干净了，接着再去打扫别处。

临离开时，程洁想，新米真的和自己太像了，尽管自己从来没有她这份才华——时至今日，可以说什么都没有了。由她来饰演"你"，简直太合适了。

下午在排练厅，程洁看见杨新米推开门，把戴着的墨镜移到头顶，像个发卡，脸上的妆明显比平时浓些。剧组里谁也没发觉，纷纷夸她漂亮。今天到的人最多，围着两张桌子坐满了，包括一大一小两个女学生。送玫瑰花的照例来了。杨新米还特地凑过去看了看，说了句："今天的还挺漂亮。"

陈牧耕是最后到的，看见杨新米也说："你状态不错啊。下面要排的三个角色，跟前面的'你'完全不一样，就是需要不同的状态。"

杨新米说："我倒是做了些准备，也跟与杭哥商量过。"

陈牧耕显然很有兴趣："说来听听。"

杨新米认真地说："我演的记忆里这三个角色，背景已经是好多年前，找不着当时的人采访了，就读了几本小说，有类似身份的人物，看看是怎么描写的，还有几本那个年代的回忆录。反正就是努力体会人物都应该是什么状态。比方说，这一幕里的韵，就要有点旧时农村大小姐的派头。"

赵与杭说："但还得有底蕴，自然些。"

陈牧耕说:"很好,咱们先排一段试试,休息时有针对性地讨论一下。与杭,下面这三幕,大致还照原来的'我'那么演,我强调过他心态一贯年轻,现在是人也年轻得多,这个区别要体现出来,当然以后化妆和服装也会配合的。'我'明显比现在阅历少,要热情点儿,也可以说幼稚点儿,但要把握分寸。画画的动作,就按咱们设计的来。小王,今天剧组都到齐了吧?角色安排,你再跟大家重申一遍。"

小王站起来说:"从今天开始,依次排第二幕、第三幕、第四幕、第六幕,还有尾声。两位主演之外,各位的戏都在这几部分。今天排第二幕。第一场,"他对高一的学生说,"你演大妹妹。"对小学六年级的学生说,"你演小妹妹。"对其他几位说,"你们演农民。第二场,"指着其中一位年龄稍大的,"你演三姐妹的父亲。"指着一位中年女演员,"你演她们的母亲。第三场,只有两位主演。都听明白了吧?"

大家说:"明白了。"

陈牧耕拍了拍手,说:"那咱们开始。"

他和小王又将椅子转过来。赵与杭和杨新米站起身,陈牧耕说:"上来是你们俩的旁白,先站在边上说。注意,所有旁白都处在现在的时空,状态要和前面排的两幕一致,与杭,你要用'我'老年时的声音,新米,这时也还是'你'。念完了,你们跟上场的演员一起过去,那时再进入这一幕里'我'和韵的状态。正式演出没这么复杂,旁白提前录音就是了,但这里我想让你们体验一下角色的转换。"

小王拿起剧本，念道："第一场。人物：'我'，韵，众农民。场景：一九四四年秋末，川东农村，'我'寄住的人家。"

赵与杭："这个故事里的第一个女人名字叫韵，韵小姐。我遇见她时，她二十岁。她有两个妹妹，一个比她小四岁，一个小八岁。那会儿看着姊妹仨相貌可一点也不像。那是一九四四年，秋收后的农闲季节，我刚从美专毕业，来到川东一处农村，住在远房亲戚家里，打算画一组贫苦农民劳作的速写……"

杨新米："啊，那么久，那么远，我到现在连省城还没去过呢。"

各位演员来到排练厅中央。

小王念道："'我'寄住的人家。一间堂屋。一边有四五个衣衫褴褛的贫苦农民，或站着，或坐在地上；另一边站着'我'，学生打扮，正在一个画架前给他们画素描。韵和妹妹娟、秀站在门口向里观望。"

演员们按照他念的舞台指示站好位置。

小王问："陈导，还是按原来设计的，除了两位主演，其他人都说四川话对吧？"

陈牧耕说："对。"

农民甲："画了老半天喽，有没有完哦。"

赵与杭："不要动，还没画好。"

农民乙："给这么少的钱，买点盐巴都不够。"

农民丙:"要接着画,得另外给钱。"

农民甲:"是啊,不然老子不耽误工夫喽!"

农民丁:"闲着也是闲着,加点钱嘛!"

赵与杭:"我是个穷学生,实在没有多的钱给你们了。"

众农民:"搞啥子名堂,不画喽!"

有的演员可以背下台词,有的还要捧着剧本念。陈牧耕走过去调整了一下演员的位置,动作方面也做了指导,然后对杨新米说:"你这时进屋,算是韵的亮相,但不要刻意。"

杨新米:"我给你们加钱。"对赵与杭:"请您接着画完。想画到什么时候就画到什么时候。"

程洁观察,无论杨新米,还是陈牧耕,都比上一次排练时平静,彼此也更融洽。看着已经回归那种状态:全心全意地在一起切磋艺术。杨新米和前面饰演"你"时相比简直变了一个人,程洁不禁有些吃惊。即使外行也能看得出她是在演角色,而不是演自己。确实像赵与杭所说,陈牧耕爱才,找着这样一位好演员不容易。

农民甲:"啊,大小姐也来啦,还有二小姐、三小姐。好说,好说。"

赵与杭:"谢谢你。"

杨新米:"等您给他们画完了,也给我们姐妹画一张。我们这个偏僻地方,难得有城里人肯来,还会画画。你画得真好哦!"

饰演娟和秀的演员凑了过来:"我们也要画!"

杨新米:"不要打扰人家。"对众农民:"都回到原来地方,你站好了,你坐好了。"

陈牧耕说:"这里按照舞台指示:众农民返归原位。韵在一边的椅子上坐下观看,两个妹妹站在她的背后。'我'接着画画。众农民交头接耳。"

杨新米:"不要动嘛,这样就画不好了。放心好了,等画完了,钱没得问题。但有一条:不准告诉我爹。娟,秀,你们回家也不要提啊。"

饰演娟和秀的演员:"我们还要拿给爹爹妈妈看呢!"

杨新米:"不许,听话!"

赵与杭接着做画画的动作,现场鸦雀无声。

陈牧耕说:"这一场就完了,还不错,特别是新米。现在就是大家动作上配合得还不行,咱们再来一遍。"

程洁一直对《令颜》里这一幕以及接下来的两幕兴趣不大。老师写这些内容,那三姐妹,还有"我"与她们的关系,到底用意何在,他来信中从未做过解释。记得陈牧耕说,他更倾向这三姐妹是真实的,而"你"只是个幻影。现在亲眼看到韵这形象,这句话重新刺痛了程洁,当然多少也与杨新米的成功塑造有关。

忽然收到一条微信,是余悠的:"我进城来了,就在附近,咱们见个面吧。"发来一家咖啡馆的定位。跟着又是一条:"我打好招呼了,你尽管出来。"这时程洁看见小王也在看手机,抬起头来，悄悄冲她做了个"OK"的手势。她贴着墙边，不声不响地走出排练厅。

程洁走在街上，想起新米显然为韵这角色做了不少准备，现场还很有爆发力，这一场尽管不长，她的演技却似乎比此前展现得更充分。而就在几小时前，她还被一个男人打了耳光，那件事居然就像未曾发生过一样。程洁后悔没在遇见那男人时也还他一电炮。她不觉摸了一下自己左边的脸，那里也曾重重挨过一下，或许不止一下，但第一下好像打在那里——是她的前夫，他偷看了老师的信。那一巴掌打得她眼冒金星，但没等落泪，他先哭了，抽了自己一巴掌，说真他妈的眼瞎了。她一下子瞧不起这个男人了。他哭着说忍受不了一个同床异梦的妻子，他们迟早会离婚的，但他决不会成全她。当时女儿已经出生了。她因为没有寄托才想着要个孩子，但孩子却给她带来不尽的麻烦，否则也不至于委曲求全。

程洁迟迟未将自己的不幸告诉给老师。又是金部长报的信。老师说，他的预感怎么会比想象来得还快。他托金部长尽可能照顾她，当时林场已经很不景气，工资都快发不出来了。金部长不仅什么也没做，反而到处散布有关老师和她的谣言。丈夫听到之后，不止一次扇她耳光，掐她脖子，踢她，猛击她的胸部——不知道是不是故意的，这地方打着特别疼，但总是以他委屈地哭个不停收场。

程洁知道自己这些年来所有的幸与不幸都是因为爱得太深，

却什么也没得到,她渴望对远方的老师做一次长长的倾诉。结果重新燃起了老师的激情,他的信写得比以前更热烈,更狂放。他鼓励她不要放弃人生的追求。不过文人建议别人干的永远是写作这件事。程洁认识老师后的确写过一些诗和散文,他很夸赞;但她这时一点心思都没有,以后也再没有过。写的东西也都被她销毁了。而当她稍稍流露出些微冷静时,却又一次伤害了老师。他说,本想从各方面鼓动她的情绪,使她得以从消沉、迷惘中解脱,没想到反而给她增添了烦恼。有个叶公好龙的故事,龙真的来了,好龙的叶公却吓得要命。他很抱歉,搅扰了她的宁静。从此不再来信了。她被丢弃在黑暗之中。

丈夫有一次说,无论如何自己总是爱程洁的。她听见"爱"这个字打这个人嘴里说出来,直犯恶心。

咖啡馆在一条僻静的胡同里。进门就看见余悠坐在那儿,面前放了杯喝了一半的咖啡,挨着一扇窗户。窗外有一棵盛开的白丁香,树影透过玻璃,投在桌上和她的身上,感觉她坐在花香里似的。也许因为被花影所笼罩,她的脸看着不很年轻。余悠向程洁招了招手,指着对面:"坐。喝点什么?"

程洁能感到,她尽管还很客气,甚至努力显得热情,但隐约有些不满,就说:"都行。"

余悠给程洁点了杯卡布奇诺。等送到了——上面有个精致的郁金香图案——她才拿出手机,调出程洁上次发来的微信,说:"这是你上次发给我的,'一切正常'。"

程洁说:"没错。"

"我听到的消息可不是这样啊。"

程洁也不示弱,虽然态度仍很谦卑:"那您听到了啥呀?"

"杨新米公然提出,要给老陈当模特儿,还全裸体,有这么回事吧?你没跟我说,我可是托付过你。"

"是有这么回事儿,可陈导立马就给撅回去了呀。"

"那你也得跟我说啊。这太不正常了。剧本规定角色怎么表演,我绝不干涉。但这已经超出一个演员和导演关系的范围了。她要裸体单独和老陈在一起,到底想干什么呢?你知道画这么一幅画,需要多长时间吗?"

"我是不懂画画儿,可乍一听她提出来,心里也咯噔一下。不过陈导但凡有一丝犹豫,我一准跟您报告。门儿都没有啊。您就把心放在肚子里吧。别嫌我说话不好听,您得分清楚好赖人儿,我可不是那成心挑事儿的主儿。"

余悠不说话了,看样子并未消气。程洁想,敢情她还有别的眼线呢,于是赔着笑脸说:"Yoyo姐,咱们萍水相逢,您这么信任我,我能不上心吗?我正想跟您见个面儿呢,有些事儿微信上说不清楚。"

余悠显然为这话所吸引,盯着她的眼睛显得很亮。

"跟您说吧,为了一探姓杨的虚实,我都上她家当小时工去了。活儿挺累,她也不好伺候,我又不图那点儿钱。承人之托,就得忠人之事,老话儿是这么说的吧?"

"那发现什么了呢？"余悠轻声说，仿佛只是随口一问。

"她有个男的，老腻在一块儿，关系可不是一般亲密，具体细节我就不说了。他天天接送她，您没听剧院的人提起吗？那男的岁数比她可不止小一点儿。我试着探她的口风，她就喜欢小鲜肉，理想型是易烊千玺。那天听她跟赵与杭念叨，将来要是有机会跟这位同台演出，就算遂了心愿了。"

余悠喝着咖啡，没说话。

"我每天去，她的工夫差不多都花在化妆上，一张脸全靠这个了。说实话，下了妆顶多就是一般人，连耐看都未准谈得上。"程洁边说边想，自己简直快成了个嚼舌根子的老娘们儿了，还连说带编的。但也是护着新米，才这么煞费苦心吧。倒不是跟余悠打马虎眼，可确实嫌她过分强势。其实新米也就是单相思，和陈牧耕之间还真说不上有什么事，最后无非不了了之。一个好孩子，又用功，挺不容易，可别让她遭受什么磨难。程洁接着说，"我就没见一个女的这么懒的，家里又脏又乱，跟个单身男人宿舍似的。被子不叠，袜子不换，我每回给她擦鞋，都熏得够呛。脾气也坏，动不动就拉下脸来，瞎吵吵，抹眼泪儿。我也不是没跟男人打过交道，跟您说吧，是个男人就不会喜欢这路女孩儿。您瞅，就连赵与杭都瞧不上她。"

"嗯。"

"她还特不懂事儿，按说在北京闯荡好几年了，不至于这样。我跟您打听一下，陈导是不是不吃羊肉？"

"是，他特腻味这个，不吃，味都不能闻。"

"那就对了。那天排练结束得晚，叫我点外卖，她要的是烤羊肉串儿。一送来我就看出陈导不乐意了。她还说呢：'您不来一串儿？'陈导没理她，个人出去了。回来就让赶紧开窗户，她愣一点儿没明白怎么了。她还挺好这一口儿，在家里也老吃。我倒是没提醒她。"

"不要说。"

"唉，这人就是个小心眼儿加马大哈。跟她打交道可真难，我也是强忍着呢。"

"辛苦您了。"余悠低声说。

"要是光在剧院盯着，也不能知道这么多啊。"

"程姐，您可别觉得我心胸特窄啊。"余悠有点不好意思，态度转为亲切热情，"咱们都是女人，或多或少经历过世面，我的心情您能理解。老陈有今天这成就不容易，我必须好好维护。您是局外人，又向着我，我就和您说点心里话，跟这儿的别人真还没法聊。老陈生在这么个家庭，说好也好，说不好也不好。从小老先生就用心培养他。不光是戏剧，整个文学，都是他的启蒙者。当年给他讲剧本，分析得特细致。家里有几本老先生留下来的书，里面用红笔画了好多线，空白处写满批注。老陈自己也是这么读剧本的，这对他后来当导演帮助很大。说实话，老陈有这个父亲，真叫得天独厚。"

程洁只点了点头，尽管对此很有兴趣。

"老陈也真正懂得而且珍惜父亲的才华。如果没有他的鼓励，最后这部《令颜》未必能够完成。老陈去了美国，每回给老先生写信、打电话，都说您一定要把自己一辈子真正想写的东西写出来，不然您死不瞑目，我也遗憾终生。现在那剧本里'我'那些自我评价，就有他们父子俩对话的影子。唉，老先生一辈子为了艺术，人生方面可以说是代价惨重——这不光是他本人，全家人都得承受，但老陈说，当时虽然痛苦，后来读了《令颜》，想想还是值得的啊。所以他无论如何得把它搬上舞台。

"可是生在一个不幸的家庭，给他带来的负面影响很大。他跟我说，小时候家里只要能有一天不吵架，不摔东西，他就感觉像过节一样。父母离婚，问他意见，他表示赞成，因为实在受不了这个家了。可真离了婚，他又特难过。他妈妈性情很好，就是有一点，年轻时候太相信组织了，一有事就找组织，请组织出面解决。结果老先生一再受处分。老先生有一次对她说，组织倒是负了责了，之后不是还得咱俩过日子吗？他妈妈在美国有一回跟我聊陈年旧事，说现在我才明白，其实一切只是我们自己的事，可明白了也晚了。老先生倒不是为了找那后妻才离的婚，但再婚后生活更不幸。他给老陈写信说，我离开你妈妈是为了摆脱惯性，找这个女人却是出于惯性。老先生一个接一个地喜欢别人，临死前对老陈说，我这一生也不知道是怎么搞的，每一次都很认真，但最后都落空了。"

程洁没说什么，默默地喝了口咖啡，品味着那点苦意。记得老师说过，他是一个狂放不羁的人，不愿把感情锁在笼子里，希望她能理解他，谅解他。尽管对她来说这并不意外，从他那儿听到还是有些别扭。而对于这家人来说，自己肯定也是不幸的原因之一，但正如余悠提到的，好在已经归在陈年旧事里了。

"老陈说，他对父亲的感情特深，可老先生去世了，内心深处还是浮过一丝轻松之感，因为不会再发生别的不幸了。老陈从小就不相信有什么美满的婚姻，幸福的家庭。我们在美国认识的时候，他都三十六七岁了，还没怎么跟女人打过交道呢，从来不主动追求什么人，有人追求他就紧张得不得了，老是疑心对方没安好心。"

"都说可怜天下父母心，也许倒是可怜天下子女心。"程洁想起老师来信提到儿子，都是夸奖的话；但有一回担忧地说，他三十多了还是单身，连女朋友也没有。

"您说的没错。不过我是他第一个真心相信的女人，可以说彼此一见钟情。我是初恋，就是喜欢这个人，不在乎他年龄比我大好些。我们结了婚，有了孩子，他的事业也走上了正轨。他一直认为他妈妈一辈子很可怜，我就替他照顾，直到给老人家送终。反正这么说吧，我付出了极大心血才有今天，怎么也不能容忍生活平白无故发生变化。"

程洁记得网上的帖子可不是这么写的，说余悠认识陈牧耕之前就有个同居的美国男友，是人家给她办的出国。不过网上胡说八道的东西实在太多，顶多当热闹看看而已。

"我本来也不太当回事,可是看看老陈接受采访都说了些什么。"余悠激动起来,"我提醒他多长个心眼,他还跟我吵了一架。我能不在意吗?程姐,这事搁您心里不也得发毛吗?"

"也是啊。"程洁被她这番话打动了。她甚至想说,这样的男人心里怎么一点也不替别人着想。但忽然察觉自己太像墙头草了,与新米在一起时能共情,与余悠在一起时也能共情。她就是很容易与那种受伤害的女人共情,而在这方面处境差不多的女人也许比比皆是。不过她也知道,余悠无非是不吐不快,对自己说这些,大概和对空气说差不太多吧。

"您在她那儿干活,也给不了您多少钱吧?"余悠关心地问,"要不要我贴补您一点?"

"不用,不用。您信任我就行了,别再找个人盯着我。"

"您可千万别误会,没有的事,我就信您一个人。"余悠说着,从身边的布袋里取出一个包装讲究的纸盒,放在桌上,推了过来,"我昨天才从日本回来,一点心意。这叫樱花大福,还是樱花季的限量版呢。"

"谢谢您了。有什么新情况,我随时给你信儿。剧院里还有事儿,我先回去了。"

临别时程洁又看了一眼余悠的脸,确实显得有些衰老,所以这回都乱了方寸了。想起她家里挂的那幅以她为模特儿的画像,那里的她大概正处在一生的最佳时刻,而那也是陈牧耕与她的关系的最佳时刻吧。

程洁回来时，剧组正在排练。小王小声对她说："今天结束得晚，点外卖吧，一人一份卤肉饭。"

程洁忙完，悄悄在自己的位子坐下。导演和两位主演都站在排练厅中央。杨新米正在对陈牧耕说："……其实我不太明白剧本为什么要这么写。是的，总会有人没前途，但凭什么非得认定就是自己呢？"

陈牧耕说："'我'记忆中的这三姐妹，要数韵最软弱，但也最文静，温雅。"

杨新米说："我演这角色，真得彻底抛开自己才行。我在生活中可不会像她这样轻易放弃，一定会争取到最后的。"

程洁听了心里咯噔一下，难道自己又想错了？

陈牧耕笑着回答："对表演来说这才是挑战呢，好在你是性格演员，不是本色演员。你演三姐妹，性格上要拉开，发音上做些不同处理。当然化妆、服装上也有区别。来，咱们把第三场最后部分重来一遍。"

赵与杭："那我走了。"

杨新米："等等，这是我的一点私房钱，不多，你都拿着。这个镯子是我娘娘留给我的，你变卖些钱用了吧，不要留着。"

赵与杭："谢谢你的厚意。你看，这条路就在我们面前，你真的不能试着走一步吗？也许走了一步，就有第二步、第三步，人生也就有了路了。对我们来说，这是一条生路啊。"

杨新米："我要是走了这条生路，我妈妈就没有生路了。她年龄大了，身体又不好，她会受不了的。我爹爹也受不了，他也疼爱我，一定会用尽一切力量、办法，断了你的生路。你没有生路了，我也就没有了，回来也没脸见人了，还是没有生路啊。"

赵与杭："你的意思是我们根本没有前途……"

杨新米："前途总是有人有，有人没有的。一个人为什么非要有前途不可呢？我们确实没有前途，但我们有过去，我可以回忆啊，用我的一生来回忆。咱们不是曾经一起度过了一段时间吗？你不是给我画过一幅画像吗？一切都保留在那里了。永远保留在那里。"

赵与杭："我不能丢下你……"

杨新米："那么，别了！你走吧，千万不要回头。让我看着你的背影，直到看不见了。请你原谅我的软弱，我的苟且。但你一定不要忘了我啊。"

赵与杭说："新米，我觉得你最后这几句可以说得更凄凉一点，绝望一点。"

杨新米说："嗯，韵在这里实际上放弃了一切。"

赵与杭说："陈导，我这么体会，您看怎么样：二、三、四幕，'我'始终是软弱无力的。第一幕和第五幕'我'遇见'你'，才表现出主动性。"

陈牧耕说："对，这三幕是'我'遇到的人世间，以后'我'和'你'在一起，可以说是桃花源，是一个艺术世界，不是现实世界。那里'我'和'你'的主动性，不是来自人物的社会属性——怎么说呢，是来自审美属性吧。"

程洁掂量着陈牧耕的这番话。记得当初向老师承认自己确有结婚的打算，老师来信质问她为什么就不能骗他呢？他正处在创作激情的高峰状态，她只要维护这种激情一段时间，他的剧本就能完成了。但下一封信又质问她为什么不对他说真话，她说过为了跟他学文学，不想考虑别的事，怎么又突然非结婚不可呢？她说过不会对他有任何隐瞒，但她没告诉他立刻就要结婚的真相，这是为什么呢？是不相信他吗？他的自我矛盾与对她的愤怒从何而来，她一直没能理解，以后归诸遗忘，现在又想起来，而且都明白了。老师看重自己的创作，甚至超过看重她，尽管那时写的还不是这部《令颜》。她的情绪一下子变坏了。

这一部分他们一连排了好几遍。然后陈牧耕说："你们俩接着说第二幕结尾'我'和'你'的旁白，都还用你们在第一幕里的语调，就站在原地说吧。"

赵与杭："这以后我再也没见过她，只是断断续续听到一些消息。她的生活很不幸，这原因多少在我，而时间隔得越久，我越觉得我有负于她，远远多过她负于我，就连我们到底为什么分手都不能确定了。不过她如果当时跟我走了，是否就一定会幸福呢？说实话我也不知道。反正我永远也忘不了她的面容，二十岁时她的面容。当然我也忍不住想，她大概不再是原来的样子了吧。但她那张脸已经在我的记忆中定格了。"

杨新米："真是一出悲剧。"

陈牧耕说:"与杭,从现实主义转向唯美主义,就体现在你刚才这段话里,一定要让观众听清楚。可以稍稍说得重一点儿:'反正我永远也忘不了她的面容,二十岁时她的面容……'"

这时服装设计师带着一个助手推门进来了。陈牧耕说:"来量尺寸是吧?好的,今天就排到这儿。这一幕,明天起再整个重排,恐怕还得排上几天。"

设计师姓傅,是个三十来岁的女人,中性打扮,看着很帅。发给每位演员一张打印的表,上面有手写的名字。程洁帮着助手给各位量各种尺寸,光是腿就包括大腿围、膝围、小腿围、裤长外、裤长内等项,一一报出数字,小王给登记在表上。女演员量胸部时,要脱去外衣。男演员量直裆时,他们互相开起玩笑。

大家利用这工夫吃饭,饰演农民甲的演员打开餐盒,高兴地说:"嗬,冲这个今儿来就值了。"

小傅坐在陈牧耕身旁,打开平板电脑,说:"这是我搜集的资料,包括这些历史图片。对每个角色大概有些设想,您看看方向对么?"

陈牧耕看了一会儿,说:"还是嫌太强调年代感了,不用那么写实。这个还可以,这个太显老旧了,换一下。"

"好的。"

程洁不便站在他们背后,看不到屏幕,不知道具体讲的是什么。但能感觉到,《令颜》正渐渐向着一件"成品"发展。

陈牧耕说:"服装一定得讲究,材料、制作都要精细。"

小傅站起身来，说："明白。"

她走之后，陈牧耕对除赵与杭、杨新米之外的各位说："今天你们这四川话说得不够地道，还得认真练练。"

小王跟着说："那么我把下面第三幕也交代一下，你们都演来看画展的观众，有台词的，要说广东话。"

陈牧耕说："一定做好准备。"

杨新米走了，程洁还在想刚才她饰演的韵。尤其最后那半场，回味之中竟然有些酸楚。老师刻画得那么细致，深切，不大像是瞎编的，与写到"你"的部分明显不同。那么韵会不会也有原型呢？假如有的话，老师跟这个人的关系，显然比跟自己要密切得多，绝不限于一张脸，一头长发。

剧组的人陆续走了。程洁在窗口看见，这次接赵与杭的是个比前两位年龄都小的女孩，穿着大毛外套、短裙、短靴，光着两条略显粗壮的腿。

等人都走光了，程洁赶紧找出偷偷藏在包里的剧本，看看自己今天错过的排练内容。怎么一点也记不住了，尽管老师寄来原稿，后来又出了书，她读过不止一遍。

第三幕第二场，写的是"我"给韵看自己带来的世界名画的印刷品。韵说她活到现在只到过县城。她对一本印象派绘画选特感兴趣，仿佛是打开了新的天地。"我"要韵看的是自己想画的对象——譬如毕沙罗或凡·高笔下的农民，韵留意的却是那些房子、风景之类。她向往外面的世界。韵告诉"我"，她在县城念完中学，就回到老家，现在家里忙的一件事，就是媒人一个接一个上门，终归会选定一家把她嫁出去，接着是生孩子，再往后相夫教子，终老一生。她很寂寞，被"我"强烈吸引，陪"我"去给贫苦农民画像，为"我"付钱，打扮得尽量简素，以免造成干扰。二人因此相爱。但韵不敢跟父母提起。韵并不懂画，当"我"征求她对自己作品的意见时，她总是说好，好，而他知道画得不够好。"我"正处在确定艺术方向的时期，尤为需要别人参与意见，因此对她稍感失望，但并未表现出来。

还有第三场的前半，写的是"我"很穷，无法获得韵的父母的青睐，他们甚至凭借势力要将"我"驱逐出村。韵为此痛苦不堪。"我"提出带韵逃走，她犹豫不决。"我"离开的那个晚上，约韵在村口见面。她如期来了，但拒绝跟他一起离开。

老师写的也许还真是他过去的一段亲身经历，至少也有那么点影子。程洁忽然觉得心里一阵发空，擦桌子、扫地、摆椅子，但好像不大清楚自己在干什么。

她打扫完了，锁上排练厅的门。迎面遇见业务主管，说："程姐，剧场那边明天开演，人手太紧，只能把你也抽调过去帮忙，周六日还得加个班，等把这一轮演完了，再回来。"

程洁答应着，独自走下楼梯。忽然收到杨新米发来的一张照片：色调黯淡的两幢高楼夹着一条道路，尽头是红透了的天空，霞光像燃烧的火流淌过来。还写了一句话："真够意思，天天这么美。"程洁想，老师一生享受的就是爱的感觉，无论如何自己是他最后爱的对象。老师和她虽然相处短暂,也没有什么肌肤之亲,但应该比他过去所有的爱都深,都彻底,因为再没有继乎其后替代的爱了。老师最后的印象里,他爱的人就长着自己那张脸,留着自己那头长发,就是自己。之前遇到的女人都被她遮蔽了,都融汇到对她的这份爱里了,都是为这份爱做的铺垫——这种铺垫也许是不可或缺的。无论如何,她犯不上跟过去那些自己并不认识的女人较劲。

第九章

剧场上演的是契诃夫的《海鸥》,晚场七点半开始,下午场两点半开始。程洁仍然按原先跟着剧组排练的时间上班,赶上下午场能早点走,晚场就得加班了。上午还有时间来杨新米家干活。

这天程洁来的时候,杨新米已经起来了。她在卧室,站在对着床脚的窗前,手持打印的剧本,背后是碧蓝的天空。穿着那身粉色的睡衣,头发随便在脑后扎了个马尾。程洁想起老师来信提过"粗服乱头,不掩国色",多少年不知道用在哪里合适,大概就是现在她这样子吧。

"程姐早!"杨新米看来心情很好,"我背会儿台词,你忙你的,别出声就行。"

"那我待会儿再来。"

"别走,不碍事。正好先听听我把握得对不对,回头陈导又说我。"

"我可不敢瞎白乎。"

"我们下面该排第三幕了。我这角色叫娟，是上一幕里那个韵的妹妹。她是个艺校的女学生。陈导那回说，与杭哥演'我'，尽量离当下的艺术家远点儿，我想也得表现出娟跟现在这帮学艺术的区别，包括我自己。但心里有点没底。"

"你这孩子多用心啊，肯定没问题。赶紧背你的吧。我就问一句——客厅架子上这几件，洗吗？胸口怎么还沾了块儿油啊。我手洗吧，没声儿。"

杨新米从卧室门口探出半个身子。程洁站在客厅窗前一个金属晾衣架旁，手指着一件米色针织衫。杨新米说："不用，都是租的，穿两天就还了。"

程洁皱了皱眉头，没说话。

杨新米说："放心吧，衣服送回去统一有清洗消毒。自己洗，人家还怕给洗坏了呢。我有个朋友特逗，每回吃火锅都特地穿租来的衣服。"

"这玩意儿能省不少钱吧？"程洁问道，把衣服挂了回去。

"租衣服是挺划算的，也可以让你女儿试试。尤其冬天的羽绒服、大衣，价钱贵，还动不动就出新款，没必要跟风买。有时我遇见喜欢的，一两折买下来，就不还了。"

"对我女儿倒挺合适，你不用吧？除非这么干时髦。"

"前两年我常租衣服，去年起新的才买得多点。哈哈，坐公交去酒吧，该省省，该花花。上学时老师就跟我们说，当话剧演员，俩字儿：清贫！有戏上了，排练一个月到两个半月，演出第一轮就三到五场，你说能挣多少钱？主要还是排练这块，但每天排练费才一二百块。我是签了公司，有底薪，要是光靠排练、演出，恐怕顶多够吃穿的。有空再找些配音之类的活，挣点钱。我倒是没什么家累，可家里也帮不了我。话剧圈价钱都是自己谈，没有经纪人，养不起。与杭哥他还可以演电视剧、演电影，很多人没这机会。北京演话剧的个体演员，大部分是学导演的，学表演的基本上都去演影视了。这两年个体演员越来越多，演出的机会也就越来越少。得了，不跟你诉苦了，我背台词去了。"

杨新米回到卧室。程洁扫了扫地，没敢用吸尘器，跪下拿块湿布擦了起来。卧室传出杨新米的声音："我来这儿没多久，之前差点就没命了。我告诉你啊，太惊险了。两年前我离开老家，考进上海美专，考试时先画一张画，再问一些问题，就录取了。读的是西画系，学画水彩、油画。说来还是因为你那次来我们村画画，我才有了这方面的爱好，爱好越来越强烈，不可遏止，那么一生就干这个吧。所以非常感谢你。今年六月，同学带我参加了一次地下集会，商量游行示威的事。第二天特务就来我们学校抓人，那同学给抓走了，我们是一个宿舍的，她就睡我上铺。正好我去取家里寄来的一笔生活费，有人给我报信，躲过一劫。我再也没回学校，拿这钱买了到香港的船票。临上船前，听说那个同学已经被枪毙了。太可怕了。这条道我可不敢走了，说实话也不想走了。啊，你这些油画、素描，画得比从前更好了。不过这里，还有这里，好像还可以处理得——怎么说呢，更雄浑有力一些。你怎么不说话呀？是的，我是一个逃兵。你不会因此瞧不起我吧？"

然后听见她喊："程姐！程姐！听着呢吗？觉得怎么样啊？"

程洁说："冷不丁来这么一段，不知道咋回事啊。"她虽然读过剧本，但这一幕也读得不大仔细。

"噢，这是在香港。与杭哥演的那个'我'不是个画家吗？现在正在中环一家酒店的展厅举办个人画展。'我'来香港有些日子了，靠开素描班谋生。娟刚打上海逃过来，这天去看展览，两人遇见了，接着她说了这段话。"

"挺好，像那么回事儿。"

程洁听着杨新米又把这一段反复说了几遍，能听出腔调与前面排练韵的那一幕明显不同。程洁想，这年头尽见着无利不起早、出工不出力的人了，甭管干什么都是如此；新米还真是精益求精，把表演特别当回事。

"那你再听接下来这段啊。"杨新米的声音还是很大，"对了，整个这一幕时间是在上一幕四年之后，一九四八年。娟也是二十岁，跟韵当初长得一模一样。"

程洁听得出来，就像前面那段似的，这段台词杨新米背了应该也不止一两天了："你刚才错把我认成了韵姐姐，我不是她，我是我！你离开我们村不久，韵姐姐就由家里做主，跟邻村地主的儿子成婚了，那家比我们家地还多呢。她生了一个儿子，听起来日子一定过得挺好吧。可是她婆婆太凶了，丈夫又窝囊，她在家里受尽欺负，没人给她出头。你给她画的那幅画像，也被婆家毁掉了。我临去上海前跟她告别，她一个劲流眼泪，还不敢哭出声来，悄悄说：'妹妹，你好好去外面闯荡一番吧！千万别像我这样，匆匆忙忙就定下一生的归宿！'"

杨新米接着又喊："程姐！程姐！"

程洁直起腰来，喊："听着呢！好像还行，跟陈导要求的差不太多。"

"差不太多，那可不行！干脆你先别干别的了，搬把椅子，来这屋帮我听着，随时提提意见。"

"嘻，你这孩子那么优秀，让我这老赶跟着裹什么乱呀。"程洁进了卧室，看见杨新米对着窗户，仰面躺在床上，双手举起剧本，两只脚踩地，袜子秃噜到脚掌下。程洁把椅子放在进门不远处，坐下。

杨新米转过脸来，眼神挺招人的："下面是第二场里娟的一段台词。我再介绍一下啊，展览上缺人手，娟留下帮忙。两人就此相爱。从前'我'和韵在一起的时候，谈不上有什么交流。娟不一样，她不光是学艺术的，而且天赋很高，眼光敏锐。但这个人性子直，想到什么，张嘴就说。'我'呢，已经在艺术界崭露头角了，面子上不大挂得住，所以常常争吵。但'我'过后发现，还是娟的意见对。"

程洁说:"明白了。"

杨新米念道:"对了,咱们一起去法国吧。要想学画,不去卢浮宫那些地方仔细观摩,不去那儿的艺术大学认真学习,是不行的啊。你保存的几本画册,印象派、后印象派、野兽派,已经十分难得,你珍贵得舍不得拿出来,生怕被别人弄坏了;可是所有的画都印成黑白的了,原本颜色是什么样的呢?我们根本就不知道,只能看人家文章里写到了,在这儿瞎猜一气。画家运用色彩的苦心孤诣,我们怎么能懂得呢?还有真画的尺寸大小,画册上即使标上了,也没有面对原作那种感觉呀。咱们一起去卢浮宫吧,一幅画接着一幅画地研究,你给我讲解,我们一起讨论,哪怕一天就看一幅画,不,天天都看一幅画,也行。那些咱们挂在嘴边的画家,有不少还健在呢。可以想法去拜访他们,拜他们为师,在他们的画室里学习,亲眼看到旷世杰作如何诞生。这当然不是我们的最终目的,应该好好研究当画画的是个东方人的时候,所看到的,想到的,还有画出来的,与西方人有什么不同,我跟着你一起来创造一种新的风格,形成一个新的画派……"

她忽然停住了,翻过身来冲着程洁,说:"这是两人吵了一架之后,娟说的。虽然是忽发奇想,思维也很跳跃,但说的并不是没有道理。你觉得我处理得怎么样啊?"

"说的这些我都听不懂啊。非让我说,我寻思虽然像你说的那样,可陈导没准儿还会让你稍稍收着点儿,气势别太盛了。我瞎说呢啊,兴许他说好呢。"

"不，你说得对。嗐，一不留神把自己带进去了。别说我跟这个娟真还有点像，也对外界很敏感——对恶意的敏感超过对善意的；给出的反应呢，人家又老嫌太粗暴。程姐，你没看几天排练，还挺能看出门道。行，有眼光！"杨新米一手攥着剧本，忽然说，"对了，私下里问一下，那天 Yoyo 姐来，你印象怎么样呀？"

"拢共没看人家两眼，哪儿来的印象。"

"Yoyo 姐谈到《令颜》，其实都是跟着陈导鹦鹉学舌。说说，你觉得她和陈导合适吗？我怎么看她也不太理解陈导。陈导到底看上她什么了呢？他才情那么大，应该找个真正懂他、能让他更好的人。"

"你不是背台词吗？要是瞎聊，我可干活儿去了。"

"你快坐下。这一幕的台词倒是差不多背熟了，但人物有些地方吃得还不够透。尤其是怎么能做到既饱满，又不过火。您刚才提醒得确实很对。下面这段也是这一场的。再介绍一下，两人最大的分歧是娟想去法国，可'我'不大愿意。最后娟一个人走了，'我'接到参加文代会的邀请，去了北京。"

程洁忽然想到，老师曾说过，他当年是从香港来到北京的，参加了文代会。时间好像跟这里写的差不多。

"等我先喝口水啊。"

程洁继续想，那么《令颜》这一幕写的是否也有真实的成分呢？娟也有原型吗？又是谁呢？跟老师是在香港认识的吗？她还记得老师曾告诉她,在香港有一次刮台风,他想体验一下,独自来到海边,抱住一根电线杆子,经历了整场台风。假如遇见娟那性格的女人,会不会为她才这么干呢?反正老师就是这么个浪漫得不顾一切的人。

杨新米把剩了一半水的杯子放在床上,程洁赶紧给拿开了。杨新米就那么歪着身子,读道:"我们必须勇敢地迈出人生需要迈出的每一步,哪怕只迈出一步也好。一旦迈出了第一步,新的一段人生就开始了。你还记得我妹妹吗,就是秀,你见过的,她可是胆子比谁都大,还在上中学呢,突然离家出走了,留下一封信,说是去参加解放军了,从此跟这个家庭一刀两断。别看她平时不言不语,老实巴交,其实特有主见,而且冷静果断,不像我常常冲动,还没把一件事情想妥当了,就匆忙付诸行动——嗐,我说到哪儿去了?不,这不是我不行动的理由,我要行动!这回我已经想好了,我看清了眼前的道路,它就伸向我们命中注定要抵达的未来。我一定要到法国去!"

程洁沉吟了一下,说:"你演这人物比我还大一辈儿,那会儿人都是信什么就干什么,干什么也就信什么,真心实意,明明前面是坑,也非蹚不可,个个儿摔得鼻青脸肿,至死不带改主意的。到我们这辈儿,多少还有这么点儿影子。现在的年轻人,甭说别人的事儿了,连个人的事儿都不上心,瞎糊弄。当然你是例外,这正是我觉着你这孩子好的地方。"

"嗯……你再说具体点。"

"前面这几句的意思,我怎么记得上回看你们排练,由打画家嘴里说过呀?他那是劝人,说起来容易;现在你这是自己表达心愿,恐怕说得更得让人觉着掏心掏肺。"

"你说得太好了。"杨新米高兴地说,"对了,你也看了几回排练了,有没有感觉这剧本里有几处转折得有点硬呢?"

"这个我就不懂了。"程洁说。尽管她隐约有个心愿——能与新米就《令颜》认认真真探讨一番。不过要想真正理解老师的创作思路,确实并非易事。

杨新米接着说:"这种地方,我一直没法完全进入角色。反正演这个剧,对我来说挑战很大。我也在慢慢琢磨。有一回陈导和与杭哥都说'我'这人物面对记忆中的三个女人有些被动。当时我还不理解为什么,现在我体验娟这角色,明白那是因为她们才是真实的人啊。"

程洁没接话茬。新米最后这句话讲得很对,可以一解自己多年之惑,尽管细细回味,心中难免苦涩。倒是很佩服她聪明,又用心,似乎比自己更能与已经故去多年的老师对上话,成为知音。但程洁也看出来了,新米珍惜这个角色,这个演主角的机会,更珍惜与陈牧耕的这次合作,甚或希冀彼此的关系借此得以发展,所以才这么用心用力的吧。

"好了,休息会儿。"杨新米把剧本丢在一旁,恢复平躺的姿势,双臂平伸,两腿叉开,面对天花板,却在和程洁说话,"上次我推荐的那几个日剧,你女儿看了吧,喜欢吗?"

"嗯。"程洁没告诉她,女儿从来不看日剧。

"我再推荐一个,"杨新米坐起身来,拿着手机,边操作边说,"发过去了啊,《来自足尾的女人》。女主角还是尾野真千子。她无论饰演那些很有心机的角色,还是这种懵懂无知的角色,都完成得特充分,特完美。这里这个角色对演员限制挺多,但可发挥之处也挺多。有个词叫'主观能动性',可以用来形容角色与演员的关系——创作者赋予角色的主观能动性越低,对演员的要求就越高。我演《令颜》这三姐妹就是这样,一个比一个坚强,反倒一个比一个好演,最难演的是韵,尾野在这部剧里的表演给我不少启发。"

程洁虽然一直没看杨新米发来的东西,对她一再提起的演员全无了解,但明白她真的是在认真体会,随处学习。只可惜自己实在外行,搭不上话。不过还是诚心诚意地说:"那就好。"

"你女儿有什么观感啊?来,跟我聊聊。"

"嗐,她懂啥啊。你说这些,我听着都犯迷糊。你得找陈导那样的人唠唠才行。"程洁也不明白自己是怎么回事,竟然把话题扯到陈牧耕那里。

"正准备跟他探讨一下呢!"杨新米猛地来了兴致,眼睛都亮了,"对了,你知道我是怎么进这个剧组的吗?"

"你不是说赵与杭推荐的吗?"

"其实过程还挺复杂。剧院刚一打算排《令颜》,陈导就确定与杭哥演男主角,他们合作过。女主角与杭哥推荐了我,还送去一个刻了《暴风雨》的盘,我演米兰达。但陈导并没马上约我见面,我也没收到面试通知。还以为这事不成了呢。

"过了一两个星期,我在鼓楼西演一出独角戏,共演四场。第三场演完我正谢幕呢,陈导在台下叫住导演——他们是老朋友——让他问我,要是不太累,能不能聊聊。我当然受宠若惊,我们就在咖啡厅坐下。原来三场他都悄悄来看了,自己买的票,跟谁也没打招呼。他跟我一一分析,我哪些地方处理得好,哪些地方还有问题,都是商量的口吻。他格外留意几场下来我表演上的变化,台词,动作,观察得很细致。我当时感动得语无伦次,过后都忘了自己说了什么,反正那晚上我们一直在聊这个话题。还加了微信。

"后来他说太晚了,问我住哪儿。他说正好顺路,可以送我回家,怕我一个女孩子不太安全。路上他说了对这个剧的理解,说实话比我们那导演深刻多了。到了小区门口,我下了车,他摇下车窗挥挥手,车就开走了。我本来还有点犯嘀咕,嗐,真是以小人之心度君子之腹。他绝对是难得的正人君子。"

"后来呢?"

"隔了两天,最后一场演出,我发现他又来了,就坐在观众席里。上次见面后,我反复揣摩他的意见。这一场就按照他说的,在表演上做些调整,自己感觉角色完成得更准确,也更充分。可刚一散场,他就走了。我心里很不踏实,不知道是不是弄巧成拙了。回到家收到他的微信,说对我的表演非常满意,而且很感敬佩。原话是，你一上台，处处都对，而且刚刚好，用的是巧劲，不是在演。有他这句评价，我也算没干熬这几年啊。最后他说，非常期待一起合作，《令颜》剧组欢迎你。"

"那你可真是遇见贵人了。"

"是啊……嗯，你说年龄是个差距吗？"杨新米双手抱在颈后，扬着头，眼神有些迷离，像是幸福地自言自语，"可我就喜欢比我岁数大的呀，有阅历，成熟，能引领我的人。"

程洁想，可别往这上边引，赶紧说："我先给你整杯咖啡吧？还是摩卡？我看你这一上午够忙叨的。"

"这事说难也难，说容易也容易……你可真会打岔！我喝，你做吧。跟你说，你不在我牛奶都直接凉着兑，不用打泡器就少洗一件，哈哈。不过要是有个男人在身边，我们倒是可以边洗边聊。"

"我洗，行不？你这孩子，成天做梦。"

"好好好，我知道啦。您要是再说，就该说到人家嫁不出去了。"

这恰恰是程洁想说的，赶紧打住。她也发觉自己刚才的口吻就像是在教训女儿，而新米在她眼里，生活能力还不如靰鞡呢。程洁送来咖啡，就忙着做饭去了。

周六下午剧院有演出。程洁上班前，靰鞡赖在床上不起，用手机打游戏。程洁做好午饭，留在桌上。回来时靰鞡虽然已经穿好衣服，可还躺在床上玩手机。桌上的饭没吃几口。程洁这次来北京，除了刚到的那两天，周末靰鞡就没这样整天在家里待过。

程洁问："今儿怎么没出去玩啊？小铁呢？"

靰鞡不吭声，头都不抬。

"饭菜不对胃口啊？"程洁边收拾剩菜边说，"我给你包饺子吧。头茬韭菜、白菜、猪肉馅。'早春韭菜一束金'，这会儿也不晚。刚才路上都买齐了，这就和面。晚点儿吃不要紧吧？"

"都行。"靰鞡盯着手机屏幕，似乎聚精会神，细看却是没精打采。

程洁虽在广东生活多年，还是更钟爱面食，抽空就给自己做顿饺子、包子、馒头、烙饼之类。当她把冒着热气的饺子端来，靰鞡才磨磨蹭蹭坐到桌边。

程洁夹起一个饺子放进女儿面前的醋碟里，她冷冷地来了句："您吃您的得了，不用管我。我不爱吃面食，这么些年您还不知道。"

靰鞡整晚垂头丧气的，好不容易开口了，还是冲自己发邪火。程洁不再言语，更不敢打听怎么了。

临睡前，忽然听见靰鞡嘟囔道："小铁要回成都了。"

"她在北京不是挺有出息的吗？咋好不好回老家了？"

"她要去考公务员。"靰鞡低头摆弄起书桌上那个星黛露，一下又一下揪着它的一只耳朵。

"多前儿走啊？"

靰鞡没回答。

"请她来家吃个饭吧，想吃啥我给做。"

"不用了。"靰鞡淡淡地说，将星黛露放回原处。

"快洗澡去吧。"

"催什么催，我总不能顶着人家热气儿进去洗吧。"

夜里靰鞡显然没睡踏实，抑或就是失眠了。早上程洁起来，她还像昨天那样赖在床上，呆呆地睁大眼睛，连游戏都懒得打了。程洁不知道该怎么劝她合适，只好东拉西扯，左哄右哄的。

靰鞡忽然打断她说："晚上剧院有事儿是吧？"

"是啊。"

"那咱下午出去一趟，我带您去个地方。"

"多陪陪你妈就对了。"

吃完午饭，靰鞡说："这么些年，您光照顾我了，自个儿的生活都没顾上，我也不大上心，想想挺自私的。您不用老管我，也多关照关照自己。妈，不知道有没有人跟您说，您气质挺好，就是得捯饬捯饬。把您带来的衣裳都找出来，我给您挑一件。"

程洁把行李箱拖过来，打开。靰鞡扒拉来扒拉去，末了说："巧妇难为无米炊，瞧着都不怎么地。"

"你这是要干啥呀？"

"您这审美品位可真不成。"

"嫌弃上你妈了，小兔崽子。实话说吧，我瞅着北京不光咱这号外来务工的，学生模样的，拆迁啃老的，都穿得挺土，没比别地好哪儿去。"

"还得加上互联网民工，戴眼镜，格子衫运动裤，死沉双肩包，有点儿秃顶的。不过北京可不都这样啊。哪天我带您上三里屯、国贸开开眼，看看人家穿的贵衣服——不是说牌子，是说衣裳的质感，一看就不一样。当然这种地方跟咱一时半会儿还没什么关系。"

她们打的车到中山公园东门停下。靰鞡花六块钱买了两张门票，将一张递给母亲，说："您觉得称心的，就自己拿主意，我没意见。"

"说啥呢？"

进了公园，无论前面的小树林里，还是北面的筒子河边，聚着很多中老年人，有男有女。柳絮到处飘飞，沾在不少人头发上，看着更像上了岁数。他们一排接一排，或坐或站，面前各放着一张写满字的纸。也有只放着纸，看不见人的。纸上顶头大字是"北京女孩""海归女孩""优秀女孩"之类，下列"户口""住房""学历""年龄"等各项条件。其中有一排，写着什么什么男孩。阳光透过树叶间隙，投射在地上和纸上，那些纸被照亮了，仿佛是人生愿望的呈现。人们相互搭讪，谈论的都是子女的情况，无非是上述条件。程洁马上明白靰鞡动的什么心思了，倒没顾得上生气，因为随即感到她此刻该是何等尴尬了。这孩子不知道随谁，脑子总是一阵阵短路。不过假如能在这儿给她趸摸个对象，倒也不错。也许自己下回准备好东西，再来一趟。

靰鞡向一个老太太打听:"这儿没有老年人相亲角吗?"

"那得上天坛,每周一、三、五、日上午十点,七星石附近,挨着年轻人相亲角旁边,你来错地方了。"

靰鞡正要走开,那老太太伸手把她拦住:"等等,姑娘,你是北京人吗?有北京户口吗?今年多大了?"好几个人围了上来。靰鞡一一如实交代,他们没听完纷纷回归原位,老太太居然面带轻蔑之色。

程洁想对靰鞡说咱们走吧,但自己也和她一样,被眼前这场面吸引住了。她随着女儿穿行于人群之间,故意落后一两米。靰鞡穿了条白色衬衫长裙,像个穿白大褂的检疫人员,后脑勺也沾了一团柳絮。接连有几个人向她打听情况,无不失望而去。程洁不明白她何必自取其辱,不过也为一向不大关心女儿的终身大事,多少感到愧疚。这时有个中年妇女跟靰鞡搭话,问的几乎和刚才那老太太一模一样。

"我们家老北京人,有房,我打美国留学回来,刚满二十六。"靰鞡答道。程洁能想见她那大言不惭的神态。

"属鸡的啊,我儿子属牛,属相正合,天作良缘啊。大八岁,行吗?"女人把手机举到靰鞡面前,"长得少兴,看着不像。还别嫌大,架不住事业有成,要房有房,要车有车。"

"这我倒无所谓。"靰鞡答道,也不知道她指的是什么。

旁边一个老大爷凑了上来:"我手里有个男孩,也打美国留学回来,跟你有共同语言——"

"嘿嘿嘿！"那女人怒气冲冲，"我们这儿还没说完呢。"

老大爷讪讪地退到一旁。靰鞡对他做了个"稍等"的手势。

女人重又和颜悦色地说："你有意愿跟我们孩子交流吗？我看你这姑娘不错，挺有勇气。是头一回来吧，也没打个单子。这么好的条件，应该都写上。要不你找那人来人往的地方站着也行。千万别不好意思，该来得来。你妈怎么没跟着呀？"

靰鞡似乎打算回过身来，但只晃了一下肩膀。

"不过我听你这口音，不像地根儿北京人啊？"女人忽然问。

"我小时候住广州奶奶家……东北……好的，我再各处转转。"靰鞡有些狼狈地逃开了。

程洁追上来，顺手帮她拂去头上的柳絮。母女俩沿着东路，往南门走去。程洁说："上回我跟你说起有人要给你做媒，男演员……"

靰鞡说："得了，演员都太花，再说，有名的看不上我，没名的我养不起。"

程洁想起靰鞡班上那些勉强读完高中的女生，过完几年女阿飞的瘾，到岁数家里都给安排圆满结婚了。靰鞡正经研究生毕业，却找不着一个男人。

沿途有不少古老的侧柏。树下一大丛一大丛牡丹花正在绽放。程洁曾和老师在这里的音乐堂看过一场电影。片名忘了，但记得他说，早先音乐堂座位是露天的，节目演到一半下雨了，观众只好四散而去。不过他们看电影时，已经有屋顶了。现在路过的这座建筑，大概重新翻建过，与印象中完全不同。老师说话时的神态忽然历历在目。他常常顶着太阳或冒着小雨来林业大学看她。一起出去，他走路很快，她跟不上脚步，干脆停下不走。他发觉了，就站住等她。她说渴了，他会给她买一个娃娃冰淇淋。他总戴着副大墨镜，遮住半张脸，其实她很喜欢他那双眼睛，深深地闪着智慧的光。他虽然年纪大了，看着却相当精神，洒脱，猜想年轻时一定很英俊。老师的记忆湮没于黑暗之中，经由自己残存下来一点，有如燃烧殆尽的炭火，而自己的记忆终有一天也将灰飞烟灭。她忽然对老师写《令颜》，尤其安排画那幅画不无理解了，多少年来还是第一次。程洁很想尽快说给新米听。但新米看陈牧耕的眼光，是否与自己看老师的眼光有几分相似呢？

"赶紧回家吧。"听见女儿在身边嘟囔道。

靰鞡还是走在程洁前头，低垂着头，脚步有些沉重，路过成片艳丽的郁金香，瞅都不瞅一眼。与牡丹凝重沉稳的花色相比，郁金香显得明快愉悦。女儿大概很沮丧吧——为自己所没有的，所失去的，以及所剩余的而沮丧。

程洁重新回到《令颜》剧组，特意早到了两小时，把排练厅仔仔细细打扫了一遍。

人都到齐了，花也送来了。陈牧耕和小王把椅子转了过来。陈牧耕做了个手势，小王站起来说："今天排第四幕。"指着一位上次饰演年轻农民的，"你演秀的同学。"

那演员说:"舔尿那位,是吗?"

"对。"

大家笑了。

小王对上次饰演父亲的说:"你演医生,"对其他几位:"你们演众同学,还有患者。各位的戏都在第一场和第二场。"

等他说完,赵与杭、杨新米和另外几个人来到排练厅中央。

陈牧耕说:"与杭,你就在这里读开场那段旁白吧,还是用'我'老年时的声音。"

赵与杭:"这故事里的第三个女人叫秀,秀小姐——不,秀同志。又过了四年,已经是一九五二年了。她是韵和娟的妹妹,当时也是二十岁。我从香港来到北京,一直设法获知这三姊妹的下落。有一天我去医院看病,遇到一个女人,她那双眼睛一下让我想起了记忆中的韵和娟。"

小王拿着剧本念道:"第一场。人物:'我',秀,患者,老师和同学们。场景:一九五二年夏,医院,走廊。椅子上坐着几个候诊者,'我'是其中之一。秀和几个同学都戴着白帽子、口罩,穿着白大褂,跟着一位中年男医生在'我'面前走过,他们边走边谈。"

医生:"你们现在上大三,正是理论和临床过渡的阶段。从现在开始陆续转科实习。内科这段由我来带你们,现在咱们去门诊。记住,观察一定要仔细。"

众同学:"知道了。"

医生对同学甲:"对了,刚才在病房,你为什么用指头蘸患者的尿液放进嘴里舔呢?"

同学甲:"那不是个糖尿病患者吗?我看见您用指头蘸了,然后舔了一下,我就跟着学了,不对吗?"

医生:"我用食指蘸的,舔的是中指。"

同学甲:"嗐!"

众同学笑。

医生:"我是效仿前辈开个玩笑,没想到真会发生这事儿。实在对不起。无论如何,医生这职业一定不能粗枝大叶。"

同学甲:"这下我一辈子都记住了。"

程洁想起靰鞡前两天说起,单位组织体检,留尿时人家给她一个小试管。她寻思尿到这里面也太难了。好歹接了半管,顾不上中段尿不中段尿了,弄得满手都是。交回才看见那桌上摆了些透明杯子,应该往那里尿,再倒进试管。当下程洁说,这孩子基本不能要了。

程洁发觉自己走神了,这时听见杨新米说:"陈导,我这样对吧?混在一帮同学里面,不显眼,直到被认出来。"

陈牧耕说:"很好。这一段其他几位台词太生,要记熟。接着往下排吧。"

当他们即将走过,赵与杭突然站起,拦住了走在最后的杨新米:"请问,你是谁?"

杨新米显出稍受惊吓的样子:"你什么意思……我是在这儿

实习的学生。你是来看病的吗？大夫在诊室里呢。啊，你是……是你。"

陈牧耕说："新米，这里秀显然有些意外，但态度却很冷淡。"

赵与杭："你的名字叫韵，还是叫娟？"

杨新米："我哪个也不叫。"

赵与杭："这不可能啊，那你是——"

杨新米："好吧，我是她们的妹妹，现在正忙着呢。请您坐下，等着就诊吧。我得找老师去了。"

陈牧耕走过来说："新米，说完这句就赶紧离开。这里秀先说'我哪个也不叫'，又说'好吧'，只是为避免'我'进一步纠缠，尤其当着老师和同学，赶紧把他打发走。从韵，到娟，到秀，一个比一个坚强，自身变化的幅度呢，一个又比一个小。"

他们反复排练了几遍之后，陈牧耕回到座位，其他人退到一旁，只剩下赵与杭和杨新米。陈牧耕说："这一场先这样。来，下面接着排。"

"好的，"小王站起来念道，"第二场。人物：'我'，秀，众同学。场景：前一场两小时后，地点同前。'我'在等候，秀走出诊室，已经换了便装，那张脸真的与韵、娟一模一样。"

赵与杭："秀，秀！"

杨新米："你怎么还在这里？"

赵与杭："我要跟你谈谈。"

杨新米："……"

她环视四周。几位刚才饰演同学的演员走过来，跟她打招呼。

赵与杭："这样，现在正是中午，我请你吃顿饭好吗，我们边吃边谈。"

杨新米："好吧，我跟你走。"

说完，她还是像上一场结尾那样匆匆走开。

赵与杭说："陈导，这一场里'我'看见秀这态度，心情应该很急迫，对吧？俩姐姐都失去了，再失去她，就彻底落空了。"

陈牧耕："这个把握很好。这三幕里，'我'的事业逐渐有成，内心却越发空虚，越发焦虑。这样才为几十年后遇到'你'打下基础。这个人物的根子就扎在这三幕。来，接着把下面一场排了。"

赵与杭和杨新米各坐在一把椅子上，其他演员回到桌边。小王又站起来念道："第三场。人物：'我'，秀。场景：前一场两小时后。北京东安市场吉士林餐厅。二人坐在一张桌子边，一顿西餐已大致吃完。"

赵与杭有些痴情地望着杨新米的脸："秀，你多大了？"

杨新米："二十岁，怎么了？"

赵与杭："我真的很高兴能够遇到你，而且是在你这个年龄，这简直是命运的安排。"

杨新米说："师哥，这儿我这么想：'我'请秀吃了一顿饭，挺怡然自得的，说话可以带那么点抒情味。秀态度坚决，语气很硬，'我'一上来还没察觉，只顾说自己的想法。"

赵与杭说："聪明！咱们再来一遍。"

程洁看得出来，他们配合得相当默契。这两个人挺有意思，关系那么亲密，却又不是男女朋友，这圈子里的事她还真是搞不明白。

杨新米："实话说，我已经不叫这个名字了，连姓都改了。我决心跟原来那个家庭彻底决裂，但它却仍然时常牵连到我。"

赵与杭："看到你，我想起了韵和娟，虽然你的性格好像跟她们都不太一样。你比韵更坚强，比娟更清醒。"

杨新米："说这些有什么意思。你不是还说我跟她们长着同一张脸吗，你老盯着这个干什么？"

赵与杭："……"

杨新米指指自己的头："这里，这里不一样，知道吗？这才是最重要的！你这个人真的有点问题！"

赵与杭："……"

杨新米："你知道韵姐姐和娟姐姐现在的情况吗？"

赵与杭："我正想跟你打听呢。"

杨新米："那我就告诉你：韵姐姐家的地、房子和屋里的东西在土改时都分掉了，丈夫和公公、婆婆也都死了，她的成分被定成地主，如今在村里是管教分子，监督劳动。娟姐姐去了法国以后，一直没消息，也不知道她到底上了她一心想上的艺术学院没有。倒是辗转听说，有人看见她在巴黎圣母院门前的广场上给游客画像呢，靠干这个挣钱谋生。我这两个姐姐，一个阶级敌人，一个海外关系，不知道给我找了多少麻烦。幸亏我早早就参加革命，跟她们严格划清了界限。……现在想起来，其实这都赖你，当初你要是好好对待她们任何一个，把韵姐姐带走，或者把娟姐姐留下，她们也不至于落到如此地步！"

赵与杭："事情并没有你说的那么简单——"

杨新米："是的，我知道你会说，你爱她们要超过她们爱你，但我认为这是借口，不管怎么说，你现在的处境看起来要好得多，可以说太好了。还能请我吃这么贵的一顿饭。咱们还是说当初，你要是爱她们再多一点，深一点，真的不能就此改变她们的命运吗？或者说，真的不能让她们不陷入现在这样的命运吗？"

赵与杭："……"

杨新米："如果一棵树不开花，不结果子，那么种它干什么呢，生长的都是痛苦！"

赵与杭："也许这一切可以在你我这儿得到改变。我们可以有新的开始，我们肯定能够避免那种痛苦和不幸。我对不起韵和娟，但我一定要对得起你。这也算是我对过去的一点补救——"

杨新米："不，不，不！用不着在我这儿补救，我也补救不了。就算我有心跟你交往，就算我会爱上你，我也不干。我害怕我摆脱不了韵姐姐和娟姐姐悲剧的命运。我不要悲剧，我要幸福。我要像所有从来没遇见过你的人那样幸福。"

赵与杭:"我多么希望你们三姊妹都幸福——"

杨新米:"既然你这样讲,那么就多说几句。你我谈论的幸福根本不是一回事。那种个人意义上的所谓幸福其实一钱不值。真正的幸福属于我们这一集体,我成为其中一员,才享有这种幸福。我任何时候都不会离开,所以永远是幸福的。假如韵姐姐那时背叛自己的家庭,假如娟姐姐那时回到革命的阵营,也会像我一样幸福……但现在跟你说这些,已经都是废话了。我走了,你不要跟着我啊,也千万别来找我。我根本不认识你!"

她说完匆匆走开,算是下场。

赵与杭:"我……唉,看看我都做了些什么?我真是寻梦而来,梦碎而去。"

他从相反的方向下场。

赵与杭说:"新米,这段'你'可不可以再厉害一点,就像代表三姐妹一起对'我'说的,前后八年的纠葛,到这儿一刀两断。这样我更好接:'我'不知所措,想挣扎一下,也是徒劳。"

陈牧耕说:"你们俩想的都挺到位。再来一遍。"

程洁看到新米今天饰演的秀,跟前几天的韵相比,差别相当明显。自己没看到的娟,应该跟这两个角色又有所不同吧。程洁知道她在剧院和家里为此下过多大功夫,不由得有种满足之感,甚至夹杂着些许自豪。

程洁进而想,韵、娟和秀彼此长相一样,乃至姐妹关系,应该都是虚构的;但除此之外,真实的成分有哪些呢?她又想起陈牧耕复述的老师在记忆中请出追求过的人的话，假如韵和娟的原型是他过去没有成功的恋人，秀的原型又会是谁呢？是不是后来离婚了的陈牧耕的母亲呢？程洁奇怪自己竟然还是头一次想到那个女人。

陈牧耕说："与杭，你把结尾那段旁白也念了吧。'我'老年那种声音。"

赵与杭："我听从了她的话，从此再未见过她，也一直没有她的消息。不知道那以后她的情况如何，得没得到她那么渴望的幸福。如果得到了，我也就安心了，虽然我并没有为此贡献什么；如果没得到，我就又担上了一份不可推卸的责任。这份担心时时搅扰我，直到现在。这就是我和这三姊妹的故事。我陆续遇见她们，又陆续分别，那时她们都正当二十岁，说来都只是匆匆一瞥，就像一道光，一片霞，一朵盛开的花，一个奇异的幻影，极其美好，终生难忘。这之前和这之后，我的生活都隐没在黯淡和凡庸之中。我遇见她们当中的每一个，对我来说都似乎是人生的一次新的开始，至少我希望如此；但是最终都归为失败。我这一辈子，就像在一道风景美丽的河边走过，河水流啊流啊，可是我从来没照见自己的影子。"

他们又重新排练后面这两场。程洁觉得，"我"末了几句旁白，显然是老师自己一生的感慨。她发现自己对老师的事情其实知道得很少，然而别人，譬如余悠，甚至陈牧耕，也未必什么都知道。老师的一生就像一条河，从遥远的不可知处流来，在自己面前溅起几朵浪花,继而又向遥远的不可知处流去。程洁很想从《令颜》里多窥见一点什么——总感觉老师完整的一生隐藏在这剧本后面,但不管怎么苦苦探察,还是水中捞月。"我"的确是老师本人,但他这个人却不只是"我","我"只是他着意强调的一部分而已。

排练结束后,陈牧耕问赵与杭:"你大概什么时候走?"

"还有两三天,咱们把这一幕踏踏实实排完吧。"

"好,最后再留点儿时间把已经排了的过一遍,省得你忘了。"

"我带着剧本去,身在曹营心在汉。"

陈牧耕转向大家,拍了拍手,说:"我宣布一下,与杭要去给一个电视剧帮忙,演个角色,离开剧组三四天,这是事先讲好的。他不在的时候,咱们先接着排。中间赶上'五一',加个班,就不放假了。与杭,有空看看第六幕,熟悉一下台词。"

赵与杭说:"您放心吧。对不住各位啊。"

程洁不清楚这样的事在剧组里是否常见,但她想起新米提到影视演员那不屑的口气与神态了。赵与杭倒是流露出些微志得意满的神情。他和新米关系很好,但彼此毕竟不是同样的人。新米可不像他这么不管哪一头都得占上。她这是专心一意,还是欠缺圆通呢?

程洁下班回到家里,没一会儿靰鞡也回来了。程洁赶紧做饭,吃完后,靰鞡对着电脑看稿子,程洁坐在床边剥榛子,攒够十来粒就拿给女儿吃。忽然听见敲门声。开门一看，是隔壁住的上海夫妇，女的在前，男的手里拖着个拉杆箱。

"我找你女儿。"女人说。

靰鞡走了过来。

女人热情地说："我们也做了几个月邻居啦，今天来想问问你，有没有兴趣一起搞点事业呀？"

靰鞡有些发蒙。

男人凑上来说："我有亲戚在日本长期居住，我们最近在做代购，很赚钱的。你看，这化妆品、日用品我们都卖。"说着打开了行李箱，半箱东西摆得整整齐齐，包装都很讲究。

靰鞡说："我上班呢，平时巨忙，这事儿怎么干啊？我卖谁去呀？"

女人说："业余时间就能做。销售对象就是你的微信好友。进了什么新货，你就发朋友圈，多做促销活动，什么分享集赞减几元之类的。慢慢就有稳定的客户群了。"

"我这人不好张罗事儿，脸皮儿也薄，怕是干不了这个。"

"我们住得近，知根知底，才找你的。"女人略显不快，"我看你收入也不一定很多，不如一起赚些钱。我们也不多要你的，利润上抽个百分点就行了，好商量。面膜什么的很好卖的。"她从行李箱里取出一个红色银标的纸盒，递给靰鞡。

靰鞡赶紧拦住她："这就别往外拿了，我和我的朋友都用不起。"

女人不慌不忙地另外掏出粉的和蓝的两个纸盒，说："这个适合你，专门给年轻肌肤定制的，日本女孩都在用。"

"我再想想啊，姐。要不这样，这俩面膜多少钱，我先买下，体验一下效果。"

"好的，你试着好用，再来找我。我按进货价给你，一共九十八。"女人跟靰鞡加了微信，靰鞡把钱打过去，他们这才告辞。

靰鞡坐回原位，抱怨道："这种人躲都躲不起，您倒好，上赶子找上门去了。害我白花钱。"

"我付，行不？"程洁拿出手机，要点开微信转账。

"算了吧，吃亏上当就一回。"靰鞡把那两盒面膜随手扔在书桌上。

"你妈妈也是创过业的人哪，能理解。"程洁叹了口气，抓了一小把榛仁放到女儿手边。

靰鞡吃了一粒，眼睛不离屏幕，问："您是说您那小超市吗？"

"是啊。"程洁记得，当时靰鞡还在上中学，一有空就帮自己看店，但几年下来，还是转让出去了，"这个也创业，那个也创业，一将功成万骨枯，都寻思自己是将，别人是骨。其实谁不是白搭工夫呀，把原本那点儿家当也给造没了。当然，要是多遇见几个你这么霍霍钱的，兴许有点儿机会。"

"妈，不说这个了，我烦着呢。"靰鞡把电脑关上，"周末咱娘儿俩出去玩一趟吧。阿那亚,怎么样?周五下午去,您请个假。周日下午回来。我来订房、租车,到时您开吧。"

"剧院那头儿怕是请不下假来啊。"

"不去拉倒。"

靰鞡嘟囔着出去洗漱。程洁拿起手机,点进小铁的朋友圈,新的一条是"再见北京!"配了张图:她正比划"V"字手势,背后窗外停着一架客机。程洁终于把一直悬着的心放下了。

靰鞡回到屋里,程洁说:"行,咱出趟门。可咋个请假法儿啊?你帮妈想个由由儿。"

"病假,这多好说。"

"人要问啥病,咋说?"

"您就说——隐疾。"

"一边拉待着去!"程洁轻轻给了她后背一下,"一点正形儿没有。"

第十章

"先上五环。"靰鞡坐在副驾驶位，用高德地图导航，把手机架搁在中控台上。

"路可不熟啊，先别跟我说话。"程洁说。她们早早吃完午饭就出发了，准备到阿那亚吃晚饭。租了一辆灰色的四座现代车，自动挡。

到了五方桥，过收费口，上了京沈高速。靰鞡说："这一下子二百多公里呢，不用老盯着导航看啦。"

靰鞡在一个什么群里与一家三口约定拼房，然后通过阿那亚App预订。自从订单生成，收到入住短信，这两天聊起来就像已经去过多少次似的。程洁怀疑她原本要和小铁同行，现在只好找自己当备胎了。不过当妈的能有这点用处，也还不错。

靰鞡果然兴致很高："您知道吗，阿那亚，意思就是寂静的地方，远离人间热闹的地方。"

"嗯。"

"跟您说一下具体安排。今天晚上去吃夜宵，吹海风，再去酒吧喝一杯。明天得特老早起来，看日出——"

程洁打断女儿的话："你先瞧一鼻子外面。天上来了。"

靰鞡这才发现满天阴云密布，低沉地压住旷野。路两边远处都有建了一半的楼群。她不免惊慌失色："糟了，我忘了看天气预报。"赶紧把手机拿过来，"啊，怎么回事儿，一连三天都有雨。"

程洁叹了口气："也赖我，光指着你了。"

"天气预报兴许不准呢，到了那儿兴许就出太阳了呢。"

靰鞡这热情乐观或没心没肺的话，对于程洁总归是鼓舞。但接着一阵雨点就噼里啪啦地打在前车窗上。她开了雨刷器，两个刮片一下一下为这母女俩竭力保住一小块干净的地方。除此之外都被雨雾笼罩了。

"妈，您开车容易累，我陪您说说话吧。"靰鞡说。讲的还是此行的计划，仿佛根本无视一窗之隔已成瓢泼大雨。她的声音渐渐低沉、断续，程洁扭脸一看，原来歪着脑袋睡着了。

花了比预计长不少的时间才下高速，到了阿那亚社区北二入口，天已经黑了。程洁推醒了靰鞡。两人先去民宿中心，只带了一把伞，各淋湿了半拉身子。办理完登记手续，交了一千元押金。回到车上，将刚才开的入园凭证出示给保安，进入园区。

"一直往前开，见路口右拐，二期，这边，再这边，四号楼。"靰鞡比划着。

一个瘦小的男人从楼里出来，打着伞，还拿了一把。程洁摇下车窗。他说话很客气："啊，哪位是程小姐？我是接待员，咱们昨天联系过。"

程洁按照接待员的指示，把车停在了楼后的车位。母女俩跟着他走进楼门。靰鞡穿了件蓝色间隔米黄条纹的连衣裙，长袖长摆，很显腰身。胸口系个大蝴蝶结，是活的，早晨见她用卡子在内侧夹住，大概怕走光。程洁觉得旅行尽可随意一点，女儿却打扮得过于隆重。靰鞡光脚穿着小白鞋，中午急着出门，找不到合适袜子，程洁给拿了双短筒袜，靰鞡说，这么穿搭不对，袜口与裙子下缘之间不能露一截腿，得穿船袜或中筒袜。这孩子倒是难得周全一回。程洁包里塞了两双拖鞋，特地为去沙滩用的，一时忙乱没顾得换上。

接待员带她们进了电梯，到了十六层，打开房门。错层大两居两卫加 LOFT 阁楼，挑高客厅，开放式厨房、餐厅。

接待员说："你们订的这房子景观非常好，正对着海。主卧室可以直接看日出，带俩阳台，主阳台那可是无敌海景。"

"几点出太阳啊？"靰鞡问，"我得上个闹钟。"

"可以自己做简餐，但别煎、炒、炸。晚上要是冷，有空调。社区有食堂，有餐馆、酒吧，想吃什么口味，上 App 查吧。请问另外三位什么时候到？"

"他们不来了。就我们俩。"靰鞡说。

接待员留下钥匙,走了。

"怎么回事儿?"程洁赶紧问。

"我刚收到短信,说临时取消行程了。哈哈,这套房子归咱娘儿俩享受了。"

"房钱怎么办?"

"就算人家给咱分担了呗,这儿得提前好几天才能退钱呢。您睡主卧这大床,我上阁楼睡。"

母女俩换下湿了的衣服。靰鞡说:"我先观望观望海景。"

程洁拦住她:"光巴赤溜的,别往窗户跟前儿凑!"

靰鞡又去她们原定住的次卧看看,有一张高低母子床,她得意地笑道:"我长这么大,头一回天上掉馅饼!"

"咱先把吃饭的事儿解决了吧,这么大雨也出不去啊。"

"好办,叫外卖。我都查好了,今晚吃湖南菜。"

程洁在客厅的沙发上颓然坐下。真累了。过去开网约车时,最远也就是从佛山到珠海,比这近得多,何况还赶上雨天路滑。靰鞡这孩子办事太不着调。她望向窗外,远处有座被灯光照亮的不大的白色三角形建筑物,像个立着的塑料衣服夹子,此外黑茫茫一片。雨水溅落在阳台上,声音很大。不禁感慨:"还真是个远离人间热闹的地方。"

外卖迟迟没来。靰鞡说:"闲着也是闲着,您接着帮我拔白头发吧。"

"得了。"

"拔十根,十块钱,咋样?"

"再拔就成秃老亮了。"

吃了晚饭,洗漱完毕,靰鞡从包里掏出平板电脑,抱着上了楼。从栏杆探身出来喊道:"妈,这儿可棒啦,您不上来看看?就像身处星空大海,哈哈,当然得等明天天晴了。"

程洁关上灯,躺在床上,窗外是不绝的雨声。入睡前闪过一个念头:只盼着老天多少眷顾一下,满足女儿这可怜巴巴的愿望。

早晨醒来,雨没停,还更大了。又起了风,雨在半空中就被吹散了,变成一缕缕烟。隔着一排排别墅的屋顶,远处有窄窄一脉沙滩,那幢白色尖顶房子又小又孤单,四外不见一个人影。再往前就是海,灰蒙蒙一片。雨无声无息地落到海里,仿佛只为完成一个属于大自然自身的循环,而人类被摒弃在外。

没法出去吃早饭。程洁带来不少吃的,泡了两桶泡面。靰鞡吃完又上阁楼了,这回没再招呼母亲,大概会站在窗前发呆吧。

程洁打开电视,一个白发苍苍的男演员正拿腔作调地朗诵什么诗。

"跑这儿来看电视,多没劲啊。"靰鞡在楼上说。

程洁想,大老远过来,确实和在家里一样,除了地方大点。本打算说比北京那房子好太多,没事还是别添懊糟了。

她随手换了个台,是一档调解类栏目,画面一侧有一对戴着墨镜的中年男女，虽是并排，却几乎背对背坐着。看上去是夫妻。女的怒气冲冲，一个劲地说："甭废话，给我认错道歉。"男的明显理亏，人也窝囊，嘟囔着："什么事都没有，干吗道歉呢。"胖胖的女主持人坐在另一侧，不时插话，讲一些维护家庭如何必要的道理。

靰鞡端着平板走下楼梯。程洁正要接着按遥控器，靰鞡说："看看呗。"说着在母亲身边坐下。

这时镜头切换到另一空间，一个脸上打了马赛克，身材看着还算年轻的女人说："我们就是同事关系，我无辜受伤害，得给精神补偿费，三十万。"画面转回演播室，妻子说："瞧瞧，多不要脸。"丈夫说："我可不给。"

"这节目做的，看着就不像真的。"靰鞡冷笑了一下，"这种事儿啊，经历过的，没经历过的，一看就能明白。"

程洁问："啥意思呀？咋着，你经历过啊，说这种话。"

靰鞡没有搭腔，把平板放在茶几上，屏幕亮着。

这时主持人对那位丈夫说："作为男人要有担当，主动些还能留点儿体面，一味被动只会更加难堪。"

靰鞡忍不住又说："感情上的事儿，外人不痛不痒劝说几句，没用。不是当事人，永远体会不到那种感受。我正看的稿子讲的就是这路故事。虽然是小说，但可比这演的真照儿。我跟您说说吧，就当解闷儿。原本打算上孤独图书馆接着看的。"

"那敢情好。"程洁把电视关了。是啊，这一天才是早上，不知道怎么打发,实在无聊。

靰鞡穿着带来的花格睡衣,头发也没梳,盘腿坐在沙发的一头,眯着眼睛看着屏幕。程洁坐在沙发的另一头,侧身对着女儿。靰鞡的身后,楼上楼下都是落地窗,苍凉的雨景连在一起。

"等等,我先把茶沏上。"程洁说着,打算起身。

"您不是带可乐来了吗,好好听,不好好听我可不讲了啊。"靰鞡说罢清清嗓子,然后连讲带读,边说边抠脚丫子,抠完闻了闻手。这也是那个人的习惯动作,这只抠完抠那只,深闻一下特享受,留下一地死皮,还老不洗脚,身上一股东北男人的汗臭味。"小说的题目叫《回家》。一个四十岁的女人,名叫若叶,是个自由撰稿人。她去外地参加图书的宣传活动,这天上午回到上海,从机场直接回家。家里没人。儿子住校,周末才回来;丈夫是个有名的眼科医生,上班去了。打开屋门就发觉不对劲儿,尽管屋里所有陈设和她离开之前一模一样。但她相信自己的第六感,说实话,空气就不对——不是什么气味儿,是空气。若叶急忙奔向卧室,断定昨晚来了人,是个女人,在这里过了夜,还和丈夫干了那事儿。怎么样,感兴趣不?"

"开头还挺抓人。"

靰鞡接着说:"床上两条被子叠得太整齐了。丈夫生活习惯一向粗粗拉拉,被子多半不叠,叠也是瞎凑合。是那个女人多此一举,丈夫呢,也许百密一疏,也许未加干涉,不想破坏她那一刻的好意。床头墙上挂的婚纱照镜框也被挪动了。自从搬进这房子,就在那儿挂着,但从去年起,她看出有些许不易察觉的倾斜。想过要将它摆正,但又想应该是由丈夫发现,那么就看他到底哪天才会发现吧。这可是他们甜蜜爱情的记录啊,而且天天悬在头顶,绳子断了,掉下来会将两人当场活活砸死。现在却无缘无故被摆正了。不,连整个上缘都擦干净了。从发现倾斜之前到现在一次都没擦过。一定是摘下来,又重新挂上了。这对狗男女,知道她在墙上看着他们呢,当着她的面干不成啊。当然也许只是丈夫所为,他要给那个女人制造一个妻子根本不存在的环境。

"若叶掀开被子,在自己的枕套上没找着一根头发,仔细闻闻,没头油的味道;床单上也没找着一根阴毛,倒隐约有股香水味,却是自己常用的花香型的。她赶紧到卫生间,香水瓶似乎没放在原处,好像还少了一点儿。不要脸的东西,居然用我的香水。气垫梳子上只有她这种深棕色头发,长度也和她的齐脖短发差不多。再看淋浴下水篦子那儿,居然一根毛发都没有。一定是和床铺一样特意收拾过了。我是不是讲得太细了,您听着絮叨不?"

程洁说:"不絮叨。难得你能认认真真、有条有理儿说点儿啥。"她其实正是被那些细节吸引住了,尽管这件事听着未免狗血,"接着讲你的,我个人沏杯茶啊。"

等程洁回到原位,靰鞡打开一罐可乐,继续说:"据说一个人能感觉到另一个人爱不爱你,却不一定知道他有没有背叛你,因为出轨的人往往演技高超。但毕竟有蛛丝马迹，而对若叶来说，一切都昭然若揭。她想起丈夫近来很少跟她说话，总是一副心不在焉的样子。和他语音通话要么不接，要么说几句就匆匆挂断。他之前不大看电视，现在有空居然看起谈恋爱的综艺节目了。回家常常很晚，赶紧就去洗澡，然后倒头便睡。但她在他身上没闻出别的香水味，没看到抓痕，衣服上也没发现头发和口红印。有一次他自己洗了内裤，若叶闻着是香皂味，还有拧过的痕迹。但家里洗内衣裤，向来都用洗衣机。

"最可疑的是他的手机。屏保原本是他们一次出国旅行时的合影，现在换成了一张风景照。手机只要一响，他就赶忙抓到手里，平常也总是拿着不放，连洗澡时都搁在卫生间，每晚睡前必得关机。一个偶然的机会，若叶瞄到那手机微信聊天窗口有个名字排在前面，但没来得及点开看聊天记录。很快就发现他把密码改了。原先的密码是她的生日。再试孩子的生日、他的生日，都不对。难道是那个女人的生日？她问他为什么要改，他说密码不小心被科里的人看到，不安全了；再问新的密码是什么，却怎么也不肯讲。若叶知道如果再行追问，彼此就该撕破脸了，然而她尚未做好心理准备。不过一定有鬼，包括消费记录在内的所有证据，肯定就在那手机里面。家里的用度倒是主要来自丈夫，相比之下，自己那点儿稿费简直算不上什么。他每月都把工资如数打到她的账上，有额外收入也给她，但她不能确定那就是他的全部收入。"

靰鞡讲累了，走到窗前。程洁也凑过去，站在她的身边。依然是满眼风雨。楼下是来时走的那条路，偶尔过去一辆汽车，前后轱辘各溅起一片水花。路上有个人打了把透明塑料伞，走在雨里，缩着脑袋，弓着身子，双脚不断后退，像手持一件武器在与什么怪物搏斗。他试图拐向通往海边的步行道，终于狼狈地逃回来了，雨伞也被吹得翻转过来。

靰鞡忽然不无感慨地说："其实这个故事里，责任至少有一部分是在若叶。她怎么不反省反省自己在这过程中存在什么问题呢？这样的妻子，丈夫只能离她越来越远。"

"也是啊。"程洁说。眼前爬满弯曲雨线的玻璃窗上，映照出的竟不像自己的脸，而是另一张脸：头发蓬乱，神情冷漠，仿佛戴着一副面具，夹在一扇半开、一扇阖着的门之间。那是老师的后妻。记忆中那张脸从来不曾这么清晰过，每缕皱纹、每处斑点都一清二楚。即便老师与她曾经一度相爱，即便她曾经也有值得爱的地方，但自己见她那一面的印象，只能说出格地不招人喜欢，而且是故意这样——不光对自己，也对老师，乃至对任何人。靰鞡说的没错。正是那个女人把老师逼向了自己。

"咱们继续吧。"靰鞡坐回沙发上，喝了一大口可乐，"若叶记住了聊天窗口那个名字，其实也知道是谁，丈夫曾经和自己提起过。那是半年前，吃晚饭时他突然说科里新来了个女博士，一时难以抑制兴奋之情，但马上就改口说别的了。若叶久久放心不下，找个借口到医院去探看了一番。没遇到本人，却看见科室门口墙上挂着一张全员合影，一眼就认出来了。丈夫是主任，坐在前排当中，身旁两侧坐着副主任和几位主任医师。她站在他身后，留着长发，丰满强壮，个头儿比左右两位男医生还高，像个女运动员或女军人。若叶知道丈夫喜欢这一型，自己当年也差不多，只是多年坚持减肥，才有了如今这令同性羡慕不已的身材。可有一次在小区里散步，丈夫走在她后面，忽然抱怨道，别再减了好不好，都没什么意思了。他就喜欢女人胸脯大，屁股大，腿又粗又长。也许那个女人体味还大，所以才用自己的香水。照片不算很清楚，她的双手好像就按在丈夫的肩上。不管怎么说也够不要脸的了，明明是新来的，却站在中间，而这一定出于丈夫的特意安排。"

直到她停顿下来，程洁才淡淡一笑："哈哈，留着长发。"

靳鞍问："怎么啦？"

"没啥，接茬儿讲吧。"

"若叶在想保存在丈夫手机里的那些聊天记录。他对那个女人说了些什么呢？不会把当初对自己说过的话，又重新对她说了一遍吧？他叫自己的那些昵称，什么'小可爱''小乖乖''小妞妞''小迷糊''小笨蛋'……多年不听他说，若叶都给忘了，这些也照搬在她身上了吧？这样的男人不会懂得，有关爱情的语言都是一次性消费的。假如重复使用，就像给对方戴别人戴过的口罩，穿别人穿过的内裤一样，特别恶心。连那个第一次戴、第一次穿的人也被玷污了。不过他当初和自己说的话，总归是真实的吧?他们之间还是有过爱情的吧?好了,先到这儿。这都中午了,雨还是下个没完。又该点外卖了。"

程洁说:"让妈也看看这儿都有啥餐厅,咱每顿换个地方点,不跟自个儿去一样吗?"

"您可真会说宽心话儿。本来还能买渔民出海刚打上来的海鲜呢,自己回来做。"

"想吃啥海鲜,点外卖呗,还省事儿了呢。"

"正是吃虾爬子、花盖蟹的时候,不点主食了,您不带了自热米饭了吗?"

下午靰鞡在沙发上睡了个很长的午觉。程洁独自站在窗边发呆。阳台一角放着一盆月季,花瓣都被打掉了,剩下枝枝光秃秃的茬儿,让她想起刚才那个人手里被吹坏了的伞。她很希望再见着一个那般徒劳地与风雨搏斗的人,却没看到。自己过去的确想过,无论如何应该从老师的后妻手里将他解救出来,给他一个安宁、轻松、舒适、愉快,有个处处理解他的人陪伴在身边的晚年。

靰鞡醒来,边伸懒腰边说:"哎呀,把这些日子的觉补上了,也算值了。我还梦见天晴了呢,太阳把我给晒醒了。嘻,还是这样。"

程洁说:"你往下讲吧,方才我又咂摸这事儿来着。一个女人往死里作是一回事儿,丈夫外面真有了人又是一回事儿,虽说这里面不是没有前因后果,但怎么说呢……不好说啊,没整明白。"

"您还费这心思啊。那出了书您买吗?"

"你知道你妈不看书,也不买书。你买吗?"

"我……也不买。"

"这不结了。"

"我说到哪儿了?啊,这儿。若叶独自待在家里,忽然感觉一阵头痛,双眼发胀,看东西有些模糊——莫不是青光眼复发了?赶紧滴眼药水,躺下,闭目休息。她还记得那手术叫小梁切除术,是他做的。十五年了,眼压仍然控制良好,连他都说很不容易。她将那次手术视为他们爱情开始的象征。当时她在一家报社当记者,就像此刻这样的症状,去医院看病——不是他现在工作的这家医院,他也还不是主任,但已经是专家了。第一次就诊,叫到她,推开门,屋里很暗,听见他说,嚄,这么高的个儿。她也是留着一头长长的披肩发。他给她示范指压法测眼压,用指头波动性地按压她的眼球,虽然有点儿疼,却是他们第一次肢体接触。他的态度明显让她感到亲切。

"经过一轮检查,她再次就诊,他说,做手术吧。先做一只,隔几个月再做一只。她有些害怕。他说,放心。她问,都是您给做吗?他答,当然。他说话总是这么简要,得体,对于一个忽然感觉无端被命运抛弃的病人来说,没有比这更有力的扶助了。况且总是继之以含蓄而真诚的微笑。她问,床位要等很久吗?他答,我来安排,尽快。当她躺到那张病床上,心想这是一个可爱的男人。在用裂隙灯给她检查眼睛时,他翻开她的上眼皮,他的手指温温的,软软的,动作很轻柔。

"第二次住院那天晚上,他来查房,忽然在她床边低声说,到检查室去,我再给你检查一遍。当时跟着的两位助手,都在关照别的病人。在检查室里,隔着一盏裂隙灯,她听见他呼吸变得急促了。他说,放心,放心。停了一下,又说,你有什么不放心的呢?不放心的应该是我啊。她不知道该说什么。他说,我所说的话,跟给你做的手术毫无关系。我也不是和哪个患者都说这样的话,实际上我从来没和任何一位患者说过这样的话。他伸过一只手来,她握住了,他手心都是汗,好久才松开。他把她送回病房。她又住了一周医院,每天晚上他都找机会来跟她聊几句。

"这个男人有妻子的事,其实她早已猜到,当时他才四十多,前程远大,长得也精神,不大可能单身。她第二次住院时,他的妻子来眼科病房找他,走后护士私下议论,被她听见了。那女人也在这家医院工作,是他的同届同学,检验科医生。奇怪的是,若叶对此并不介意,只是担心自己和他都动情了,也交心了,这回他还能不能给她做好手术。妈,您没想到吧,若叶原来也是第三者。这男的可真够差劲儿,见一个爱一个。"

"也不能那么说。兴许他实心实意地寻找真正的爱情呢。"程洁觉出自己说话时,好像没怎么过脑子。

靰鞡听了,一脸鄙夷的神情:"咱能不给渣男找借口吗?"

"我先听听接下来怎么回事儿吧。"

"第二只眼睛的手术像第一只一样顺利,一样成功。出院后他们继续保持联系。除了定期来医院复查,还互相告知了电子邮箱。一切都很隐秘:她专门注册了一个邮箱,叫'doctor guan',虽然没人姓关。他们每次通信,都加上'新动态''研讨会'之类题目。他对她讲了自己的婚姻状况,说多年来身处感情的沙漠之中,渴望一片绿洲。他们第一次在一起,是他去杭州开会,她赶过去,夜里偷偷溜进旅馆的房间,天不亮就走了。他动作并不粗暴,但始终充满激情,能感到饥渴已久。下边有些描写贼精彩,跟您就省略了啊,老儿不宜。"

天黑下来了,窗外的雨渐渐只剩下声音,而声音依然单调乏味。靰鞡叹口气说:"又到叫外卖的时候了。这家烤肉不错。"

程洁说:"让他们给加两头蒜,'吃肉不吃蒜,营养减一半'……"

"别老整养生这一套好不好?不嫌烦啊。您这人真是高一脚低一脚。"

晚饭后,母女俩楼上楼下来回转了转,权当散步消食。程洁说:"这顿吃得老撑梃了。"

阁楼层高两米,程洁能够想见晴朗的日子,景观应该不错。现在近处只有雨中黯淡的路灯光,远处除了那幢白色建筑,就是无限的黑暗。

最后一趟靰鞡手脚并用爬楼梯玩,从后面看像只熊似的。边爬边说:"四只脚就是比两只省力啊,不知道人类干吗非得直立行走，还管这叫进化。妈，您不试试？"

程洁没理她。

二人又在沙发上坐下，靰鞡接着讲："大概是科里有人告密，反正妻子知道了一切。那女人很沉得住气，把电脑里他们的往来邮件一一查到，另存，打印成册，然后等若叶来医院复查时，在诊室门口堵住她，打算上来先给她一个耳光。不想若叶早有准备——从他们在杭州睡的那晚起，她就预感终归有这一天，看见一个穿白大褂、比自己几乎矮一头的中年妇女扑了过来，她挡开了那挥来的手臂，动作帅气而有力，估计对方比自己更疼。多年后她想，连这一点儿便宜也没让那女人占上。

"妻子气急败坏地冲她喊，我告诉你，我现在遇到的事，你早晚也会遇到，那时就该轮到你跟别人说这话了。说完就拿着丈夫的黑材料，找医院领导和更高一级领导告状去了。这一切仍然在若叶的预料之中。事情闹到这个份儿上，他们除了离婚别无选择。这对医生分别被调到不同的医院，而他也就和若叶结了婚。此后他的事业风生水起，前妻的工作却很不顺利，性格也愈加怪僻，听说前不久退休了，一直都是单身。

"若叶回想起来，对与那前妻相关的一切都感到满意，除了她对自己讲的那段话。若叶始终记得清清楚楚，包括当时她的神态，她的语调，还有自己满不在乎的淡然一笑。若叶觉得那是一种诅咒，多年来深怀警惕，竭力避免，不幸还是被她说中了，只是不知道他会不会把置身感情沙漠之类的话，对那个女运动员或女军人似的博士再讲一遍。据说有位西方哲人说过,除了时间,没有任何东西真正属于我们;那么反过来说,只有时间才是我们真正丧失的东西。在这个问题上,一个人不可能永远占便宜。如今是自己而不是别人,处于丧失时间的一端。而那个女人处于相对有利的另一端。那么我,若叶,一个年满四十岁,青光眼可能复发,甚至导致失明的女人,应该怎么办呢?妈,今天就念到这儿吧。对了,您说这事要是搁您身上,您怎么办?您可别学电视里的女主持啊,净说那没用的。咱们真诚对话。"

"有用没用的我都说不了,没遇见过这种事儿呀。"

"按照这里的说法,前妻、若叶,还有女博士,可能构成一个轮回,而若叶只不过是其中一环而已。其实人生是有限的,不会永远循环下去,优势总在相对年轻的一方。只有若叶这样处在中间的人处境才不利,女博士有可能成为这一串恋爱、婚姻的最后一位。"

"那女博士也得真的找成了这位大夫才行啊。要是没找成,就算处在最后,她什么也得不到。"

靰鞡像是突然有点泄气:"明天再聊吧。我怎么又困了。"说着合上平板。然后扶着楼梯扶手,懒洋洋地上楼去了。

程洁把客厅的灯关上,怕影响女儿睡觉。她独自在沙发上坐了会儿,想着靰鞡刚才的话。不管怎么说,在与老师的关系中,自己始终没能进入那个轮回。

早上醒来,还在下雨,程洁都懒得看了,也懒得说了。忽然听到靳鞍喊："妈，我再躺会儿，您上来吧，咱俩在这儿说话。"

程洁又从旅行包里取出两筒泡面，泡好了端上楼。女儿仰面躺着，平板丢在一旁。程洁在她脚边坐下，说："快起来吃，然后接着昨天的唠吧。"

"情节往下发展变得挺没意思的了。若叶从此开始对丈夫睁一只眼闭一只眼，有心情呢，继续留神观察，但绝对不做任何反应；没心情呢，连看都不看了。就这么装糊涂。反正得把男人留住，自己什么都能忍，不可能给那女博士让位，她绝不走丈夫前妻的老路。若叶靠这法子，打破了那种循环。"

"这不是写小说嘛。真要过日子可不太容易。过去没准儿还有这样的人，这样的事儿。现如今有谁能忍呀？怎么忍呀？"

靳鞍仰面躺着，沉默片刻，忽然语气平缓地说："您别说，现在还真有这样的事儿。我自己其实就经历过一次。"

程洁非常惊讶："你说啥？"

"我说我自己呀。"靳鞍的目光仍然没有转向母亲，表情也很坦然。

"你给妈说说。"

"咱事先说好了啊，您可别骂我，这事儿早过去了——"

"知道，知道。"话虽然这么说，程洁仍不免肃然危坐。自打靳鞍去福州读书，从没跟自己好好谈过她的事，包括学习、工作，更不要提恋爱了。

"之前我在学校里谈的那些恋爱，严格说都不叫恋爱。都是你不起劲儿对方一通穷追，你一认真他就赶紧撤了那类。对了，我跟您讲过在快餐店打工的事吗？在这种地方上班，最讨厌的就是赶上情人节了。正没情人呢，看着别的情侣开开心心吃饭，忒闹心了。当然要是有情人，这一天在这儿打工，不跟人家过，也得闹心。那会儿我刚考上研究生，在这儿挣的是时薪，一钟头七块五。端盘子、点餐，好不容易才熬到收银。不让我们干后厨，只要男孩儿还得是能长期干的，厨师不愿意教会就走，还得再教。我在后厨还见过耗子呢，这么大个儿，店长说，不要大惊小怪，别给赶到前厅，顾客看见就麻烦了。发了一条带 logo 的围裙、一件 T 恤衫、一个头花、一个胸牌，现在还在家里哪儿掖着呢。"

程洁想，靰鞡不是要讲经历过一回什么事儿吗？不知道她是不好意思，故意这样，还是照旧稀里马哈，说话不着四六。

"我要跟您说什么来着？哦，来这家出版社之前，我在一家公司做音频节目，'知识变现'，您知道吧？快到年底了，要为年会筹备节目。我对面坐的两个姐姐是筹备组成员，组长是隔壁部门的总监，他们老凑在一块儿商量。有一天说起要选女主持，组长说，你看她行吗？当时我没抬头。他走了，对面姐姐问我，想不想当年会主持人啊？这才明白那人说的是我。我答应了，被拉进筹备群。一起有过几次线下讨论，慢慢熟悉了。除了工作，也跟那人聊些别的。他比我大十岁，长相还行，单身，家在北京，事业也算有成。我知道的就这么多了。

"他说我是个很特别的姑娘，每天上班甭管多累多烦，只要跟我在一块儿就能缓解，所以我们要一直在一起。有一回我问他都这么大了，怎么还单着呀？他说因为没遇上像你这样的。反正我谈恋爱，每回都是自个儿先感动得不成。一下班我们就腻乎在我那儿，互相捂着嘴怕打扰邻居，我租的那房子条件比现在的还不如，他也不嫌弃——"

"我他妈打死你。"

"您别打岔，听我说啊。每次来不管多晚，他都得回家。说是父母不让他在外头过夜。

"大概交往了三四个月，有天他来找对面姐姐聊天，正在兴头上，姐姐忽然打断他说，最近怎么不见你戴婚戒呀？我眼前一下黑了，他怎么回答的一点儿没听着。也不知道姐姐是不是故意说给我听的。我离开工位，去厕所哭了好一会儿，还是没法再面对这个人，就请假回家了。他来找我，我假装不在，他一通敲门，半天才走。发来好多条微信，都是解释的话：他确实结婚了，但很不幸福。妻子是他高中同学，在一起是他有段时间太累，她赶巧在身边。现在两人同住在一个屋檐下，但早就没感情了。他说了一套一套的，就是没提对我的伤害，也没表示愧疚。我怕他再来找我，借住到一个同学那里去了。把工作也辞了。可我没把他拉黑，就看着他发，我一句都不想回。

"我明白我是在逃避，一切都来得太突然，我被打蒙了。可我还爱他，这种关系我不知道怎么继续下去，也不知道怎么放下。后来我们重新有一句没一句地在微信上说话。他无非问我情况咋样,还在一个劲儿地说他多不幸。他搬出来住了。他准备离婚。我说,你别老准备了,离了再来找我。他就不回答了。"

"嗯。"程洁想,这孩子处理这种事倒是有股干脆劲,不像自己,一个人在那儿空耗。

"有一天,微信上有个人加我,没说自己是谁,但跟他的语气完全一样。我认为那就是他。没准儿他真像他说的那样,正处理自己的事情呢。在这过渡阶段换个身份,跟我重新开始。我们又聊得热乎起来,而且更肆无忌惮了。这么着过了一个多月,我忽然发现那微信号关联的 QQ 号,是我的一个初中同学,好多年没联系了。敢情我搞错了——这阵子那男人的各种变化,都是我自己瞎想出来的。

"我找到他老婆的微博,更新还挺勤,不是炒什么菜,养什么花,就是到哪儿去玩。她真的不知道丈夫在外面有我这么个女人吗?是不是也像若叶那样一直在忍着啊?反正在我看来,人家照样过原来的生活,一点儿变化没有,当然这也就是那男的的生活。他压根儿没替我考虑过,替我们的未来考虑过,一刻都没有。连像若叶的丈夫那样,启动一个轮回,都不愿意。他压根儿就不愿意开始。我们从来不是对等的,始终是我自作多情。我不爱他了,也就踏实了。我把所有社交软件上和他的联系方式都删了。把那不知怎么冒出来的同学也删了,他许是上学时暗恋过我吧,我可从没瞧上他。后来我找了现在这份工作,重新租了房子，就是后来被房东骗了的那处。

"话说回来，当时但凡这男的给我点儿钱帮助帮助我，我现在也不至于这么瞧不上他。我们在一块儿的时候，他老说啥牌子好，你应该用。可我穷了吧唧的能买啥啊。过后我想明白了，又不给人买，还说这种话，对我真是太坏了。就这么个事儿，啥也没有，稀里糊涂给人当第三者了。"

程洁觉得应该说点什么，但确实不知道说什么好。也许因为前面若叶的故事讲得太细了，陷在这种事里的不管是谁，不只尴尬，好像还有那么点龌龊。隔了好一会儿，她终于开口了，然而只是一声叹息："你个傻狍子啊。"

靰鞡又一副嬉皮笑脸的模样。仿佛刚才说的是别人的事，就像描写若叶的小说一样，出乎某位未必高明的作者的编造。

"妈这是心疼你，"程洁却还不能轻易放下，"往后处对象让妈瞧瞧，当然妈的眼光未必比你强。"

"我就是脑子慢点儿。"

"你不动脑子的时候倒挺快。"

"我遭多大罪呀，您还跟这儿开玩笑。不愧是我妈。"

"我哪儿能笑话你啊。"程洁声音低沉，心里依然别扭——靰鞡如果没有讲若叶的故事，她听了靰鞡的故事不至于这么别扭，但还是补了一句，"谁都不配笑话你。"

靰鞡没接茬，也不知道她听明白自己的意思没有。过了会儿，她忽然说："是呀，您闺女是谁呀？瞅见一句话怎么说来着，咱是那放屁崩坑儿、拉屎攥拳头的主儿!"

"别扯这哩根儿棱,"程洁说,"咱午饭还没落听呢,十二点可得退房。"

"换个花样儿,上海菜?咱这叫吃遍天下。"靰鞡忙完点外卖的事,又继续说了起来,"我到了这出版社,部门领导给我介绍了个男孩儿,比我小,相貌还行,个子也高。我没什么心思谈恋爱,看男的也总戴着有色眼镜,但能分分神,倒也可以相处试试。那男孩儿说特喜欢我,但想得太远了,还双手攥空拳呢,就成天惦记将来怎么过日子,家里房子怎么装修,生几个孩子……我跟领导说,赶紧打住吧,就分手了。他还找我,这回改成老发些伤感、虚弱,让人窒息的句子了。我不回,他还发。我看着烦,也拉黑了。反正我遇见的,都是这路假男人。"

程洁叹了口气,没说话。

母女俩吃完饭,收拾好行李,还有点工夫,坐在客厅喝茶。靰鞡说:"妈,什么时候听您讲讲您的故事呀?"

程洁心里一动,但发现自己已经不再是刚来北京时的想法了。别提根本不想说了,就算跟靰鞡说,又从何说起呢。难道从你妈差不多是若叶或女博士这种女人,或者差不多是那会儿的你,而老师……说起吗?她发现自己心里别扭的不光是女儿,更是自己,却又不愿因此多想什么。就说:"我能有什么故事。唉,经历的都记不住了,记住的都记反了。"

"怎么像有人形容我们的历史似的。"

"你这哪儿跟哪儿呀。"

"我什么都跟您汇报了,您可不能光听热闹。"

"我就想说啊,人一辈子怎么过,还得看自个儿。你还赶趟儿。实实在在找个人,安安稳稳过日子吧。别整那虚的,咱不是那路人,光受罪了,一点好儿也落不着。"

"嘻,还当您有什么高见呢。放心吧妈,我哪路人都不是,我当那飞人、水人。"

她们把押金单和钥匙留在房间。靰鞡说:"您带的拖鞋可得用上,咱们到处转转,我白预订参观阿那亚礼堂和孤独图书馆了,怎么也得去打个卡。"

临离开前,靰鞡又回头打量了一下那房子。上了车,她说:"妈,等我以后有了家,也想有这么一套房子。可以不大,但得有个浴缸,有烤箱、洗碗机。再找个地方安一把吊椅,最好是窗户边上。我就心满意足了。"

程洁忽然一阵心酸。她总以为把靰鞡拉扯大了,自己也算尽心尽力了,却从来没能给这孩子一个她想要的家,即便所提的要求何其简单。也许从一开头就认定她只是自己的负担,是那段不幸婚姻的产物,但惟其如此,自己才应该做得更多。自己这一辈子替这个操心,替那个着急,其实唯一应该管也能够管的,只是这个女儿。然而靰鞡是一个人磕磕绊绊走到今天的,甚而还不具备足够应对这世界的智慧与力量。

程洁开着车,靰鞡要她先往右转,来到一处地方,喊:"停车!"自己下去,说:"您摇下玻璃,给我照个相就行。"

雨点斜射进来。等她回来,程洁说:"这啥地方呀,瞅着跟个抽水马桶似的。"

"这是入口,人家正面长这样,"靰鞡从手机里搜出一张照片,沙滩边小山上开了三个贝壳似的洞,镶着玻璃,"这叫沙丘美术馆。"

程洁把车调个头,回到住的那幢楼前面的路口,靰鞡又让停下,说:"咱们去阿那亚礼堂拍个照片吧,走过路过,不要错过。"

"你个人去吧,我错过的东西多了,不在乎这一样儿。"

靰鞡打着伞,趿拉着拖鞋,沿着那条通往海边的人行道走远了。一阵风刮过,路边树上的积水哗地浇到她的伞上。很久才回来,淋得落汤鸡似的。她让母亲别急着发动车,先看她刚拍的照片。几张差不多的自拍照:一张兴高采烈的大脸,背后天空大半被黑色伞面遮住,左侧露出程洁已经在楼上看过好多遍的那座白色建筑物,还是隔得挺远。开出园区,交了四十元停车费。上路前程洁想起来时靰鞡说的话。假若天晴,应该还是很享受的两天吧。这就是个人为制造的热闹地方,只不过她们没赶上。

第十一章

程洁吃早饭时看了眼手机，有杨新米的一条语音留言："程姐，出事儿了，赶紧来！"没开消息提示音，已经发了一个多小时了。阿那亚之行的疲惫还没缓过来，她仍然赶紧穿衣出门。女儿在旁边一脸诧异。

程洁在马路边租了辆共享单车，直奔杨新米家。出了电梯，地面有水迹，直到杨家门口。门和窗户都开着，潮气很重，天花板布满水珠。小郑正用墩布一下一下把地上的积水推进卫生间的地漏，裤子、上衣都湿了。杨新米站在他身后，指指这儿，指指那儿，帮不上什么忙。头发用鲨鱼夹夹在脑后，多到小小发夹不堪重负，穿着白色长袖睡裙，法式领口，半遮半露的乳房又大又圆，没戴胸罩，与当下气氛很不协调。

"不好意思啊，我来晚了。"程洁对小郑说，"我来吧。"

他没抬头，边干活边说："您去那边忙乎吧。"

程洁问:"有报纸什么的吗?"

杨新米说:"用浴巾吧,没事,用完直接扔。"

程洁把毛巾裹在笤帚杆上,蹬着凳子揩干天花板。然后擦地,有几处地板一踩缝里冒出水来。难吸蹲在梳妆台上,浑身的毛都炸起来了。

杨新米来到趴在地上的程洁身边,说:"我拿吹风机吹吹吧。"

传来小郑的声音:"你快别添乱了。"

杨新米说:"正睡觉呢,忽然听见砰的一声,一会儿水就流过来了。吓死我了。他来了才知道,卫生间热水管爆了。"

程洁边干活边说:"这得找房东啊,要是漏到楼下,也得他赔。"

她一直擦到客厅,小郑也拿着块浴巾擦地。他说:"差不多了,那我去店里了,剩下的拜托您了。"

杨新米抱着难吸出来,说:"把它带到你那儿藏一天,免得房东来了发现我养猫。啊,你怎么浑身上下都湿了,糟了,这儿也没你能换的衣服。"然后一个劲地亲难吸的嘴,"今天主要还是打扰你啦,我的小丫头。"那只猫显得很不耐烦。

"发现再说吧。车我给你留下了。"小郑一头大汗也没顾上擦一把,临走忽然回头对程洁说,"人就够难伺候的了,再加上猫。这个人哪,四分之一乖,四分之一闹,四分之一作,四分之一疯。您处久了就知道了。"

程洁不知道怎么回答，看着那个五短三粗的背影消失在门口。

她问杨新米："东西没什么损失吧？"

"好像没有。"

程洁找到一些废纸，接着擦第二遍。杨新米站在一旁，感慨地说："其实小郑也挺不错的，是吧？"

"嗯。"程洁也觉得，这女孩身边确实需要这么个男人。

杨新米说："我不能老当没事找事的大作逼，偶尔还行。最近有点多。昨晚上我们还吵了一架呢，把他气走了，谁知道没过几小时还得求他帮忙。刚才我说，我得改，往后要乖一些。猜他说什么——检索一下咱俩这一年的聊天记录吧，改这个字你都说快一百遍了，反倒越来越难相处。"

程洁没说话，也不太相信她能有什么改变。不管是谁，都是一辈子空对自己和别人许愿，到头来只在原地打转。

杨新米在床边坐下，说："但说心里话，我想找的还是精神上有契合、能引领我向上的人。程姐，你说女人到底应该找一个你爱的人，还是找一个爱你的人呢？一个人爱你要爱到什么程度，你才能忘记自己根本不爱他呢？你爱一个人要爱到什么程度，才能忽略他根本不爱你呢？"

"你这是背台词呢，还是跟我俩聊天啊？"

"这是多年困惑我的问题，请教你呢。"

"这我哪儿答得上来呀？只能跟你说，尽量对自己好点儿。

明摆着对自己不好的人、事儿,躲远远儿的,别劲劲儿地往跟前儿凑。"

"那爱情呢?"

"爱情是奢侈品,跟这玩意儿一样。"程洁直起腰来,指指小推车上那些化妆品和首饰,"能锦上添花就不错啦,别指着它雪中送炭。"

"我可不这么想。爱情是人生的必需品,是有生命力的东西,所以才那么让人向往。可面对所爱的人,又老是束手无策,这过程反倒让人着迷。真为这搞得一身伤,然后感慨一句爱情是可有可无的东西,或者我不需要爱情,那都是找辙呢。但凡有机会,人还是会对着爱情扑上去的。"

"你心里跟明镜儿似的,还问我?"

"我还以为您会说,你总能遇到那个你特爱他,他也特爱你的男人。"

"我就算这么想过,这当口儿也不能空口说白话,忽悠你啊。"

"我从上初中开始谈恋爱到现在,还没遇见过这样的事呢。"

程洁没什么可说的,趴下接着干活。

杨新米坐在沙发上,把难吸放在腿上,似乎还没讲到尽兴:"那回你说,和一个人待在第一间屋子里,和另一个人待在第二间屋子里,我倒觉得也没什么错。"

"我不是这意思,你可别听拧了啊。"

"我就是这么想的。"

"那我得跟你说道说道,"程洁停下来,转过身子,"跟这人一起生活,想着那个人,这么着对小郑可是不太负责。我是觉着那小子配不上你,可赶上你有病有灾儿了,不还得指着人家,你瞅才刚儿。"

"换个人也不一定比他做得差啊。再说我怎么不负责了?他要的就这么多,我都给了,这就尽到责任了。不瞒你说,我例假还没干净呢就跟他——"

"具体啥事儿,咱们不在这儿说,中不?你这么着给自己整得贼拉苦,何必呢?说实话,一辈子真心爱一个人都爱不过来。"

"你怎么想得这么明白呢?"

"什么事儿一辈子老搁那儿琢磨,早晚能琢磨透了。"

杨新米不说话了,一副若有所思的神情,用手挠着难吸的脖子。它舒服地打着呼噜。

"我还不懂你吗?"程洁怕惹她不高兴了,绞尽脑汁地找补起来,"是啊,人要是在精神上有点儿图的,你不给满足了,指定受不了。物质方面满足不了,还能有招儿,俩人一块堆儿使劲呗。精神方面老缺一块儿,那还不得像破棉裤腰一样儿,越穿越松啊。但你也得悠着点儿来啊。"

"嗯。"杨新米仿佛仍沉浸在某种思绪中,"我再睡会儿,这一夜把我折腾的。辛苦你了。"说着进了里屋,但马上探出半边身子,一手举着一个玻璃罐子,"程姐,这家的东西真不赖,比淘宝便宜，味道又好。"那是程洁知道她爱吃零食，介绍她从汕头网购的甘草黄皮豉和小金橄榄。卖家曾包过程洁的车，以后还有联系。

"你可别一口气全造了。"程洁还在嘀咕自己刚才到底想说什么。她擦干地板，又去收拾弄得乱七八糟的卫生间。

下午不到两点，排练厅窗外隐约传来一阵轰鸣声。程洁看见一辆黑色重型摩托车进了剧院大门，骑车的人身材娇小，长发从黑色头盔后缘垂到背上。摩托车那么大个，与她的体型不很匹配，但看着很酷。车停下，翻身下车，摘下头盔，洒脱地甩了一下头发，是杨新米，阳光正好照着她异常美丽的脸。穿着一件黑色机车皮衣，敞着怀，腰带没系，一条蓝色紧身牛仔裤，膝盖处各有个破洞，露出白皙的皮肤，一双黑色短靴。她一只胳膊夹着头盔，朝剧院大门走来，步履矫健，地上有个清晰的影子跟着她。

排练厅里，玫瑰花已经送到，程洁也给插好了。

陈牧耕来了，身后跟着程洁见过的几位演员。他对小王说："你跟大家交代一下角色。"

小王说："今天排第六幕，你们都演拆台的。顺便把尾声也说了吧。第一场，"指一位中年女演员，"演'你'，新米姐演'你'的女儿。第二场、第三场，都没你们的戏。第四场，"指一位年轻男演员，"演'你'的丈夫。"

陈牧耕说："与杭不在，我先替他和新米对对第六幕。我只能拿着剧本念啊。小王，你记一下——跟咱们原来读剧本时讨论过的有些出入：整个这一幕，我会要求与杭采用'我'年轻时的，而不是现在老年的声音。新米，台词都能背下来了吧？"他指了一下位置，"你去站在那头。"

杨新米站起来，脱下皮衣，里面是件白色高领衫，轻薄又贴身的布料，显得胸很高。她走到排练厅的一侧。陈牧耕站在离排练厅中央较远的地方。

"这一幕是'我'在讲述自己的梦境。现在这样设计：'我'始终站在舞台一角，被一束光照亮，还是先前那身打扮；等'我'开始讲了，舞台中央的灯亮了，'我'这边的灯关闭，站在黑暗里讲述这一切。除了'你'的话，其余都是'我'的旁白。小王，来吧。"

小王读道："人物：'我'，'你'。场景：前一幕之后。'我'的梦境。一间十分简陋的木屋。屋里有一个大灶，灶里燃着桦木的熊熊火焰，一旁有个书桌，两个书架，一张木床。听得见风雪在森林的树梢上粗野地呼啸。——导演，这儿是不是改了？现在背景是那幅画像了。"

陈牧耕说："对，舞台上摆几件家具就行了。记下来，跟舞美交代一下。"

"等等，"杨新米疑惑地说，"那么'我'和'你'不在一起表演？"

陈牧耕说："是啊。不仅不在一起表演，而且'你'看不见

'我'。但'我'能看见'你','你'是在'我'梦中。背景是'我'的梦境。'你'的打扮、动作,也都有些虚幻,不真实。观众看来,'你'就像面对着虚空。这一幕实际上是'你'的独角戏。而'我'置身于梦之外,与梦里的'你'对话。"

杨新米犹豫了一下,还是走到桌边,拿起那本早先出版的《令颜》,翻开,说:"原来剧本是这么写的:以下这一场可以直接呈现,也就是一开始由'我'来说'我做了一个梦……',之后就转为实景演出,角色对白、动作皆如剧本;也可以整场都是'我'的旁白,两个人物表演哑剧。——您这里处理得跟这些都不一样。"

陈牧耕打断她说:"这一幕我考虑很久了,几经取舍,才有了这个设想。就按这个来吧。"

杨新米把剧本丢在桌上,默默回到原来的位置。

陈牧耕:"我做了一个梦。我梦见小兴安岭的大森林,风雪漫天的严寒之夜。我一个人住在一间当地叫做木刻楞的小木屋里。已是深夜,你突然推门进来了。"

他冲杨新米指了指排练厅中央,她走向那里。他说:"注意听旁白下面的内容,做'我'所提到的动作。不用跟'我'说的完全合拍,在'我'说的这一段话里把动作自然地做了就行。"

陈牧耕:"奇怪的是,在这个梦里,我是当地的主人,而你却成了远道而来的客人。看见你我惊呆了。是个大风雪天呀!你穿了一件草绿色的军棉大衣,用长长的红色围巾包住头,戴着口罩,眉眼上挂着白茸茸的寒霜。你取下围巾,脱掉大衣,摘下口罩。你梳着一条长辫子,歪斜地垂挂在胸前。我说:'这么大的风雪,冻坏你了。'我们来到大灶前,对着飞腾的火光,并排坐着,让桦木的烈焰消散你的寒气。你说:'面对火光,才体察到温暖是多么重要。'你把辫子拆散了,长发如瀑布似的垂落下来,太美了。"

当陈牧耕读到"你说",杨新米打算开口,被他阻止住了。现在他说:"这一句'你说'混杂在'我'的讲述里,由'我'来说。从下一处'你说'起,再改成'你'说话:'你喜欢吗?'可以像正常说话,也可以带点儿梦幻色彩。这样——"他将这句台词用不同的语调各示范了一遍。

杨新米说:"我还是按正常说话来吧。"

程洁依旧坐在角落里,看着他们排练。陈牧耕不动声色地念着台词,谈不上进入角色,只是偶尔随着朗读比划一下手势。他居然自己来演绎"我"——尤其是这一幕,"我"在程洁眼中,简直就是老师本人。她还是不理解,老师为什么要用一场梦来表现他们之间的关系。他曾经讲过类似的一个梦,是后来剧本这一幕的雏形。收到信时她就想,自己是风雪之夜推开小木屋的门,扑进他怀里的那个人吗?这是将她与别人叠合在一起了吧?或者说,是用一支上了彩的神笔描绘的虚无的"你"吧?说实话她现在看得稀里糊涂,但也发现陈牧耕对原来的剧本变动不小,包括刚才交代要赵与杭用年轻时的声音说台词——那可就不是面对自己的那个老师了啊。只是不清楚他这么做目的何在。

陈牧耕:"你说——"

杨新米:"你喜欢吗?"

陈牧耕:"我说:'多美的一头长发呵!光亮、柔软、蓬松,散发着诱人的香气,在灶火的映照下像光的瀑布,让它覆盖住我的天空吧!'你暖和过来了,显得英姿焕发。你的眼睛在火光中,像两颗宝石。你说——"

杨新米:"是一位豪爽的猎人把我引领到这儿的。圆圆的寒光逼人的月亮,厚厚的拔不出脚来的积雪。看不见路,只有猎人知道山上的小路是怎样地弯曲盘绕。我走出一身大汗。然后,大风雪就来了。我终于找到了这座原木叠成的小屋。"

杨新米说完这句,举了下手,示意暂停,说:"导演,如果'你'说的每段话,前面都由'我'的'你说'引导,'你'就太像一个提线木偶了。我觉得很不自然。观众应该也能感觉到。是不是只保留前一处,从这句起,删掉'你说',让'你'直接说出来啊?"

陈牧耕摇了摇头,说:"不行。如果没有'你说'和'我说',那就还是对话,而不是'我'在讲述自己的梦境了。这一幕不是展现'我'的一个梦,而是'我'在讲述这个梦。我要的是这种讲述的感觉,保留'我说''你说',与'我'这里整个描述是一致的。记住,'你'只是这梦中的一个角色。"

杨新米说:"这样的话,您这个'你说',我接不上啊。"

陈牧耕说:"你掌握好,跟'我说'和后面的话之间的距离差不多就行,我每次在这地方也停顿一下。咱们继续。"

程洁想,新米说得对,这样看着确实别扭,尤其陈牧耕念台词时,她简直手足无措,表演无法一气呵成。但在座的小王和其他演员,谁也没附和她。陈牧耕对剧本的处理,是不是多少代表他对"我"和"你"——也就是背后的老师与自己——的看法呢?作者那么写是一个意思,导演这么处理又是一个意思。程洁想起老师说过,他这儿子最能理解他了,现在却隐约感觉,老师是不是想当然了呢?

陈牧耕:"我们坐到桌边,点上两支烛,让烛光照着我们,照着这个北方的寒夜。"

杨新米坐在椅子上,两个骨感的膝盖完全从裤子破洞里露了出来。

陈牧耕:"我说:'能喝一点酒么?喝一点吧!'桌上有一瓶不算有名的法国白葡萄酒,两只酒杯都在桌上。你说——"

杨新米:"请给我斟上吧。"

陈牧耕:"我说:'第一杯酒是祝贺咱们俩的,终于把这幅画合作完成了。我觉得这是我一生中画得最好的一幅画,真正称得上是件作品。可能也是我一生中最后花这么大力气创作的作品了。但画的是你,我又是多么高兴。你进入我的画了,而且,永久留在这里了。我在画画时,感情常常进入一种近乎疯狂的状态,处在色彩明暗交替的幻觉之中。在构思时,我是疯狂的,甚或是粗野的,我是那么强烈地希望爱抚着你,希望你也像一团火似的爱抚着我,我幻想你笑着、说着,或是哭着、叹息着,仿佛空间与时间都不存在了,世界上只留下我和你的永恒。这幅作品为你所有,你一个人所有。你高兴吗?'你说——"

杨新米:"我当然高兴,而且我一下子感到充实,感到富有了。那这杯咱们可得干了。您给我倒的太少了。"

程洁记得,老师生病以后说,小橙子,鼓励我,支持我,时刻关心我把这个剧本写下去,这必将成为我最好的作品。"我"刚才关于那幅画的说法,应该是老师的夫子自道。她也听得出来,陈牧耕朗读的时候,显然对此深有共鸣。

陈牧耕:"我说:'你喝慢点。这种酒有点甜味,又有点苦味,就像我们过去、现在和将来的人生。我们还从来没好好谈过人生这个话题呢。说实话,我的余年不会有很长久了,可是人生,我的人生是怎么一回事呢?'你说——"

杨新米:"您不要想这些了。咱们喝酒吧!"

程洁看到,杨新米说完这句皱了皱眉头,这副表情今天已经出现不止一次了。

陈牧耕:"我们把杯中酒喝光了,你起身分别斟上。我说:'第二杯酒是为你去寒的。你从那么远的故乡来到这隆冬的北方,冻坏了吧?来,喝一口。杯中盛满了我留给你的最好的爱,是留给你一个人的,喝了,你会从心里温暖的。对我来说,你是一缕阳光。然而我觉得,这缕阳光自身也有觉得冷,觉得孤独寂寞的时候呢。'你说——"

杨新米:"谢谢您。您懂得我的心,好像是专程赶来抚慰我的。我真幸运。咱们还得碰一下杯。"

陈牧耕:"杯子相碰发出清脆的响声。烛光照着你,火光照着你,两种光叠印在一起,你的脸上有了橘红的颜色。多么诱人的颜色。我说:'让我看看你!把脸转过来,向着我。'你说——"

杨新米:"您老看着我,我都不好意思了。"

她再次做了那个示意暂停的动作,走到陈牧耕跟前,恳切地说:"导演,现在这样,我站在这儿,您站在那儿,我说我的,您说您的,实在没法交流,我做的所有动作,都没有目的性,情绪也出不来啊。原剧本提出两种设想,哪一种都不会出现这种问题。您为什么不那么处理这一幕呢?'我'为什么不能出现在自己的梦境里呢?"

陈牧耕说:"那样就失去了把这一幕安排为一场梦的意义了。无论按照剧作家写的哪种设想处理,都会产生一种误导,即这一幕是上一幕情节和人物关系的延续。"

"难道不是这样吗?"

"不是。否则就没必要写成一场梦了。实话说,这个剧本二十年前我就想排,一直卡在这儿,好不容易想明白了。"

"但是这样角色之间没法交流啊。"

"我就是不想出现你说的这种交流,而且也不应该有。因为前面画了那幅画像，彼此已经交流完了。画画完了，现实之中的情节就中止了，他们的关系同样如此。'我'退回到自己的内心世界。至于梦中的'你'，其实是画像上的那个人。"

杨新米无奈地摊开双手，说："这……这怎么演呢？"

陈牧耕说："所以才是挑战啊，对你、对与杭、对我，都是如此。"

杨新米抿住嘴不说话了。

陈牧耕仍然显得心平气和，他指指刚才杨新米所在的地方，有如那里已经安放了各种布景："这不是现实，而是梦境。如果说整部剧是一场梦，这一幕就是梦中之梦。这样处理才真的像一个人在做梦。你多想想怎么完成吧，不要再争了。你在和一个虚无的人演一场对手戏，确实不容易，但你肯定能完成。"

杨新米有些勉为其难地回到原位。

程洁觉得今天排练的气氛似乎不大对，他们既像是在为艺术争论，又像多少涉及个人关系——这完全取决于新米将自己摆在什么位置。到底是怎么回事，还真不容易分辨。假如只为艺术，新米倒是没必要争得这么厉害。一件作品交到另一个人手里再加工，总得想法子打上点自己的印记，即便是父子，也不会是一样的理解。小猫小狗走到哪儿还要撒泡尿留个记号呢，这就是人们常讲的占有欲吧。不管怎么说，死者对于生者总是无能为力的。不过程洁还是感慨：这个时候，有谁设身处地替作为作者的老师想一下呢？

陈牧耕:"我说:'你还要喝?酒量这么好,是个豪爽的女人啊。那就再喝一杯。'你起身斟酒。你说——"

杨新米:"您先别说,让我说,这第三杯酒,是为了我想管您叫一声'老师'干的,是为了咱们以后的日子干的。老师!我要跟您学很多东西,艺术呀,文学呀,人生呀,我都想学。我是个生长在村野的傻丫头,外面的世界还没见识过呢,你来带领我看看这世界吧。"

陈牧耕:"我说:'你是远离尘嚣的自然,你是未遭污染的纯净,你是这个世界的本有。在你正要起步的时候,我一定帮助你上路。我永远是你的老师,你也永远是我的学生。让我每天给你讲一课。我会给你批改作业,会给你寻找你需要读的书,会尽我所知回答你的各种疑问,会向你讲述我所经历过的人世间的风风雨雨。来,把我们这些计划写下来,写在桦树皮上!真要干杯么?'你说——"

杨新米:"是的,应该干杯!您这些话我也都会记在心上的。"

陈牧耕刚才念的那一段,几乎是老师来信中的原话。不过程洁当初读剧本时想象应该激情四溢,出自他之口却干燥无味。

陈牧耕:"我们再次干杯。你的脸有点发烧了,像郁金香开了。然后我开始做饭。我用熊油给你烙饼,请你吃烧烤的松鸡。我还要你尝尝小火慢炖的松鼠肉。你说——"

杨新米:"这松鼠肉比鸡肉还香呢。"

陈牧耕："我说：'松鼠最干净了，是吃松子长大的。'你四下观望我在森林中的木屋。你说——"

杨新米："这小屋太暖和了，穿毛衣都太热了。像夏天。"

陈牧耕："我说：'是因为太阳神来了。'我们笑着、说着。我们在我们的世界里。夜深了，你一点也不困。森林中的风雪，小屋的暖和，使你充满了新鲜感。我说：'我太想你了。我像有一团火似的，想烧着你、融化你，把你化在心中，谁也看不见你，哪儿也不让你去。想着你不在这里，这么一个大风雪的夜，我就心慌意乱，不知如何才好！是你唤回了我的少年。不会有任何激流能冲毁我们之间的长桥，不会的，永远不会的。我们心灵有深层的沟通，我们相互依存，又相互谅解。如果我能把我的眼睛挨着你的眼睛，从你的瞳孔里看见我在你的心中，该有多好呵！当你的眼睑合上，我会给你吻开的。'"

杨新米几番要打断陈牧耕的朗读，但还是等他念完才说："陈导，这样的话应该当面说给我，不然意思我接收不到。"

"你用不着接收，你说你的就行了。你怎么就不明白呢？"陈牧耕略显不耐烦了。

不等杨新米做出什么反应，小王赶紧说："咱们休息一下吧。"

陈牧耕说："也好。"

杨新米从包里翻出烟盒和打火机，噔噔噔出门去了。

程洁给每位演员面前放了一根香蕉。他们边吃边聊：

"这儿有两张票,《洋麻将》。明儿晚上,首都剧场。谁想看?"

"白送吗?"

"四百八的呢。濮存昕演的。"

程洁听了心里一动,这可是她的偶像啊。随即打消了念头。

"没钱啊,我这月的社保还没着落呢。"

"交那玩意儿干吗?我就不托人代缴,反正也不考虑结婚生孩子。"

陈牧耕和小王坐在一旁,没有参与进来。陈牧耕边喝咖啡,边说着舞台布景的事情,其间看了一下墙上的钟。

程洁有心出去瞧一眼,但没敢去。今天的排练实在尴尬,还不如等赵与杭回来呢——陈牧耕代替他,等于安排自己直面新米,而他似乎无意直面她——程洁又想起那晚没去酒吧的事了;看得出来,陈牧耕甚至连"我"这个角色都不愿直面。

杨新米终于回来了,情绪显然缓和了一些,她理了一下头发,边走向排练厅中央边说:"不好意思,咱们接着排?"

"好。"陈牧耕站起身来。

陈牧耕:"你说——"

杨新米:"我懂得。我总觉得您好像不该是个画家。"

陈牧耕:"我说:'为什么呢?'你说——"

杨新米:"因为您真诚,真诚的人画画是不是太苦了。"

陈牧耕:"我说:'我在很小的年龄,就坚定地为自己树立了一个满是光环的信念,现在连这也失落了。说来够可以愧惜的了。孤独、寻找、痛苦,不停地寻找,不断的痛苦。常常有这种感觉,没有一个地方能使我活得舒畅。我曾经写过这么几句:

在困惑与绝望中

你的生命

　　应该像火焰一样

向上腾飞……

如果在一片干裂的土地上,相信能开出鲜艳的花朵,这不是信心;如果在同样一片干裂的土地上,有一丛丛枯萎的花枝,你相信能下一场透雨,这也不是信心;但如果说久雨必天晴,长夜必天亮,这可能是信心。'"

陈牧耕停下来,对杨新米说:"这里你不要过度反应。这不是一出哲理剧,虽然'我'讲了不少道理,但都不是终极意义上的。"

杨新米点点头。

程洁想,陈牧耕说得也对,老师是个才华横溢的人,但未必深刻,甚而未必成熟。

陈牧耕:"你说——"

杨新米:"不要把什么都埋在心里。把您的苦闷、抑郁都告诉我吧,让我替您分担心灵的负荷,让我为您减轻生活的重压。我多么希望您过得愉快啊!"

陈牧耕:"我说:'我走在茫茫夜路上,怎么会遇到你呢?你是照亮我的夜路的火把。人生是多么难以预料啊！我跟你讲到的记忆中的几个女人，她们失去了我，而我失去了几乎整整一生。这回我不能再失去你了。你在我的心中是无可替代的。我不需要你接受我，我只需要你不拒绝我。虽然，也许你很快也会离我而去，但留下的这件作品是永存的，它记录了我们之间的一切。'你说——"

杨新米："我不拒绝你，我也不会离开你。"

杨新米苦笑了一下，说："如果彼此是在梦里梦外对话，这种词儿我说不出来啊。"但或许发觉自己还是在对方一再申说的问题上纠缠，做了个捂嘴的动作。

陈牧耕倒是没生气："你不用那么入戏。记住，要间离，间离。"

程洁觉得，新米的确渐渐不像是在演"你"，而是在演她自己了。所以才会那么投入，也才会和导演争成这样，几乎到了不计后果的程度。她能代入"你"这角色，程洁本来认为特别可贵，但过分了，又感觉不对头，甚至隐约为之不安了。

陈牧耕："我说：'人活着太难，太累了。我这一辈子不知道是怎么走的？清醒的时候，已经到了最后一程了。而你的人生才刚刚开始，你还有那么漫长的人生之路，你要一步一步去走。记住，我是你忠实至死直到坟墓的老师。'你说——"

杨新米："不要这么说，我不要你这么说。"

她突然哽咽起来。程洁记得剧本这里有个带括号的"哭"

字,没想到她真动感情了。陈牧耕似乎想说什么,却没说出来。不过杨新米很快就平静下来了。

陈牧耕:"我说:'我很早就预感到,你会对我哭的。你原本就是属于我的,而不属于任何人。'你说——"

杨新米:"啊,忘记告诉您了,今天是我的生日,我满二十岁了!"

陈牧耕:"我说:'那要好好祝贺你!咱们再来干一杯。'我起身给彼此斟酒。二人干杯。你说——"

杨新米:"这回我真的有点醉了。"

陈牧耕:"我说:'不过,你的生日使我感到一种威胁。这是我和记忆中那几个女人来往时,从来没感觉到的。'你说——"

杨新米:"为什么上天不能安排您在人生的路上等等我呢?为什么我们不在同一个年代出生,让我牵着您的衣襟走上一辈子呢?"

说到这里,她又有些感动了。

陈牧耕:"我说:'属于我们的只有今天,而今天转眼就成为昨天、前天、过去和过去的过去了。但是你还要继续活下去……这有千万条理由,其中就包括我对你无限的爱与期望在内。默默地活着,冷静地活着,时刻充实自己地活着吧!虽然,有不断的泪泉伴随你,有悲痛的凄风苦雨时时伴随着你。在没有我走在你身边、没有我的手牵着你的手的路上,你一定要步步小心。也许我这一代、上一代、再往上的一代又一代人经历过的所有坎坷、苦难和悲伤，在你未来的人生里都将重新经历一遍，也许还会更严峻，更残酷。也许有一天你会明白，真正令人绝望的不是绝望，而是希望。……现在，就让两个孤寂的灵魂有一个相互取暖的欢爱的夜吧！把长长的思念都变为火焰，把灵魂烧得红红的。'你默默地一件接一件脱掉了身上的衣服，显露出大自然中最光洁、最白皙、最美丽的肉体。我们躺在木床上，有说不完的话，像春暖花开的山谷，有流不完的泉水。你的长发堆在枕上，你让我枕着大海的波涛。熊熊的玫瑰色的火焰照着我们。"

陈牧耕停了下来，说："这里'你'演出时也不用真脱衣服，比划个动作就行了。"

杨新米说："那不是和刚进门时脱衣服的动作不一致了吗？"

陈牧耕说："这一幕中，'你'是逐渐步入'我'的梦境深处，就像一开始'我'说'你'说的话，后来改成'你'自己说一样，动作上有这种递进是对的。我都考虑过了。"

杨新米说："好吧。"

程洁想起老师死后自己所过的生活，刚才"我"说的那些涉及"你"的未来的话，一句句却都落实了，感觉就像用拳头一下下捶打她的心脏似的。尽管包括导演、演员和观众在内别的人听来或许莫名其妙。

陈牧耕："我说：'在我的多少个梦中，多少个幻觉中，你都和我在一起，你那么温存地接受我的爱，多少个夜，多少个早晨，你都躺在我的怀里。'你说——"

杨新米："你的梦是照亮我的光。你的幻觉是我的现实。"

陈牧耕："我说：'我非常爱你。'你说——"

杨新米："你爱吧！你想怎么爱，就怎么爱；你愿意怎么爱，就怎么爱！傻丫头是你一个人的。"

陈牧耕："我用双手捧住你的脸，看见你涂了唇膏的轮廓分明的嘴唇。我说：'吻我。'你把红艳的嘴唇给我了，我轻轻地摸揉着你的长发，甜甜地吻着你，吮吸着你那像乳头似的舌尖，那么久，那么甜美。我的床，成了你的床了。我枕着你的长发，我们面对面地侧身躺着，紧紧地抱着，像一个人似的。我们说了许多许多话。我吻着你的前额。你说——"

杨新米："是你的。"

陈牧耕："我吻着你的眼睑。你说——"

杨新米："是你的。"

陈牧耕："我吻着你的鼻尖。你说——"

杨新米："是你的。"

陈牧耕："我抱紧你。你说——"

杨新米："我的腰都要断了。"

陈牧耕："我吻着你的胸。你说——"

杨新米："都是你的。"

陈牧耕沉吟了一下，把杨新米和小王叫过来，指着剧本说："这一段，从'我'说'我用双手捧住你的脸'到'你'说'都是你的'，都删掉。'我'下边这句直接接'你'说的'傻丫头是你一个人的'。"

杨新米一下子急了:"为什么呀?"

"就这么定了。"陈牧耕摆了摆手,示意毋庸继续争论。杨新米深深憋了口气,脸都红了。

程洁觉得,刚才陈牧耕念那一段格外敷衍了事,咬字都很含混,新米倒是说得声情并茂。不禁联想到那次撞见她和小郑在一起的情景。老师最初寄给自己的草稿里,这一幕性爱的成分好像还要多些。在来信中也常常写到此类内容。他说过,他比任何时候都更需要爱,需要一种深沉的、母性的、狂热的爱抚,使他的心魂温热起来,燃烧起来。而她是唯一能给予他这些的人。可是自己和老师之间,竟然什么都没有发生过。

陈牧耕:"火光照着我们,火光热着我们,火光在窥视着我们。"

他把另外几位演员也都招呼过来,说:"这一幕应该突然截止。'我'还没讲完,你们就上场,非常粗暴、动静很大地拆除背景,搬走可以搬走的一切,把正在进行的演出强行打断。灯光师上台,大声要求把灯都关了。舞台上一片黑暗。直到这之前,背景都是那幅画。'我'和'你'试图接着往下演,新米,你和与杭到时只管演自己的,不要显得是在等待着什么突发事件降临。我会随时安排他们上场打断你们,不一定在同一时刻。小王,记一下,在这一幕与尾声之间,有一段黑场——一盏灯都不亮,幕布也没拉开。这时如果有观众离场,也无所谓,剧场人员不要干涉。还有，拆背景的无论男女，还有灯光师，一律穿黑色衣服，像是制服似的，记得跟小傅交代一下。"

小王说："好的。"

演员们示意性地做起动作。程洁看着，感觉犹如死神突然登场。

陈牧耕说："下面是'我'的一段旁白，是在六、七两幕之间，与前面的梦并不相连，但是说话的语气、语调要和关于梦境的讲述一样，就像是自然延续下来的。记着提醒与杭。"

小王匆匆打字。

陈牧耕："我天天都在想象中完美你的形象，夜夜都在想象中进入你那颗纯洁的心。我有个奇怪的想法：不想让你再看见我，而想让你像一位真正的画家一样在想象中描绘我。如果以后永远不能见面，也许距离会近到一点，人间的语言，也会只剩下一个字了。这是一个有着极大痛楚的浮想。……终于有一天，传来了你结婚的消息。我在遥远的地方，默默地祝福你。而我在衰老，在忍受疾病的折磨，在走向死亡。恐怕终此一生，都很难再见你一面了。生活的进程就是这样。我总以为时间是等待着我的。我总以为所记得的和所遇到的女人是时间不变的象征。我总以为'永恒'是存在的。我总以为自己可以与'永恒'在某一点上一再相逢。人生，是期待，也是失落。不过，我已经像一块碑石，永远埋在你的心中了。我在那里，感受着你的体温和心脏的节奏。"

程洁觉得，这段话是全剧中"我"很少真正流露感情的地方，被陈牧耕很敏锐地捕捉住了，虽然说得平实自然，声音也不大，但她听了感动得想要落泪，强忍住了。她忽然发现，自从她第一次进入这房间，老师其实一直在场，不仅借助自己的记忆，而且因为他留下了这部正在排练的剧本。是的，老师就活在《令颜》里，几十年过去了，仍然向身后的这个世界，毫无掩饰地展现真实的自我——那由爱、善意、幻想、痛苦与率性而为所构成的自我，那有时未免让人难以理解与接受的自我。这种存在甚而超越了"我"这角色，剧本里一字一句都是他。再看已经退到一旁的杨新米，对此似乎没太在意。

陈牧耕说："今天算是把这一幕顺下来了，就排到这儿吧，明天再说。"

杨新米面无表情地穿上皮衣，背上包，拿起放在桌子一头的头盔，匆匆和各位打个招呼，拉开门走了。

程洁觉得也许应该跟她说点什么，转念一想，表演本来就是真真假假——若把假的误当成真的了，人家一句话就把你撅回来了。

回家路上，程洁还在掂量陈牧耕最后读的那段旁白，句句都好似专门对自己说的。老师是在人生旅途的终点，向她发出了痛苦的呼唤。这一幕里的"你"还得说是自己，真实的自己。"你"有不少台词是她曾对老师说过的话。老师是生病以后才写的《令颜》，之前那些草稿都推翻了。他说，构思了好几年，竟意外地有了突破性的进展。这是他一生中最后的作品，不管他多么不情愿；但是写给她的，他又何等高兴。他说，她那次来北京，他为什么没能对她狂热一点呢？为什么没把他做过的和她在一起的梦，哪怕至少一次变成现实呢？再也没有这样的机会了。她明白了，经历过他们那次分手，随后她结婚、生子，老师才将幻想中的再次见面，写成了一场梦。其中有太多欲言又止的了。无论如何，老师用生命给他们这个令人心碎的故事画上了句号。

一度中断联系之后，她主动给老师写了一封表达问候的信，并不期待他会答复。没想到很快接到回信，却是一个噩耗：他前不久被诊断罹患肝癌，已是晚期，只能采用肝动脉化疗栓塞术这种方法治疗。他说，自己消瘦、虚弱、疲惫、发低烧，说话无力，吃不下饭。老师真是轰轰烈烈地活了一生。说爱就爱了，哪怕备受折磨。说病就病了，还是绝症。他和她父亲患的是同样的病，而她父亲刚刚去世。她只有恐惧，只有流泪。

她提出要去北京照顾老师，不管他是否同意，她都要见他，她相信他正在那里等她；他没答应，只是托她代买小兴安岭的几种特产：榛蘑、油豆角、红松果仁，说上次去林场时吃过，口味一直难忘。快到他的生日了，她去书店买贺卡，想挑选一张最中意的，实在想不出如何落笔，只好空手而归。她总在想，不知在遥远的北京，他此刻是死是活。老师却说，他会为她战胜癌症的，她也要为他走出生活的困境。她能深切感到，垂死的他竭力在抓住一点什么。而那时候她正被婚姻和孩子弄得焦头烂额。最后他说,只愿她活得比较愉快,少些烦恼;这个世界,幸福只是梦想,并不存在。老师始终惦记她,担心她。她心目中他的形象再次得到净化,升华,也给她此后的人生投下巨大的阴影。她知道他的死期渐渐临近,终将离她而去。但如果没有接到陈牧耕那封报告噩耗的信,她会继续自欺欺人地认定他还活着。在与老师的关系中,她始终是相对被动的一方,而他的死使她彻底被动了,以至于今。

程洁到了家,没过多久,靰鞡也回来了,捧着一把干枝,有雪柳,有杜鹃,说:"帮我找个瓶子,泡几天杜鹃就开花了。图个吉利,我这枯木也要逢春。"

程洁笑而不语。屁大点儿地方摆个咋咋呼呼的玩意儿,早晚碰倒不说,没过两天花谢了,还怎么接着扯吉利这事儿呢?

吃晚饭时,程洁问:"桌上那星黛露呢,咋不见了?"

"我给扔了。"靰鞡淡淡说道。

"干哈扔呀?"

靰鞡不回答。

"扔哪旮儿了?"

"楼梯口,垃圾桶。早拉走了。"

程洁不再说什么了。吃完饭,她去厨房刷碗筷。回到屋里,看见靰鞡坐在桌前,没开电脑,两眼直愣愣地望着原先摆放星黛露的地方。程洁在床边默默坐下。

过了会儿,靰鞡忽然转过身来,大声说道:"您不是有她的朋友圈吗？没看见她今早发的照片吗？"

"谁呀？"

没等母亲摸出手机，靰鞡就把自己的丢到她面前。程洁拿起来看，却是锁屏状态。靰鞡一把抢过来，密码第一次还输错了。她找出那一条，举到程洁面前："自己看吧。"

小铁发了一张半身像，配着四个字："现在的我。"她歪着身子倚在一块写着"锦里古街"的大木牌上，背景是过街楼，一看就是仿古建筑。穿一件白色连衣裙，上面印有薰衣草之类紫色小花，泡泡袖，露出两条瘦瘦的胳膊。脸上架着一副彩色眼镜，涂了豆沙色的口红，打了腮红，还戴着珍珠串成的耳环。一头短发与这小女人式的打扮不大匹配，加上略显忸怩的站姿，甚至有股青涩味道。

"她跟我说过，最讨厌这种文艺淑女风了，为这我还扔了好几条裙子。"

"时不常换个花样儿，有啥的呀。"

"你再看这个，"靰鞡用手指把那照片拉大，只剩下半边眼镜、鼻子和一部分嘴，"这是什么？"

程洁看见那镜片上映着个举着手机的人的影子，能看出是男的，只是难辨面目。

"你瞅那德行！"靰鞡轻蔑地说。

程洁不知道女儿到底是什么想法，既然一向没问，现在就更不必问了，反正很快一切都将烟消云散。

第十二章

程洁正要动身去杨新米家，收到她的微信："我有点事，您别来了。下午剧院见。"程洁没多想，那女孩一向我行我素，这样的事不止一次了。

程洁还是早早来到剧院，开了排练厅的门，打扫一下。两点钟，只来了小王、陈牧耕和杨新米。杨新米穿着奶茶色修身打底衫，衣领拉链设计，锁头停得恰到好处，显出好看的胸型，棕色西装短裙，喝醉酒那晚穿过的长筒靴，露出两条修长洁白的大腿，没穿丝袜。比昨天那身还引人注目，身材所有优点都显现出来。

他们重新排练昨天排过的内容。中间程洁被叫出去取了趟花。除了背台词，杨新米很少说话，一切依从导演的安排，上回动情的地方也不再那么投入。这么一来，倒真有几分陈牧耕强调的无须交流的效果了。排完两遍，他说："今天就这样吧。"

陈牧耕正打算往外走,杨新米在背后说:"陈导,有空吗?我想跟您谈谈。"

陈牧耕稍显犹豫,但还是说:"好的。小王,你先走吧。程姐,今天不用打扫了。"

程洁跟着小王出门,故意落下一截,等他下了楼,自己赶紧回来。将门轻轻推开一道缝,看不见那两个人,但能听见声音。这个时间楼道里很少有人经过。她只是担忧,看了今天的排练尤其如此,尽管并不清楚到底担忧什么。

"你不是要谈谈吗,怎么不开口呢?"陈牧耕语音低沉,"还是关于这一幕吧,今天你的状态不太对。"

杨新米仿佛终于下定决心,但还是控制住了情绪:"昨天您讲,这一幕是梦中之梦。我认真想了想,正好相反,这才是整部剧真正的现实部分。可以说根就扎在这里,画画啊、回忆啊,还有四个角色的脸长得一样啊,都是从这里长出的枝叶,也可以说是一种掩饰。作者所以要处理成一场梦,我猜是在他写作的那个年代,还受到很多限制,没法直接描写。"

"你又了解多少那个年代的事儿呢?"

"我是没经历过,但我读当时的文学作品,好像有类似之处。何况作者还专门做了提示。我想他是启发我们,梦只是个外在形式,更重要的是两个人物之间发生了什么。梦反映的是现实的渴望。但我们现在排练的思路,却是离作者的本意最远的,比他提示过的哑剧演法还要远。"

"为什么这么说呢?"

"因为这样一来,演员之间的交流被破坏得最彻底。"

"这我承认。我告诉过你,就是不要交流。"陈牧耕仍然语气平和。

"交流是感情的基础,您排斥的,其实是人物的感情吧,无论'我'对'你',还是'你'对'我'。说实话,我最初读到这个剧本,并不接受贯穿始终的男性视角。您说它是一部唯美主义的作品,这一点就更被强化了。我想啊想,找到了一个接受它的入口:这是一部爱情剧。'你'对'我'的态度、举动,都可以理解为对爱情最本能、最没有杂质的反应——为人所爱,也主动爱人,一律坦诚相见,无所遮掩。'你'的人性在爱之中得到了升华和净化。这样这个角色就超越了男性凝视。作者是借助画画,借助回忆,来描绘'我'与'你'之间发生的一个真正的爱情故事。其实您也说过,'你'有真实和虚构两种可能,但不知为什么到这一幕把前一种设想放弃了。如果'你'仅仅是'我'的感知对象,这样的人物形象在我看来难以成立。另外三个女性也是如此。不是说我塑造不了这种角色,但我不认为那会是成功的塑造。"

"你讲的这些,可以看作是对这部作品的另外一种解释。但我得明确地说,我并不认可。"

"关键就在这儿:'我'和'你'究竟是一种什么关系?彼此之间究竟有没有爱情?如果有的话,那就不应该予以抹杀。冒昧地说,您对这部剧,特别是对这一幕的处理,正是在抹杀这种爱情的存在。"

杨新米忽然变得激越起来,陈牧耕则陷入沉默。程洁想:新米真的入戏太深了,被剧中那个爱"你"的"我"给感动了。扮演一个角色,心里像是被燎着了,把她自己也放进去了。这火都快要把她烧死了。

陈牧耕终于出声了,语调依然低沉,却掩饰不住其中有种强硬的意味:"是的,可以这么说。我确实不接受忘年恋那一套,尤其是'男老师—女学生',如果是婚外恋,就更不以为然了。至于是在一起搞文学,搞艺术,还是科学研究,取得了多大成就,都无所谓。无非为此找个借口,然后自己和别人再来标榜一番,镀一层金,就像这么做多有必要,意义又多重大似的。"

杨新米仍然处于冲动状态,越说越直率:"您这么说也太武断了吧,以这个为题材的作品太多了,过去和现在生活中这种事情也不少,鲁迅和许广平,杨振宁和翁帆——"

"打住。对此我不想作任何评价,但我至少接受不了这成为一种理所当然的关系模式。你提到描写此类内容的作品很多,在我看来正是一种滥调,而且往往看似是女性视角,骨子里其实还是男性视角,对于女性并不尊重。"

"那您说,怎么算是尊重女性呢?敬而远之,甚至避之唯恐不及,就是尊重吗?这样连对男性自己都不够尊重!"

"咱们不谈论这些。反正这部剧在我手里,不可能呈现为那个样子。"

"但是它本来写的就是这个啊。"

"所以要做一些改变。"

"如果您不能接受,又何必导演这部作品呢?"

程洁想,新米,不要说下去了。

"我是导演,我有我的理解,我的立场。"

"您的理解到底是什么呢?唯美主义可概括不了它。"

陈牧耕没说话。

"剧里的'我'那样向'你'表达自己的爱情,难道不对吗?假如这种爱情真实存在的话。反过来说,'你'同意'我'关于画像的提议,愿意给他做模特儿,无所顾忌地展现自己的身体,又是出于什么原因呢?肯定是爱,强烈到不可遏止的爱!'我'接受这份爱情,难道不对吗?为什么要通过导演的手段对此加以破坏呢?"

"不是这样的。"

"我关心作者的意思,但我更想知道您是什么意思。"

程洁想,求求你,真的不要说下去了。兴许应该推门进去,打断这场谈话。

"你这是什么意思?"

"我感觉您是通过对作品做出调整,来回避作品以外的问题。"

"我们只谈作品,不谈别的。"

"但我不能不猜想,您在自己的生活中怎么看待这个问题。一个人不应该回避别人对自己的爱,也不应该抑制自己的感情。"

陈牧耕又不吭声了。

"话都说到这份儿上了,那我就直说吧。我平生看的第一部话剧,是您导演的。您的每部作品我都看过,而且看过不止一遍。戏票、宣传册我都珍藏着。是您把我引上这条路的。您不知道您对我的影响有多大。您每次讲课,我都坐在台下,边听边记笔记。你接受的采访,报纸我都剪贴成册,视频我都下载到一个移动硬盘里。我崇拜您,我理解您……难道你没感觉到吗?"杨新米说得特别动情,程洁都被感动了。

"不说了,好吗?"

"为什么不说?我无法否认我对你的感情。我也想努力克制,但我克制不了。其实我能理解你为什么要这样处理这部剧,我能清楚看到背后是在压抑什么,阻止什么。但我们已经不是生活在剧本描写的那个年代了,甚至还要倒退到那之前——怎么可能这样?我非常珍惜我们在一起的合作。我希望我们的关系,像'你'和'我'那样。不可以吗?"

陈牧耕没有马上接话,然后像在自言自语:"我们现在这样,就是最好的关系。"

程洁想起陈牧耕收下了新米送的那条围脖,却拒绝她的约会,不让她裸体演出、充当模特儿,现在又对她这么说——他能接纳对方表达的好意,但无法领受对方奉献的感情。然而对一个女人来说，两者往往是一回事。不过不知道他真的一向无从分辨，抑或早已了然于心，只是尽量延宕，直到图穷匕见的这一天终于到来。

杨新米默然良久，忽然说："我们现在有什么关系？"

"维持住现状，做彼此能做的事，珍惜彼此已有的一切。"

"已有的一切……你告诉我，我有什么？又能珍惜什么？"

"你这样说，我们就没法继续合作了。真的。"

"那你开除我吧。开除一个真正爱你的人。"

"今天的话我就当从来没听过。我们的合作到此为止。"

"我知道，你就是想要我的命，反正你根本不在乎。"

"这是威胁吗？"

"我说心里话，哪来的威胁？威胁又有什么用？"

"从明天起你不用来了，我们也不要再联系了。"

两个人的争吵戛然而止。程洁心里已经近乎麻木。传来一阵脚步声，她急忙躲进对面的卫生间。陈牧耕拉开门出来，气冲冲地走了。

排练厅里，杨新米哭了起来。程洁不知道如何是好。过了会儿，杨新米才走出房间。程洁只见到她的背影，整个人看着都缩小了。她一路走，一路用手抹着眼睛，但不再哭出声来。皮靴的厚底使她走路也悄无声息。楼道里安静得异乎寻常。这条路仿佛比平时要长。远处有一盏昏黄的灯，照着她披散在后背的长发，赤裸的双腿，幽幽反光的靴筒。她消失在尽头的黑暗里了。

程洁来到楼下，大厅里空空荡荡。应该追上新米，至少发个微信。但程洁脑子里什么感觉都没有，只是像眼瞅着一个人冲上悬崖，纵身一跃。这女孩处理自己的感情真是太粗糙，太冲动，太不计后果了。程洁不知道此时此刻能够说些什么。忽然记起应该告诉靰鞡一声，自己今天回家晚了。女儿又恢复"靰鞡"这用户名了。

路上程洁反复琢磨陈牧耕排练时的处理，他对剧本的删改，刚才他对杨新米的态度。程洁始终对他很感兴趣，自从老师死后他来了那封信，她把老师的文稿和信件寄给他，此后长期不通音问，她常常猜想这是个什么人，到底怎么看待父亲与自己这件事情。几次与余悠接触，程洁明白对陈牧耕来说，父亲的"这件事情"并不限于自己，她在其中也谈不上是重要角色；他不相信父亲与包括自己在内的女人之间真的有爱情，即使有的话也不值得，没什么了不起的。——好像也不对。又想到他在念《令颜》第六幕末了"我"那段旁白时动了情，也就是说，他所能接受的是保持那样一种距离，具有那样一种结局，在他眼中安全而不失美好的爱情。程洁原以为老师去世这么多年了，陈牧耕或许能够比较客观地对待这几近尘封的往事了；这次将《令颜》搬上舞台，或许意味着他与父亲之间的彻底和解。现在明白他只不过是与经过修饰、所能接受的那个父亲达成了和解罢了。这样伤痛就都融化在敬慕之中。昨天和今天看排练时能感觉到，陈牧耕时而与"我"融为一体，时而又远远避开，甚而处于对立。

程洁又想，新米的各种建议一开始就为陈牧耕所拒绝，究竟是否与新米有关亦未可知。多半是那女孩硬把自己牵连进去，在这过程中误打误撞扮演了一个动摇他的立场抑或揭开他可能接近愈合的伤疤的角色。程洁记得那次咖啡馆里余悠的倾诉，其实关键时刻陈牧耕还是有所抉择的。只是新米非常可怜。

　　晚上程洁拿起手机想安慰杨新米几句，又怕暴露自己曾经偷听他们的谈话，反而惹她不高兴，乃至破坏关系。第二天早上，还没等程洁措好词，杨新米来了微信："今天想一个人安静一下，您不用来了，别见怪。"程洁用语音问："你怎么样呀？"回答还是文字："挺好的。"

　　程洁想，她大概不愿意跟自己聊这事，毕竟谁都有不想展示给人的一面；但也没准真的像她讲的那样。她说什么，做什么，一向很戏剧化。连昨天表白的话，都像在念台词似的。这个人就是广东人讲的那种"大癫大肺""傻傻更更"。程洁对戏剧界不熟悉，料想双方大吵一架，随后自会心平气和。新米演技那么好，气场都盖过赵与杭，千军易得一将难求，还能真把她给开除了。

　　下午程洁来到剧院，小王说今天得晚点开始，让她先去服装间帮忙。在走廊的另一头。进门一看，小傅带着两个助手，正把服装一件件挂在龙门架上，有些还罩着防尘袋。记得上次听他们说，这些服装要么到淘宝去买，要么在工厂定制。拆下来的纸盒和透明塑料袋扔了一地，还有印有 logo 的垫纸和塑封袋。程洁给收拾了一下。

回到排练厅，来的人很多，除了杨新米、赵与杭和那两个学生，其他演员都在，却一直没见着陈牧耕。老梁由小王陪着进来，招呼众人坐好，说："我宣布一件事，因为演员个人原因，杨新米无法完成《令颜》一剧随后的排练，自即日起退出剧组。事先已经准备了B角，过几天就到，赵与杭也快回来了，进度不会受到多大影响。今天特地把大家召集来，是希望各位继续齐心协力，我也要多多协助剧组。咱们有这么好的剧本、导演、舞美设计、服装设计，到时候上演一准成功。"

在场的人都没说话，随即散了。

程洁赶紧给杨新米发语音："你在家吗？我去看看你吧。"久久没有回信。又连发几条，都是如此。程洁懵懵懂懂的，总觉得发生的事不是真的。就在这时，门卫通知她送花的又到了。

第二天一早，手机显示杨新米来了消息，赶紧点开，还是一段文字："程姐，我要出趟门，暂时不麻烦您了，谢谢您一向照顾我。上午方便的话，您来把您的东西取走吧。钥匙搁桌上，撞上门就行了。找出几件衣服，放在床上，有合适您女儿的，您挑一下。还有难吸，请帮我托付给与杭哥。舍不得您，再见。"接着收到一笔微信转账，是这个月的工钱。

程洁赶紧起身去杨新米家。走进那个小区，草坪上有一对拍婚纱照的，新娘很胖，露着两条又粗又黑的胳膊，看起来不该这么矮，白色裙脚拖在地上，也不知道是站着还是蹲着；身旁新郎站得直挺挺的，穿一身奶白色西服，个头儿和她差不多。一个男摄影师，两个女助手，黑衣黑裤，正围着他们俩忙乎，其中一位大声喊道："喜兴点儿！再喜兴点儿！"

远近的各种树木，枝干大部分都已藏在茂密的绿叶里面。一阵风吹过，杨树叶哗啦啦响着。槐树花开了，黄白色一串一串，走过树下香味扑鼻。

程洁打开房门，发现屋里已经收拾过了。被子叠着，梳妆台和洗手间台子上的东西码得都还整齐，脏衣篓也空着。客厅拉开的窗帘用带子绑住，阳光照射进来。难吸安详地蜷在窝里睡觉。猫厕所也清理过，旁边放个全新的猫书包。床上摊着十几件衣服，有外套，也有裤子，都是没怎么穿过的。程洁挑了两三件全棉、有品牌的，装进一个塑料袋。她给杨新米发微信感谢，还是不见回复。杨新米一向仅展示最近三天的朋友圈，现在什么内容都没有；更新微博也在几天之前了。

除了拔掉几处插座上的电器插销，程洁并没什么可干的事。正打算离开，忽然瞧见梳妆台边的垃圾桶里扔着一卷纸，是打印的那份剧本。每次来，不是放在杨新米的床头，就是拿在她的手中。程洁翻开一看，每页都画了线，做了标注，譬如"？""！"，以及"请教导演"之类。空白处几乎写满了字，是她那略显潦草的笔迹。程洁常见她在这上面写些什么，无论在剧场，还是在家里。

假如将对方完全符合自己的要求，满足自己的理想定义为"完美"的话，"你"正是那种所谓"完美的伴侣"，因为她的每一步完全是跟着"我"走的。这样，"你"可以被理解为"我"在极度缺乏爱然而又渴望爱的情况下想象出来的产物。

另一方面，"你"是个身处深山老林、未经社会风气熏染的存在，所以才有被"我"一步步引导成为"完美的伴侣"的可能性。

*

尽管导演说"你"只是"我"想象的产物，在表演时还是不能一味被动。"你"毕竟是个人物形象，要有自己的生活轨迹。

*

剧本开始于这一刻，人物登场于这一刻，之前她在做什么？她一向是怎么生活的？

*

导演提到"既真实又虚幻的感觉"，那么"你"的真实一面是什么呢？

*

或许可以这样理解，假如"你"没遇到"我"，"你"可能一生都活得相当平静、安稳，在世界这个偏僻的角落，日复一日地生活、工作。平凡，却未必不充实。

*

"你"突然遇到"我",没有任何思想准备,就被强行纳入对方所制定的秩序之中。其实是在这个过程中丧失了自我,变成了一个"对象"。"你"的一生都被改变了,即使此后结婚、生子,也无法摆脱那一秩序,成了"爱的囚徒",永远无法得到释放。

"你"是从真实走向了虚幻。

*

我在"你"的身上,看到了一个悲剧。可以说是"飞蛾扑火",但这个词应该解释一下:飞蛾从来没见过火,一旦看见,痴醉于它的壮丽、炽烈,情不自禁,立刻把自己烧死了——在燃烧那一刻,火焰呈现出最奇瑰的形状与色彩。

……

程洁坐在床边,为没能和新米一起剖心剖肺地讨论这个剧本深感惋惜。尽管彼此聊过很多,却从未涉及这方面,尤其是"你"这个人物。这里写的有些意思程洁从未想过——关于"你",或者直截了当地说,关于程洁自己。她想,如今新米其实比当初的自己多迈出了一步。自己到了一个地方就停住脚了,原来往前走是这样的,走的结果是这样的。自己难道没有幻想过和老师在一起吗?时隔多年犹未忘怀,不就是有过这种幻想而且还很强烈的证明吗?但要是那时自己向老师提出与新米同样的问题，他可能也会像多年后他的儿子回答她那样回答自己吧。只是因为自己没有提出，所以才一直这么幻想着，这辈子其实是站在原地浮想联翩，近乎画地为牢。不管怎么说，新米是实在的，虽然跌得头破血流；自己却是虚幻的，不过照样一无所有。

杨新米还为角色写了不少潜台词，有几句与昨天对陈牧耕说的话类似，然而并未涉及剧本之外的问题。关于韵、娟和秀，都有长短不等的"前传"。作为一个演员，她一直努力想与导演认真深入交流，从而完成角色塑造，然而未能如其所愿，不少话还没来得及表达出来。程洁叹了口气，将剧本放回了垃圾桶。倒是想过拿走，但毕竟未经人家同意，昨天偷听都有所不妥，她不愿意总是显得鬼鬼祟祟的。

程洁仔细打量房间里的陈设，不管怎么样，要与这个自己当初偶然进入的地方告别了。梳妆台与小推车上的化妆品和首饰，黑胶唱机，书架上的书和唱片，墙上的签名海报，弓包，咖啡机，照片墙，衣柜里装得满满的衣服，鞋柜里各式各样的鞋，简直无一不是牵挂。程洁头一次留意书籍中有不少是戏剧理论和戏剧家传记、访谈录，随手抽出两三本，最后一页都签着"新米"，并注明某年某月某日"读毕"，有的时间较早，有的在不久前。这女孩的确恣意任性，不计后果，但也是个脚踏实地、兢兢业业的人。

杨新米的衣服和鞋大多都在，除了一件机车皮衣，一条黑色皮裤，一双一脚蹬的长筒皮靴。无端想起她说过，长靴必须得挑脚后跟上面不缩进去，直上直下，而且皮质够硬的，不然总会显得腿肚子粗。此外她的牛仔裤和卫衣很多，程洁记不清楚了。程洁隐约想见她双腿跨在摩托车上的样子，摘下头盔甩动一头长发的样子，胳膊下面夹着头盔走路的样子。不知道什么时候还能跟她见面，也不知道此刻她在什么地方。程洁即使有心施以援手，也不清楚应该伸向哪里，而且说实话没有任何力量。根本不知道如今她需要什么，这件事对她的影响又有多大。彼此似乎关系密切，细想却陌如路人。只好按照她的吩咐，带上那包衣服，把钥匙放在桌上，把难吸装进猫书包——它不大情愿，几番挣脱，还是被带走了。

下午两点，小王来到排练厅，对程洁说："一会儿与杭师哥就到，陈导的意思是接着排练。你去取三杯咖啡，没人吃零食，不用买了。"

程洁脑子里空空的，端着咖啡进来，陈牧耕和赵与杭已经到了。赵与杭的状态似乎没有什么变化。陈牧耕说："与杭，新的女主角定了章亦寒，你们合作过吧？她接手想必比较快。"

"倒是一起演过不止一回，但怎么也得磨合一下。我尽力。"

"那就好。第六幕台词背得怎么样了？"

"在那边有空就背，人家剧组都嫌我不上心了。"

"今天这样，咱们先把这一幕串一遍，小王，你来念'你'的词儿。我先讲讲我的思路。"

陈牧耕把前天对杨新米说过的话，大致重新说了一遍。赵与杭说:"这么处理倒是挺有意思,'我'这角色也好演了,发音方面您放心,我会把握。"

程洁站起身,一声不响地走出房间,谁也没发觉。门在背后关上,她长出一口气,心里还是堵得慌。居然一天也不耽误,急着要揭过这一页去。她多少能明白陈牧耕对待新米的态度、做法,但不理解干吗如此迫不及待,冷漠无情。还有赵与杭,记得新米讲过他保证要跟她同进退,现在却像她这个人根本不曾存在似的。人一落难谁还管你,什么同行啊,朋友啊,到了关键时刻都是扯淡。新米要是知道了,不知得多生气,多伤心。程洁想起有一回闲聊新米说过,我可不是个大度的人,人家对我好,对我不好,无论巨细,我一样样记得清清楚楚。能回报一准回报;没法回报呢,也不能就那么忘了。她一定记恨剧院这些人吧。

程洁沿着走廊无目的地往另一头走去。路过服装间,发觉没锁门。推门进去,把灯打开。一连三个龙门架,上面挂满了服装。左手第一个,挂牌上分别写着"你""韵""娟"和"秀"。她一件接一件取下来,仔细端详。前天上午家里跑水之后,杨新米还给她展示过服装设计师发来的效果图,一共有十几张。杨新米坐在被子里,嘴上叼着半根燃着的烟,一副意气风发的样子,把平板电脑放在小床桌上——那玩意很像程洁老家的炕桌,是专给懒人设计的吧。程洁凑到她身旁,又闻着那股柑橘香水味。杨新米说,看看有什么地方不对劲儿,我让他们改。

程洁先取下一件红绒布衬衫,加上旁边那条牛仔工装背带裤，还有放在地上的一双黑色长筒胶靴，是第一幕和第五幕里"你"的打扮。程洁曾经提出，这身装束跟那个年代不大相符，尤其那双胶靴式样太新潮了，当时即使穿，也都是傻大黑粗的。杨新米说，也许导演不那么追求真实，好看就行。旁边挂的军棉大衣、红羊绒围巾、铁锈红粗毛线衣，地上的黄色翻毛高帮皮鞋，是第六幕里"你"穿的，裤子还是前面那条。第二幕，韵每一场都有一件旗袍——旗袍师傅是杨新米的熟人——单旗袍是阴丹士林布的，蓝色，低领，破肩，单大襟，七分袖，下摆在小腿下三分之一处；夹旗袍绢纺面，杏色，低领，破肩，单大襟，长袖，下摆同单旗袍；棉旗袍织锦缎面，水绿色，低领，破肩，单大襟，长筒袖，下摆到脚踝以上。第三幕，娟穿红地白花连衣裙，黑色高跟皮鞋。第四幕，秀穿灰色卡其布列宁装，藏蓝色斜纹布长裤，左边开襟，黑色一带布鞋，还有一顶白帽子，一件白大褂。程洁记得，效果图上四位角色都是没烫过的长发，韵留齐刘海，一根大辫子垂在脑后；娟是披肩发；秀梳两根麻花辫；"你"先是高马尾，后来松散地编成长辫。龙门架尽头有个挂牌写着"杨 尾声"，后面空着，那几套服装还没做好吧。

　　程洁想起排练那些日子，新米饰演不同角色，始终注意凸显彼此间的不同之处，包括动作、神态、语调等，无不处理得细致入微。这仅仅是排练，如果化了妆，穿了演出服，正式登台表演——尽管程洁想象不出在短短的每幕之间、每场之间，演员如何更换服装，改变化妆——定会成功塑造四个年龄相当、面貌相同、其他方面差异明显的人物形象。她将向观众展现自己是多么出色的演员，对于作品的演绎何其深入透彻。可惜再也没有这个机会了。这些服装她还没试穿过，也没拍定妆照——前几天剧组里不止一次提到，快了，快了。

程洁把防尘袋逐一重新罩好，离开了这里。站在走廊里，忍不住用手机搜了搜"话剧 章亦寒"。辽宁人，中戏毕业，比杨新米低两级，参演过一部电视剧，还是美妆博主、穿搭博主，粉丝过百万。网上有一些她的写真。其中一张，黑色长筒皮靴，黑色丁字裤，真空穿黑色机车皮衣，敞着怀，一脸孤高冷傲的神情。人挺漂亮，也很强势，明摆着鸠夺鹊巢。程洁忽然幻想新米打哪儿朝这女孩扑过来，撕破她那张脸。

程洁回到排练厅，他们已经排练完了。大概只排了一遍，但比前天快得多。花也已送到，不知是谁给插在花瓶里了。陈牧耕临离开前嘱咐赵与杭："台词一定要熟，现在还不行啊。"

程洁走出剧院，看见赵与杭和一个此前没见过的女孩站在门口，大概在等网约车。程洁不知道他今天来，没带上难吸，正好不用跟他说话，打算装没看见，尽快走开。赵与杭却主动向她点了点头，一旁的女孩也跟着点头，程洁有些奇怪，又不认识自己是谁。女孩体态丰腴，一身白：无袖紧身运动背心，A字短裙，网球鞋。车来了，两人迎上前去，她走动时裙摆呼扇呼扇，既清纯又性感。无论谁都依然故我，只有新米被这个世界抛弃了。

在地铁里，程洁收到余悠微信打来的两千元钱。程洁忽然对这一切感到厌恶，包括对卷入其中的自己的厌恶。余悠发来微信："这些日子添麻烦了，非常感谢。有些事情你知我知，过去了就完了。"程洁回信："没出上力，钱不能收。"余悠答复："你要是不收，我就不放心了。"程洁只好点了收款。

回到家里，靰鞡坐在书桌前，脚边摆着一个新的猫屋，难吸趴在里面，紧张地瞪大眼睛。程洁问："你买这个干吗？"

靰鞡兴奋地说："这猫不是您抱来的吗？真行啊您，冷不丁给我这么大惊喜，也不打声招呼，一开门它差点儿跑了。合租房不让养宠物，咱们只能偷着来了。谢谢您！"

"嗐，这猫是有主的。"

"那可不行，我要养。我都给它起了名字了。"

"人家有名字。"

"我不管，现在它叫小狍子。是不是啊？"她抓住难吸的两只前臂，让它站立起来，"小狍子，小狍子，傻啦吧唧的小狍子！"

难吸极力挣开，张嘴咬她。她刚一撒手，它就急忙躲到床下去了。程洁想说什么，被几下轻轻的敲门声打断了。

"不会还是那两口子吧，真拿我当冤大头了。"靰鞡说着，走过去打开房门。

一个高个小伙子站在门口。程洁认出来是新来的邻居，原来住在客厅隔成那间的女孩搬走了，换成了他。

那人说话彬彬有礼："程小姐，今晚有空吧？我买了两张电影票,《复联4》,最近很热门。一起去看电影,好吗?"

"对不起,我不爱看电影。"靰鞡尽管客气,却丝毫不容商量,"我正忙呢,就这么着。谢谢。"说着把门关上,小伙子被挡在门外。

程洁说:"我看他昨儿跟你搭话儿来着,你也不打听打听人家干啥工作的。模样吧,倒是有鼻子有眼儿的。就这么给人撅回去了,多没面儿啊。"

"甭管干啥工作,我也没兴趣。妈,我不是不交男朋友,但一个合租的找一个合租的,能有多大出息?我总不能一下子就到底儿了吧。怎么也得退而求其次,然后退而求其次次,然后退而求其次次次,一步步儿慢慢来。"

程洁被女儿噎得无话可说,好一会儿才说:"也对,我们都是这么过来的。前一辈人,前两辈人,也是这么过来的。"她想,自己这一生好像根本没怎么"求"过,倒是一直在"退"。不过靰鞡也许太乐观了,人们总是得到了那最次的,再掉过头想"还不如……""还不如……",就这样过了一辈子,又一辈子。

"瞧他挑的这片儿吧,谁爱看打打杀杀的啊。不问一声儿,就觉着你一定有时间。我傻呀,找这样儿的?"

"那你给妈说说,你喜欢啥样儿的?"

"喜欢啥样儿的我不知道,反正遇着的都是我不喜欢的。"

程洁不再说什么了。

第十三章

程洁走进剧院大厅。几个人隔着咖啡厅的柜台,你一言我一语:

"……这也太惨了吧。"

"都说摩托车是肉包铁,还真危险。"

"听说那段路没安监控,看不出谁骑的车,谁坐在后面。"

"是啊,撞上的车还没装行车记录仪。"

程洁隐约有种不祥之感,但没多想什么。走到楼梯口,院长和行政主管面色凝重地站在一二楼间的平台上,正在交谈。见到她停了一下,又接着说:

"出事的地方是个弯道,他们压道逆行,撞上了对面的车。俩人都飞出老远,车也面目全非,一地残渣碎片。"

"天蒙蒙亮,大概看不清楚。"

"骑的速度太快了。"

"男的目前还在ICU抢救，身上多处受伤，我看够呛……"

程洁从身边经过，她们也没理会。程洁感觉像是有什么东西，渐渐向自己笼罩过来。暗暗的，沉沉的。只觉得呼吸不畅，心咚咚跳个不停。但还是努力克制，不作任何猜想。

推开排练厅的门，小王、小傅、舞美设计师、灯光设计师，还有几位演员，围着老梁站成一圈。有的默默流泪，有的低声抽噎。老梁在说："……当场就死了。颈部折断，动脉大出血，内脏破裂伤。脸也破坏得很厉害，据说都认不出了。戴了头盔，不知怎么甩飞了。"

"程姐，"小王眼睛红着，"新米姐出事了。"

程洁木然地想，果然如此。没有任何意外，任何侥幸。悬着的心倒是放下了，只感到特别空虚，一时还来不及悲痛。

小王接着说："与杭哥赶去现场了。程姐，拜托你给陈导送杯咖啡过去，我这会儿不知道怎么跟他说话。他在自己那屋，一个人待了好久了。"

程洁扬了下手，表示知道。找了把椅子坐下，两行眼泪立刻顺着脸颊流淌下来，她也不擦一下。他们还在议论此事，但只见张嘴闭嘴，听不到声音。门卫忽然出现在门口，样子有点无所适从，手里一大捧粉、白两色的玫瑰花，好像特地要给程洁最后一击似的。

程洁去一楼取咖啡，那里的人已经不聊这个了，在忙各自的事。她轻轻敲敲陈牧耕房间的门，没有回应。手劲稍重些再敲，还是这样。拧动把手，推开了门。

陈牧耕站在窗前，望着外面，背影显得有些佝偻。有人进来，他回了一下头，马上转回去了。那一瞬间，程洁看见他眼睛里泪光闪闪。脸上僵僵的，一种死灰颜色。他仿佛突然衰老了，白头发都变多了。对于自己此刻状态全无掩饰之意，但又不是有心表现，就像对方并不存在。办公桌上放着那条紫红色毛线围脖，旁边是原来那个纸袋。新米这份爱，起因应该不限于她亲口说过的——无论对陈牧耕，还是对程洁；肯定还有不知道的。程洁凭着阅历几乎断定，这种事不大可能只是单方面的。但新米已经什么都不能说了，而陈牧耕绝不会对任何人谈起，也就永远隐没于黑暗之中了。程洁把装咖啡的纸杯搁在桌子一角。陈牧耕一动不动。她望着他面对的那个方向，只见天空湛蓝、澄明，有一缕淡淡的云，看似静止不变，又像在缓缓飘散。一个突如其来的念头让程洁倍感激动：与这个男人失之交臂的，是人世间最纯洁、最炽热、最美好、最珍贵的东西吧。一生很难遇到，错过便永不再现。剩下他独自在此，一直站到老，站到死。她悄悄退了出来。

程洁在楼梯底下休息的地方待了会儿。然后拿上一件东西，走进剧场。亮着几盏灯，一排排椅子都空着，感觉比有演出时大得多。刚才见过的舞美设计师带着两个助手，在台上比比划划，看来他们又开始忙正事了，而杨新米之死已经告一段落。听小王说过，布景正在延庆什么工厂里制作。程洁原本觉得自己下面要做的事或许稍嫌刻意，现在不这么想了。

他们临离开前对她说："来打扫的吧？回头把灯关上。"

程洁在八排中间坐下。她不止一次想过，等《令颜》上演了，要是能在这种位置观看就好了，无论票价多贵。现在她对着的是空无一物的舞台。还差一幕尾声，而按照剧本所写，那时舞台上应该就是现在这样。但杨新米没等到参加彩排，就连排练都没完成。

程洁从衣兜里取出带来的东西，是那份偷偷复印的剧本。她很遗憾没能看到这一幕如何排练，不了解导演会怎样指导演员，对剧本如何诠释，无法知道新米会是什么样子，与之配戏的演员又是什么样子。程洁翻到剧本最后两页，朝着舞台，在心里一字一句读了一遍。她期待能够借助一己的想象，或者说诚意、真情，听见所有听不见的，看见所有看不见的，期待能进入某种幻觉之中。

舞台上与此前的布置完全不同，除演员之外空无一物。这是四场很短的哑剧。

第一场

时间在第六幕二十多年之后。"你"和"你"的女儿在舞台中央，做着如旁白所示的动作。"你"的女儿由原来饰演"你"的演员饰演，"你"则由一位年长得多的演员饰演。

"我"在舞台远远一侧，须发皆白，腰弯背驼，已经快九十岁了。

"我"的旁白："在这个故事的第一个结尾里，你有了一个女儿，她这时刚好二十岁，长得很美，和你当年一模一样。你的容颜虽有改变，但看上去还是比实际年龄年轻许多。你和女儿自顾自地说着话，未曾察觉我的存在。大概我已经老得让你认不出来了吧。然而我在暗自为这一切欣慰，欢乐。"

第二场

时间紧接第六幕。舞台上只有"我"，形象与给"你"画画时差不多。

"我"的旁白："在第二个结尾里，我独自站在一座坟墓前久久伤心落泪。那里埋葬着的是你，一个生命终止于二十岁的异常美丽的女人。"

第三场

时间在第六幕数年后。"我"和"你"在舞台中央，"你"仍由原来的演员扮演。

"我"的旁白："在第三个结尾里，我与你再次见面了，你稍减当年风采，而我也开始衰老了。我听着你的倾诉，唯一不老的是我们的爱情。"

第四场

时间比前一场稍早一些。"你"仍由原来的女演员饰演,身边是另一个年龄相近的男人。

"我"的旁白:"在第四个也是最后一个结尾里,你和丈夫在一起,你们结婚已经有些日子了,但彼此都还很年轻。你们的家境似乎并不富裕,然而平安和睦。丈夫偶尔向你提到一件事:有位老画家的一幅作品正在世界上巡展,听人说画里的女人有点像你,真的会有这样的巧合吗?大概只是都长得很漂亮罢了。可是看视频里展现的画,那女人还真有那么一点像你呢。你又不认识这画家,他怎么会画你呢?丈夫显然对此全不知情,而你含笑不语,坦然自若。你当然知道这件事,而且很关心。你只是愿意独自享受这一切,这并不影响你们的幸福生活。"

程洁将这些文字默念完了,全剧到此为止。她所面对的始终是没有灯光、没有布景、没有演员的舞台,眼中只有空旷,粗糙,荒凉。没有幻觉。没有想象。她所能体会的仅仅是字面上写的那些。到后来都不知道自己究竟在默念,抑或不过是浏览了。她刻意安排的这个独自一人参加的悼念仪式,并未达到预期效果。

程洁颓唐地靠在椅背上,忽然想起在杨新米家见过这一幕的几张服装效果图，于是竭力追忆，希望抓住一点实在的东西：第一场，新米穿的是浅蓝色短款牛仔外套，下摆有松紧带设计，粉白格子衬衫，深蓝色牛仔裤，白色运动鞋；第三场，她穿鹅黄色中款风衣，黑色白边大翻领，腰间系一条黑色皮带；第四场，她穿抹茶色长袖连衣裙，收腰设计。不过此刻浮现在程洁眼前的，只是画出来的那种虚无缥缈的形象。

程洁记得老师在第六幕之前，就写了这个尾声。他说，他所希望的结局是所列四种中的最后一种。事实上却是他自己死了。程洁本以为不会再有别的结局了。可是今天发生的事在所有这些之外。尽管新米被开除了，程洁仍然相信对她来说肯定还有机会，她聪明、努力，未来人生之路还很长远，然而现在什么都没有了。回想起来，假如新米不参加这剧组，不出演这角色，肯定还活得好好的。《令颜》犯不上非有一个这么惨烈的结局不可吧。

程洁想，新米与自己因为这剧本，因为"你"这角色，被奇异地联系在一起。而自己也不是没有想过死这件事。在另一场死亡里，自己甚或可以说是一个间接的凶手。陈牧耕曾在一篇悼念文章里写到，父亲罹患肝癌一年多后，病情突然恶化了。他不了解就中原因——程洁寄给他的并不是老师的全部信件，她扣下了一封，偷偷烧了。老师在那里说，两个月前他收到一封挂号信，署名是"程忆宁的丈夫"，从头到尾用最下流、最肮脏、最恶毒的语言，辱骂他、威胁他。如果写信人知道他是晚期肝癌患者，不久于人世，意图就是给他以最残酷的刺激，使他早日离开人世。他许久都不愿意告诉她。他请求她在任何情况下，都装作浑然不知，不要向那个人说破。自此再也没收到老师的信了。

程洁是在丈夫对她又一次大打出手后，忍不住说老师已经罹患绝症，活不久了，她保证将来好好跟丈夫过日子，做牛做马，他说什么是什么。结果那个人给老师写了那封信。她没想到他竟然如此凶残，还干得丝毫不动声色。她觉得他不算个男人，不懂感情，只会动粗，还有脸去指责别人。她没想到她会害了自己所挚爱的老师，没想到她会成为一个罪人。癌症迟迟未能夺走老师的生命，他却即将死在她的手里。

她打算给老师写一封信，但不知能写什么。想到老师为她含冤而死，还不如自己死了算了。她吞服了一瓶安眠药，被送进医院抢救过来。她想，那么就让老师带着失望，带着遗憾，带着对她的恨离去，让她背负这笔债苦苦活着，她需要这样的惩罚。老师把他所能给予的都给了她。然后他就走了，在一个寒冷的冬天。不知道北京是否下雪了，她想应该下了吧，老师是个爱干净的人，而雪最干净。那年伊春一场接一场降雪，她觉得阴沉的天幕下飘舞的每片雪花，都是老师对她的哀诉，怨怼，愤恨。老师只是先行一步，她也会死，但她不能就这么轻轻松松地死。老师一生从未轻松过，连死也这般沉重。而他的失望、他的遗憾、他的恨压在她的心上，成了她永远卸不掉的精神负担，这沉重的负担需要她用一生承受。

程洁重温多少年前她的种种自责、忏悔，虽然已经被时间冲刷得有些微弱了，淡漠了。多年以后的今天，新米死了。她是怎么死的，事故还是自杀，一时搞不清楚，也许永远都是个谜了。这女孩真是白白死了。生所不能得到的，死更不可能得到。当然也可以说，新米是替代当年那个自己而死的。既然自己没有死成，既然新米饰演了《令颜》中"你"这角色，而"你"的原型是自己，那么她就不能不替代自己而死。甚至她的毁容，都是为了契合"令颜"这题目。除了老师，从来没有一个人的死让程洁有如此强烈的丧失之感，就像是自己死了，最后一次死了。那么自己总算是跟老师两不相欠了。不过老师死时，自己二十九岁，新米连这岁数还没活到呢，程洁又不免为此深感痛惜。

程洁想起曾与新米有过几次交谈，自己讲的那些涉及爱情的话，可能促使她下决心对陈牧耕表白，尽管她或多或少误解了自己的意思，尽管自己说的时候未必想明白了。不管怎么说，对于她的死，自己有一份不可推卸的责任。从前害了老师，现在又害了新米，真是双重的失败，双重的罪过。而这都与《令颜》这剧本有关，它简直像个可怕的魔咒。最后施行者却是陈牧耕——也许搁置许久才搬上舞台，就是为了这一目的吧。而老师去世后，程洁确实想过，他的儿子对此什么都不知道，不过自己总会把一切都告诉给那个人的，然后让他替他的父亲来惩罚自己。这一天到得晚了点，但总归是到了。

程洁觉得把什么都想完了，就像一切真的这样发生了。她的心情说不清楚是沉重还是释然。

程洁上网搜"杨新米",一条"机车女网红车祸身亡"居然冲上微博热搜。评论都是"自作孽不可活""这是作死的节奏""请尊重这种不要命的人"之类。此外还有"机车女原来是不知名演员""女演员被包养大款无情抛弃""女演员生活奢华负债千万""女演员在京拥有多处房产",等等。另外有条"陈牧耕 杨新米",贴了一张照片:两个人的脸挨得稍微近些,画面有点虚,但能看出背景是排练厅。程洁知道那只是排练过程中的某一瞬间,猜不出是剧组什么人偷拍的,当时拍的目的何在。有跟帖说:"一心上位的捞女活该不得好死!"但并未炒作起来。最新的一条是"杨新米母亲称不知道女儿是网红",某家媒体记者自称采访了她的家人,但除了题目,所写内容全都摘自网上。

第二天程洁提前来到剧院,把排练厅仔仔细细打扫了一遍。别人陆续来了,她跟谁也没打招呼,就离开了。找到行政主管,说:"我惦记回老家了,这儿的事儿就不干了。"

"啊,大家都夸你呢。能干到哪天?"

"今天的活儿都干利落了,我这就走吧。"

"这么急呀?不过再找个保洁倒也容易。那就再见,一路顺风!工资到时候打给你。"

主管正要转身离开,程洁忍不住说:"问一声儿,杨新米的后事剧院有啥安排?"

主管稍显迟疑,但还是说:"她有签约公司,跟咱们这儿的演出合同已经解除，剧院也做不了什么。倒是剧组的人凑了笔钱，准备给她家里。小王可能没当你是剧组的，没提这事儿。对了，大头儿是余老师出的。杨新米的父母都是县城里的中学老师，父亲中风瘫在床上好几年了，母亲上班，供养一个妹妹读大学，家里挺困难的。"

程洁正要走出剧院的大门，迎面进来一个女孩，她赶紧让到一边。这就是章亦寒吧。个子比杨新米高不少，也是一头乌黑的长发。戴着一副无框方形墨镜，容貌大方，皮肤白嫩，颧骨稍高，下巴微翘，面露笑容，却难掩剽悍之气。相当漂亮，不枉美妆博主的身份，而且比网上她的所有照片更漂亮。穿着一件焦糖色短外套，内穿燕麦色内搭，一条纯白色紧身牛仔裤，一双黑色漆皮低跟直筒长靴，两条腿虽然结实，却又长又直。

老梁、小王，还有几个演员，这时都来到大厅迎接，但没见到陈牧耕和赵与杭。

"干哈呀这是，整这老些人迎接？"章亦寒爽朗地说，一口纯朴浑厚的东北话。

大家笑了，显然都晓得她在开玩笑。

"与杭哥咋不下来呢？嗬，这叫一个派！"

小王说："与杭哥还需要一点时间。咱们先安排B角替他排练，他会尽快回来的。陈导正等着你呢。"

程洁想，是啊，谁都需要一点时间。只是自己需要的时间太多了。

"我昨晚直播带货都看了吧,那个脱毛器老好用了,都给女朋友买啊。别光加购物车,没多钱的玩意儿,点付款!"

他们一起说说笑笑上楼去了。章亦寒臀部浑圆,靴子亮闪闪的,靴跟踩在大理石地面上哒哒哒哒地响,就像一匹健壮的小马。

程洁刚才与她擦肩而过,闻着一股木质香水味,深沉而强烈,以致来到门外,久久才对这世界重新有了感觉。程洁发现自己已经不大关心女主角的容貌与她像或不像,以及《令颜》中的那个"你"将被塑造成什么样子了。只是想到二楼的服装间里,黑暗之中龙门架上那一排本来为新米量身定做的服装,尺寸显然不合适,肯定都用不上了。一切都这样悄无声息地死了。

程洁走过停车场,看见一辆胭脂红色的跑车,大概是章亦寒的吧。一看即知,这是一个自信到不会轻易爱上什么人,强大到不会轻易被什么人击倒的女孩。

在地铁站等车时,程洁把剧院发的、杨新米发的,还有余悠两次给的钱,都加在一起,凑了个整数打给小王,发微信说:"要是见到新米的家人,一定替我问候一下。"小王回复:"您真是个好人。"他大概还不知晓程洁已经辞职的事。

手机提示音响了,是社区群里有人催问她对加装电梯的意见。这事已经吵吵好久了,程洁住在二楼,用不上,还挡光,不愿参与集资。她回了一条:自己正在北京,等回去再商量。反正能拖多久就拖多久吧。

过一会儿又收到小铁的微信:"程妈妈,打扰您。阿霓把我拉黑了,不知是不是有什么误会。我很难过。阿霓是个好女孩。既往的所有经历,我都非常珍惜。"程洁不知怎么回答,只写了个"嗯",觉得不妥,又找补一句:"最近挺好吧?"小铁马上就回信了:"在外漂泊这么多年,回到家里肯定不太习惯,但亲情大概就是这样:不快总归事出有因,和好却能无缘无故。"

程洁刚回了句"那就好",小铁下一条微信又来了:"我有了一个对象——您不会认为太快了吧?我们也算青梅竹马,两家是多年邻居,总之知根知底。他是搞IT的,一直在成都发展,也一直在等我。人很好,也许太好了,性格柔弱。可我是个刚强的人,倒是可以互补。"

小铁回复得这么快,简直就像事先准备好了,一段段复制过来的。程洁还没想好说什么,小铁又发来一条:"我转了一大圈又退回原处,当然有原处可以退回也是好的,不过这圈未免太大了。说实话有点累了,只想休息。像一只飞了太久太远的鸟儿,有个窝就行了。"

程洁不明白这些话是专门讲给自己,还是托她转达给靳靳的,只好含糊回答:"你是个懂事的姑娘。"这时候地铁进站了,她被一下子挤上了车。没过一会儿,听见自己的手机又响了。程洁有心等下车再看,但还是费劲掏出来点开:"如果不出意外,今年内我们打算结婚。婚事只想简简单单,两家人凑在一起吃个饭就行了。我现在忙着在为年底考公务员做准备,好在我是个想安下心来就能安下心来的人。"

这些信息对于程洁来说,就像车厢里的乘客一样密集。接着又收到一条:"我计划三年内生个孩子。现在走在街上看见带着孩子的母亲,有种亲切的感觉。不多写了。您多保重。替我向阿霓问好,祝她幸福。"

程洁发过去一个表达"好运"的表情。然后继续举着手机,却不见再发来什么。一场倾诉终于告一段落。程洁想,这回来北京遇到的几个年轻人,别说还属这孩子最踏实、最稳重,人生的目标也最明确。但谁知道是不是心血来潮呢?假如真像一只鸟儿,未来恐怕且得飞呢。

有人下车,程洁有了个座。她又上网看看,杨新米那条热搜已经不见,替代的是"×××与90后男友结婚""五一江苏人一半的朋友圈都是露营""00后嘴上说躺平实际却很拼""郑州老板要闭店给会员挨个打电话退钱"……点开杨新米的微博,发的内容并不多,粉丝也才两三万。顶上一条下面有些表达悼念的评论,都很简单。只有一个人提到《暴风雨》,却批评杨新米演得太过用力,不够自然。还说她的死固然不幸,却未必不因此成全《令颜》,因为她不可能演好剧中那几个角色。程洁非常不满。但又嘀咕起来,自己仅仅看过几场排练,就算懂表演了,能评价一番了吗?可要是那网友说得对,岂不是陈牧耕也不高明吗?在"相册"一栏里,又看见贴在杨新米家墙上的那张照片:她正做出拉弓的姿势,神情是那么单纯,那么愉快。

回到家里，照例是做饭，女儿回来，一起吃饭，又添加了喂猫一项。靰鞡虽说喜欢那只猫，但除了买来猫粮、猫砂，别的一概不管。现在也是边吃饭边逗它玩：它蹲在床上，靰鞡伸出食指按住它的一只前爪，它移开，放回，她又按住，它又移开。反复再三，它略显生气地试图挠她一下，她躲开了，比它还灵巧。它蹲在原处，显然没真生气，也许倒很享受，似乎已经忘了原来的女主人了。

靰鞡说："我想换个开间儿租，也给小狍子多点儿空间。这回长记性了，会提前通知房东。哦对了妈，咱俩也不用挤一张床了。"

程洁说："再住几天我就回去了，剧院的活儿已经辞了。"

"还没住热乎呢，怎么就走了呢？您多住些日子呗。有您在这儿，做这么好吃的饭，我才长点儿肉，这不都惦记减肥了。"

"我没来那工夫，瞧你过得也挺好。来一趟也就踏实了，闺女长大了。"

程洁没提杨新米的事。虽然这些日子不止一次说到她，但靰鞡未必上心，没准根本想不起来世上有过这么个人——新米，连同她常有的那种沉浸于幸福中的状态，此刻不知道停放在哪个冰冷的太平间里，抑或已经烧成灰了。不过从她家里带回的那袋衣服还放在墙边，没来得及交给女儿，现在只好扔了。程洁忽然又想起曾经打算给靰鞡讲自己的故事，真要是讲了，她会咋说呢？——这算哪门子爱情啊，瞎掰扯！一辈子白搭进去，还在那儿恋恋不舍。

"我给您看看我挑的房子啊。"靰鞡打开电脑。

程洁问:"租金得多出不老少吧?我每月给你补点儿。"

"不用,跟我爸要就行了。"

程洁听了周身一震,大声问道:"你说啥?"

靰鞡一时显得慌乱、尴尬:"我……我是说人家有爸的,就跟爸要,我爸不是早死了吗,我妈一人不容易,我得心疼我妈。"

程洁没有追问。

"这两天在看一个新稿子,忙得话都说不利落了。对了,您还记得上次我给您讲了个开头的那小说吗?作者跟别的社签了,人家答应的起印数比我们高。这一行真不好干,作家有点儿名气就一通儿抢,书真能卖得好的其实没几本。您要是闲得慌,我觉着都能当个作家。"

靰鞡东说西说的,比平时热情得多;程洁也像往常那样适时搭讪一两句。看得出来,女儿渐渐放松了警惕,不再没话找话,到点就上床了。

程洁躺在黑暗中,睁着眼睛。这段日子和母亲共用一张床,靰鞡的睡姿老实多了。程洁以为她睡着了,忽然被子被拽了一下,身边有小小动静,是她的胳膊在摩擦着被子。过一会儿,她原本岔开的双腿夹紧了,身子时不时在发抖。程洁知道她在干什么,这些天并不是第一次这样。只好屏住呼吸,一动不动。女儿随即安静下来,渐渐发出微弱的鼻息声。程洁又等了一阵,才轻轻起身下床。

程洁在书桌上悄悄摸到女儿的手机，走到门口，开门闪身而出。进了卫生间，把门锁上。这回来北京，自己变得偷偷摸摸的了，接触的秘密也太多了，但这回绝对不能放过。手机密码先试了靰鞡的生日，不对；再试自己的生日，解锁。这小兔崽子还算有点良心。

果真看到了"李大军"，靰鞡的最后一条微信发在三小时前："没事。"之前一条也是她发的："完了。"那人尚未回答。

有人敲门，很重，一连三声。程洁怕是女儿，有些紧张。传来一个男人的声音："请快一点！"是新搬来的那位住户。

靰鞡的手机里只保留了这几个月的信息，早先的都删了，不清楚他们什么时候联系上的，更不清楚是怎么联系上的，不知为什么，程洁对这些也不太关心。不管怎么说，女儿背着自己和那个人勾搭上了。他每个月都打来一笔钱，转账记录显示两三千元不等。从微信的内容看，那个人态度热乎，嘘寒问暖的；靰鞡略显敷衍，连自己这次来都没提到。

又是三下重重的敲门，还是那句话："请快一点！"

程洁只好按了下马桶的冲水按钮，开门出来。那小伙子穿着背心、短裤，弯着腰，双手捂着肚子，冲进了厕所。

程洁感觉憋闷，出去透口气。楼门旁边有个花池子，她坐在那儿，背后都是月季花，黑地里只见盛开的花朵挤在一起，分辨不出颜色，但能闻见淡淡的花香。她又拿出手机，有几张那个人发来的照片。犹豫了一下，还是点开了。一张是他自己，一张是和一个又黑又柴的中年妇女的合影，背后是一座高高的白色仿古宝塔，程洁认得那叫兴安塔，建在伊春南边的山顶上，当年她眼瞅着盖起来的。还有一张是在家里，他们左右各站着一个男孩，长得和他很像，也和靰鞡很像。一水的实木西洋复古家具，墙上镜框镶着"静如伊，美如春"几个毛笔字。这么多年过去，那个人还待在老家，而且居然没太变样，仍是她所厌恶的那张脸。

靰鞡的回复，只是"龇牙""偷笑"之类表情。她显然无意融入他们的生活，也无意让那个人进入自己的生活，只是很现实地从他手里弄些钱而已。忽然想起靰鞡前几天说，不会忘了妈妈对她的好。算算正在刚收到一笔钱之后，大概免不了有点心虚吧。

那个人，她和那个人在一起的那段生活，是她记忆中永远无法愈合的溃疡，多年来尽量不去触碰。得知老师去世了，程洁想，要让那个人明白，什么叫杀人偿命。她唯一的报复手段就是今后在一起过的日子，就是他们的婚姻。不是说最毒不过妇人心吗？她要一点一点、永无休止地折磨他，要让这个家再也不得安宁，哪怕为此牺牲了年幼的女儿。这孩子是她的累赘，但也顾不了了。而只要狠下心，不动摇，实现起来并不难，无非有外人在让他没面子，没外人在让他不舒坦，而已。往往只需一句话、一个表情，乃至不说话、没表情，就够了。他暴跳如雷，打人，摔东西，哭，或示好，求饶，她一概无动于衷。她也想过，老师如果还活着，一定不会赞同她这样做。老师是个好人，好到受到侮辱根本无心回击的地步；她也曾是善良的，但那份善良已经找不回来了。

直到有一天，他们三口在那个人的父母家，他突然崩溃了，一边哭，一边抽自己的嘴巴，还连连拿脑袋撞墙。老两口吓坏了，而程洁面有得色，仰头望着屋顶。忽然发现女儿不知什么时候不见了，地上留下一双小鞋。程洁急忙跑出去寻找，一路上两旁都是破破烂烂的木头障子。天快黑了，终于在一两里地外的伊春河边看见了女儿，孤零零地坐在那儿，抽抽搭搭地哭着。时值秋末，冷飕飕的，这孩子趿拉着爷爷多年不穿、丢在床下的一双破靰鞡，脚都冻红了。程洁心软了，同意了丈夫离婚的请求。但到了办事处门口，他却说，想分手没那么容易，除非孩子她带着，他一分钱抚养费不付，房子和家里所有值钱东西都归他。她答应了。

手续办完，她带着孩子尽快离开伊春。即使自己的母亲患病、去世，也没回去。说实话，她到现在仍然害怕那个人，害怕那段生活，一想起来就浑身打颤。她改了名字，女儿则连姓都改了，给起了个小名"靰鞡"。因为是这个那天稀奇古怪穿了那双鞋的孩子，改变了自己的人生轨迹，不然早就跟那个人同归于尽了。她还记得那鞋的模样：皮革制作，里面垫草，丑陋到可笑的程度。除此之外，程洁努力把自己和孩子变成与老家没有任何关系的两个人。东北人在广东生活有意想不到的困难：语言，饮食，气候，尤其夏天潮湿闷热，汗出不畅，还得拼命干活。而她来到这里的唯一原因，就是看地图上距离老家最远。

程洁想着女儿年龄太小，根本记不住当年的事。只告诉她，爸爸早就死了。又托关系把户口本自己那页上的"离婚"改成"丧偶"。有一年清明节，靰鞡还在上初中，忽然问起爸爸是怎么死的，怎么从不给他上坟。程洁说，掉到汤旺河里淹死了，没找着尸首，哪儿来的坟。对这孩子来说，没有父亲肯定不幸，程洁能做的就是尽量弥补这一缺陷，希望自己既是她的母亲又是她的父亲。然而这个晚上她明白，二十多年来辛辛苦苦做的一切，都白费了。女儿早就背叛了她。而且背叛之后，依旧装成一个自己一向亏欠、对不起的可怜角色。何等廉价的出卖，一个月不过两三千块。甚而不试着问问自己，这点钱是否也付得出。似乎这些年对她的抚养、教育、爱护、担忧，还不值这点钱。程洁早就知道自己活得很失败，却没想到竟会失败到丧失一切。她只感到筋疲力尽。

晚上天气还很凉。花池边上，她缩着身子，坐了许久。隐约察觉自己对于靰鞡与那个无论如何也是她的父亲的关系，一向揣想得是否过分简单了呢？好像把女儿从那个人身边带走，他们就能一刀两断；好像声称那个人已不存在，女儿就会相信似的。就连此刻为之愤怒不已的女儿的背叛，也与这种过分简单的理解不无关系。那么自己所感受到的失败，也就不能全都归于女儿，甚至那个人了。但程洁不愿意继续想下去了。无论如何，自己终究还得回到那个房间，面对女儿那张与那个人一模活脱的脸。

第十四章

程洁孤零零地守候在公交站旁，车许久不来，也不见别的等车的人。早上她把饭做好留在桌上，不待女儿起床就动身出门了。

一辆404路汽车终于缓缓进站，又缓缓开动。车窗两侧都是住宅小区：一栋栋高楼，围墙，大门。上次来的时候，这里还是郊外的旷野吧。这个这些年间扩充了许多倍的城市，跟原来的北京究竟有多大关系呢？就像在不断兑水，越兑越稀；每个人都是兑进来的水，都在稀释别人；纵然如此，无论谁仍然想成为属于这里的一滴水。当然哪儿都一样，城镇变成城市，小城市变成大城市，大城市变成更大的城市。一直大到她坐在这班车上，好久也到不了目的地。

车上乘客不多。总是听见检票机在报"老年卡""老年卡"，除了程洁没有一位投现金的。年轻人兴许没有乘公交车闲逛的工夫了，无不紧赶慢赶，生怕把自己落下。全国各地的生活节奏，都变得一样快了吧。

到了东直门。一路见到很多新盖的高楼，其间夹杂着一些破旧的老房子。从前见到的北京总的来说挺旧，却有种整齐一致之感；现在这般参差，不免显得顾此失彼，捉襟见肘。程洁去换乘24路汽车。经过的街道当中有一排树，看来路面拓宽了一倍，一边是造价不高的多层住宅，另一边还是破旧的老房子，跟那些变成城市的城镇差不太多。

老师住过的胡同只剩下东头一段，其余部分包括他的房子已不复存在。他家是在胡同中间，路南凹进一截，尽头处小小两扇红漆木门。那地方盖了座宫殿似的建筑，富丽堂皇，挺唬人的。多年前报上有人提出，此处应予保护，因为住过几位名人，其中之一就是老师。但起头吵吵一阵，后来便无声无息，到底还是拆掉了。留下这小半条胡同，恰恰是程洁那次走过的。路边墙上一律贴满仿古青砖贴面，只让人感到虚假的整齐，虚假的新，就像搭的两大排布景似的，假如残留一点昔日记忆，也给破坏殆尽了。几棵老槐树枝干盘曲，树皮开裂，树洞用水泥封住，倒是往昔时光的见证。

程洁沿着旁边那条胡同向西走去。房屋墙面也是一样的，而且只贴当街那面，其他部分残破照旧，隔一段距离还镶嵌一块内容好笑的砖雕。两旁一辆接一辆停满了车。前面堵车了，一溜司机纷纷按响喇叭，成了一曲完全由噪音组成的合奏。骑电动车的外卖小哥在车辆之间匆忙钻来钻去。有的人家开着门，屋里狭小、低湿、不洁；有的院子外人可以进入，只见大大小小的自建房，还有乱堆的杂物，窗前一丛金银花正在开放，阵阵清香，但生活于此无论如何谈不上惬意。没想到城市中心部分，居然沦落到这种地步。

程洁来到东单。老师曾带她走过这地方，一一指给她看，这是东单菜市场，他常来买菜；这是东单邮局，每次给她写信都在此投寄；这是青艺剧场，他的好几个剧本曾在这里演出，目前正在改建，不久恢复开业，那时要能把新剧本写出来就好了。如今成了一座巨大的商厦。程洁从东门进去，走过一区又一区，菜市场、邮局和剧院已经永远湮灭在这里了。

出了西门，大街中间立着一排蓝色铁皮围挡，正在修建一座地铁站。老师有一次来信说，王府井南口开了中国第一家麦当劳，她要是再来带她去尝尝。当时她不知道麦当劳是什么，后来到处可见，感觉有点好笑。看来它也被那座商厦吞掉了。程洁往北走去，路过王府井新华书店，老师带她来过。现在是座新盖的高楼，她没进去。这条翻修过的大街一点年代感都没有。

程洁还是找了一家麦当劳吃午饭。顾客很多，与一对青年男女拼桌。男的穿灰西装、白衬衫，打着领带，女的瞧年龄和打扮是个大学生。两个人正在聊天，嗓门很大：

"……哥你为啥辞职啊？我还指着你呢！"

"根本就是叫我空手套白狼！说是互联网工作，做私域流量，听着高大上,其实就是加微信好友,拢共仨人干活,还让半年内加十万好友。我每周拉的一百来人,都是花钱买的。"

"那可太埋没你了。你上学那阵儿创业,还融到两百万呢。"

"白瞎半年大好时光,真他妈够呛!好歹咱也是博士毕业,总得干点对社会有贡献的事。我计划是在你毕业前,怎么也混个总监,攒套房。到时你能找着工作最好,不成我就给你安排个职位。"

"相信你!北京这么大,这么多机会,哥肯定没问题!……"

程洁把最后几根薯条塞进嘴里,起身走了。

她本打算到老师带她看过演出的首都剧场瞧一眼,但随即打消了念头。走到南河沿乘60路汽车。当年和老师一起坐的就是这趟车,终点站原来是"北京游乐园",现在叫"龙潭公园"。游乐园大概歇业多年了,门口辟为停车场,几辆货车把两扇铁门堵住。门上的半圆拱形和两旁的立柱虽已破旧,颜色仍然很怯。程洁沿着围墙走到东门,也是个停车场,却直接与园内相通。

程洁独自四处走走。干涸的湖底长满杂草,桥头被铁皮挡板拦住,树上乌鸦嘎嘎叫个不停,建筑物尽成废墟,游乐设施均被拆除,只剩下一座高大的摩天轮,被风吹得缓缓转动。那回老师特地带她来,是想让她见见世面吧。只是海盗船、大摆锤、激流勇进和螺旋滑行车,他太老玩不了了,叫她自己玩,她又不敢上去。她只想骑一回旋转木马,长这么大还是头一次见,一时特别憧憬,可都是小孩在骑,遗憾自己错过了年龄。两人只好坐了一圈摩天轮。当转到最高处,老师说,快看,整个北京城。那时周围还没有这么多高楼,或许可以看到不少地方,也能看得很远吧。但她此刻一点也记不得曾经看到什么了。就连老师当时的神态、语气、动作,也记不真切了。今天无论走到哪里,他讲过的意思还在,不过他这个人,当时的情景,已经不生动了,不形象了。仿佛他已和这座城市一起远去,剩下她站在原地,茫然四顾。的确有关北京的所有记忆都与老师有关,离开他这里对自己来说就什么都不是了。

公园一角是一小片树林,几棵槐树枝头缀满紫红色的花,草地上零零星星还有些二月兰,有如在竭力挣扎,不甘心季节更替。尽头一棵大杨树,树干上歪歪扭扭地刻着一排字:

2011
12
13
14
15
16
17
18
分了

程洁好不容易才明白这是怎样一个故事。一年又一年，某个特定日子，有两个人结伴潜入，小心翼翼而又激动不已地在树皮上一刀刀刻画。越往前的字迹越粗，显然随着树的生长胀大了；看下来却像激情一直在递减，终于消亡。今年某一天，只剩一个人来了，而这也是最后一次。树皮上还长了两只大眼睛，漠然地看着这一切。

程洁乘60路汽车在崇文门西下车，走到北京站。站在西立交桥上望去，那座建筑物是熟悉的，站前广场上还是来来往往好些人。

实际上她来北京不止两次，此外还有一回——带着靰鞡从哈尔滨乘火车去广州，曾在这里中转。乘的普快，站了一夜，孩子抱怨脚都麻了，她说老实忍着吧。自己连个盹儿都不敢打，生怕行李被中途下车的人顺走了。凌晨四点到北京，赶紧去售票处排队，人家上班后办成转签，当天没有座位，是次日中午的，只到武昌，还得中转一回。等待她们的是更长一段艰辛旅程。她一手拉孩子，一手拿行李，哪儿也去不了，只好在车站里凑合了。进站大厅和通道不准停留，候车室人满为患，娘儿俩被服务员撵来撵去，找不到一处容身之地。这正是她与这座城市关系的譬喻：彼此毫无缘分，而且永远将她拒斥在外。在这儿熬过的那一晚，周围又脏又臭，尤其是同在等车的旅客身上，还有他们的行李卷。她尽管不在乎，却没有忘记。到了广东照样遇到各种臭味，但北方冬天人久不洗澡也不换衣服那股呛人味还真是闻不着了。

时候不早了，程洁在路边花店买了一束白玫瑰，打了辆网约车。上次来和老师一起也打过车，是辆面的，好像十块钱十公里——她马上要去的地方，比这要远得多。那是老师的墓地，位于东四环与东五环之间。当初还是陈牧耕告诉她这个地方，他在那封讣闻里说，父亲的骨灰已经下葬，假如有朝一日她来吊唁，他当陪同前往。进大门时管理员没让出示安葬证，还指点了具体位置。整个墓园，只有程洁一个人。是一块平地，略显阴湿，一排又一排的墓碑，种的多是松柏，平添几分肃穆之感。一长条花池，月季简直开疯了：红色、黄色、橙色、绿色、白色、蓝紫色……显得人间有多热闹似的。

她找到了老师的墓碑，黑色花岗岩石材，上镌"剧作家陈地之墓"，书丹一看就出自书法家之手，与旁边采用电脑字库刻的碑文显然不同。碑身碑座明亮洁净，料想遗属按时祭扫，不废礼仪。她把花束放在墓前，鞠了三个躬。

"陈地老师，安息。"居然很容易在心里说出这句话。

程洁记得他讲过：我死了，你不想忘却而时光的河也会流走我的影子。他活过的一生，是完成一个过程：将自己的生命转化为作品，其间也许还连带着一部分别人的生命。他死了，作品活了下来，重新经历一次生死。等到有朝一日它们不再被人谈及，乃至不被记住，他就再死一次。

程洁向门口走去。方才自己那些举动、言语，感觉像在走形式，又不太像。她这一辈子都快过去了，剩下的日子怎么过，说不知道也不知道，说知道也知道。距离闭园时间不久，有人正逐一收拾墓碑前摆放的鲜花，扔进垃圾车里。她想，自己刚刚献的那一束估计也留不到明天。

程洁叫了辆车，离开了。

靰鞡计划搬家，虽然还早着呢，但已着手收拾东西。程洁赶上帮点忙。偶然看到女儿的大学学生证里，夹着一张自己年轻时的照片。那是一九八五年，宣传部的摄影干事第一次领到彩卷，他们一起走在半路，那人忽然说照相机里还剩一张，给你拍吧。照片看着模模糊糊，时间太久褪色了，加上拍的时候光线就不好。那年她还没生靰鞡，不，还没结婚，不，还没认识老师，她才二十岁。她蹲在地上，一手托腮，仰脸看着镜头，显得身子小，脑袋大，头发乱蓬蓬的，眼睛亮晶晶的，穿了件松松垮垮的姜黄色上衣，像个姜变的精灵，刚刚破土而出。那种眼神是初次与世界打交道才有的，稚拙淳朴，无忧无虑，那时的自己应该说是幸福的吧。

靰鞡送母亲去机场，一路上两个人随便聊着天，和程洁来时一样，只是用不着再向她介绍北京了。天热起来了，靰鞡穿了条白地紫花的短袖连衣裙，与小铁曾经穿过的那件近似同款，不过程洁并未向女儿转达小铁的任何话。她也没有挑破女儿跟那个人之间的事。只是对自己说，其实谁也没骗你，是你一直在骗自己。

"那只猫,"程洁不愿叫它的新名字,但叫原来名字也不合适,像是故意要和女儿拗着来,而它已经跟靰鞴很熟了,每当她撸它,就舒服地摊开四肢,露出肚皮,脖子上还给挂了个小铃铛,"你要是养不了,千万别扔了,或者随便送人。我告诉你一个赵与杭的联系方式,是个演员,你还给他。"

"放心吧。"靰鞴漫不经心地说。

经过安检时,身材瘦小的女安检员检查得相当仔细,动作却稍嫌粗暴,程洁对此并不介意,姑且算是给她的北京之行安排个煞尾好了。飞机准点起飞。她隔着舷窗向下望着,成片的楼房,道路,还有一条河,不知道是什么地方。飞机盘旋升空,程洁再次面向窗外,看见整个城市朝自己翻转过来。

二〇二二年九月——二〇二三年九月